一哭

古龍著

國際學術研討會

古龍武俠小說 領先時代半世紀

【記者賴素鈴／報導】江湖代有才人出，這廂古龍凋零二十載，那廂今朝懸賞百萬獎新秀，浪淘不盡，唯有武俠熱愛，不隨時間變易，在學術研討會上更見分明。以「一代鬼才：古龍與武俠小說」爲主題，淡江大學第九屆文學與美學國際學術研討會昨起在國家圖書館，展開爲期兩天的議程，紀念武俠小說家古龍逝世二十周年，新生代學者與古龍故舊齊聚一堂，以文論劍話武俠。

日前與淡大中文系教授林保淳共同發表《台灣武俠小說發展史》，武俠小說評論家葉洪生昨天在專題演講中，直批胡適1959年底發表「武俠小說下流論」是「胡說」，學界泰斗的不當發言以及隨即展開的「暴雨專案」，反而促成1960年起台灣武俠新秀的繁興，「武俠小說迷人的地方，恰恰在門道之上。」，葉洪生認定，武俠小說審美四原則在文筆、意構、雜學、原創性，他強調：「武俠小說，是一種『上流美』。」

集多年心血完成《台灣武俠小說發展史》，葉洪生認爲他已爲從十歲起迷上武俠小說的半世紀畫上完美句點，並且宣布他「以後決心退出武俠論壇，封劍退隱江湖」。

雖然葉洪生回顧武俠小說名家此起彼落，套太史公名言「固一世之雄也，而今安在哉？」，認爲這是值得深思的嚴肅課題，昨天意外現身研討會而備受矚目的溫世禮，則爲了紀念同是武俠迷的哥哥溫世仁，推出第一屆「溫世仁武俠小說百萬大賞」，即日起至今年10月3日截止收件，經兩階段評選後於明年12月7日公布首獎得主，預料將會是一場武林新秀的龍虎爭霸戰。

看明日誰領風騷？風雲時代出版社發行人陳曉林眼中的古龍，其實領先他的時代半世紀，以致如今雖然古龍逝世20年，陳曉林認爲大家對古龍的了解仍然有限，預言未來世代更能和古龍的後設風格共鳴。

昨天這場研討會，也凸顯武俠小說作爲一項文學研究門類，仍有待開發學習空間。多位與會者都指出，武俠小說的發表、出版方式和管道具考證難度，學術理論與論文格式的建立待加強。而武俠名家的版權之爭、市場競爭力，也增加出版推廣困難，古龍武俠小說的版權糾紛、司馬翎作品的版權官司也成爲研討會的場外話題。

與

武俠小說

第九屆文學與美
一代鬼
古

古龍兄為人慷慨豪邁、跌蕩自如，變化多端，文如其人，且復多奇氣，惜英年早逝，余與古兄當年交好，且喜讀其書，今既不見其人，又無新作可讀，深自嘆惜。

金庸

一九九六、十、十一、香港

金庸

古龍

古龍

真品絕版復刻 7

蒼穹神劍 上

古龍 著

古龍真品絕版復刻說明

由於版權限制之故，本專輯「古龍真品絕版復刻」所集六種古龍最早期武俠作品，在台灣已絕版很多年，而本版推出後也不會再印行問世，故稱「絕版復刻」。此版本限量發行，只以饗有緣人。

殘金缺玉，碎鑽散翠，卻可由此透視後來光芒萬丈、膾炙人口的古龍武俠諸名著，其最根柢處的靈氣之源和俠情之始。凡對古龍作品有真正興趣、愛好的讀友，必會收存這個專輯，並可由此看出：當古龍將這些金玉鑽翠串綴起來時，是何等的璀燦奪目？

目錄

目錄

【導讀推薦】

古龍的第一部作品

著名文化評論家
秦懷冰

《蒼穹神劍》是古龍的第一部武俠作品，發表於一九六〇年初，寫作更早於此。這是古龍筆下唯一具有明確歷史背景的作品，據他後來的回憶，當是受到金庸作品大多援引歷史資源的影響。

故事的源起是：身負絕技的「星月雙劍」捲入康熙末年的清廷奪嫡之爭。因曾受太子親信熊賜履之恩，當太子被廢，眼看將滿門遭劫之際，熊賜履緊急託付他們帶走太子的一子一女；但「星月雙劍」對滿清權貴素無好感，竟臨時以熊賜履之稚子熊倜取代了太子的骨血。其後，因一連串的誤會，雙劍竟先後為一淫蕩的乳娘及不明內情的豪客薩天驥所殺，孤兒熊倜流落江湖，小公主則為薩天驥收養。因此衍生出一系列恩怨情仇糾結難分、交互激蕩的情節。

古龍後來談到這部少作時頗不以為然，其實，他初試啼聲即能有如此令人眼睛一亮的表現，已說明了他確有文學創作的天份。本書表面用的是古典小說的「章回體」，情節卻充分呈現了現代小說的內涵與思維。即使就所擬回目而言，例如「七年學劍，秦淮金粉似夢 九月高歌，中原豪士如雲」、「成仇因片語，一劍傲然突遇強敵傾心為一笑，孤鴻北來得伴同行」，不但對仗工整，而且切題切景，隱含掩抑不住的俠氣英風。事實上，本書的行文清暢流麗，敘事爽朗俐落，已隱然見出名家風範，也預示了古龍寓古典於現代的創作指向。

熊倜在秦淮河上與朱若蘭、若馨姐妹的情愫，雖屬淡渺，卻不無動人心弦處，有緣無份，徒貽悵惘。蘇州虎丘「飛靈堡」東方世家，在日後古龍作品中時有提及，而此書已抒寫了飛靈堡英雄大會的熱鬧場景。熊倜在江湖邂逅的美女夏芸，實即廢太子之女小公主，亦即為薩天驥收養的孤女，然並非薩之親女。但在星月雙劍猝亡的背景下，熊、夏的深戀當然已種下悲劇的肇因。而照古龍的暗示，在江湖上與熊倜意氣相投的少年英雄「尚未明」，即是廢太子之遺孤。依此伏筆，及主角所涉入的各項爭端、恩怨、是非、矛盾而言，日後古龍小說的許多情仇糾纏的要素，在如此早期的作品中皆已呼之欲出。

可憾的是，古龍並未寫完此書，他藉鋪陳熊倜的江湖歷練，抒寫了許多傳奇情節，對夏芸的行誼則採剪影側寫之法，卻在發展至悲劇高潮時戛然而止。猶如斷臂的維納斯雕像，真品置於博物館中供人欣賞，誠然是絕美的藝術品，然後人在讚歎之餘，畢竟不無惋惜。

而古龍究竟寫到哪一處停筆，如今時過境遷，歲月淹遠，卻已然難以斷定。因後來知情者所謂「正陽代續」的部分，其中許多文字、情節奇倔而有特色，又似與日後的古龍風格相契合。因此，為免遺漏古龍手筆，特予保留——這是「絕版復刻」系列中唯一的例外。

第一回　柳絲翠直，秣陵春歸雙劍　梅萼粉褪，禁苑寒透孤鴻

江南春早、草長鶯飛、斜陽三月、夜間仍有蕭索之意，秣陵城郊，由四百橫街通到太平門的大路上，此時行人早渺，但見樹梢搖曳，微風颼然，真個寂靜已極。

忽地遠處蟄雁驚起，隱隱傳來車轔馬嘶，片刻間，走來一車一馬，車馬攏行甚急，牲口的嘴角，已噴出濃濃的白沫子，一望而知，是趕過遠路的。馬上人穿著一領銀白色的長衫，背後長劍，面孔瘦削，雙目炯炯有神，顧盼之間，宛如利剪，只是眉心緊皺，滿臉俱是肅殺之氣。

此時銀輝滿地，已是中夜，萬籟無聲，馬蹄踏在地上的聲音，在寂靜中分外刺耳。馬上的銀衫客把轡繩微微一緊，側臉對著趕車的那人說：「老二，輕些，此刻已近江寧府的省城，要小心些才是。」

趕車的也是個遍體銀衫的中年漢子，身材略胖，面如滿月，臉上總是帶著三分笑容。聽了馬上人所說的話，像是並未十分注意，車行仍急，只是笑著說：「大哥也是太過謹慎了，咱們從北京到這兒，已是幾千里路咧，也沒有一點兒風吹草動，我真不知道您整天擔的哪門子心？」語音清脆，竟是一口純粹的官話。

馬上人微搖了搖頭，張口像是想說什麼，向趕車的側睨了一眼，又忍住了。

趕車的忽地將馬鞭隨手一掄，在空中劃了個圈子，鞭子掄得出奇地慢，但竟隱隱有風雷之聲，此時他笑容更見開朗，大聲地說：「就算有哪個不開眼的狗腿子，來找咱們的碴，憑咱們手裡兩把劍，還怕對付不了他們。」

話聲方歇，只聽得遠處有人冷冷地說：「好大的口氣！」語音不大，隔著那麼遠的距離，入耳卻極清晰，一字一聲，鏘然若鳴。

馬上人臉色頓變，手朝馬鞍微按，人已如箭般直竄了出去，寬大的衣袂，隨風而起，人在空中微一頓挫，將手裡拿著的馬鞭，向下一掄，人卻又身上竄了丈許，放眼一看，只見四野寂然，哪有半條人影。

趕車的端坐未動，回頭向車裡看了一眼，車裡的人呼吸甚重，都已睡熟了。

此時馬上人用極快的身手往四周略一察看，銀白色的衣服在月光下宛如一條白練，忽又沖天而起，飄飄地落在馬上，眉心攢得更緊，說道：「此人武功深不可測，若真是京裡派下來的，只怕……」

趕車的此時笑容已斂，長歎了口氣，接著說：「是禍不是福，反正這付千斤重擔，已落在咱們肩上，咱們好歹得對地下的人有個交待，只好走著瞧吧。」

於是手中韁繩一緊，車馬又向前趕去。

原來此二人並非等閒人物，騎在馬上的名叫戴夢堯，趕車的是他師弟陸飛白，他倆人本是中表兄弟，後來家敗人亡，弟兄隨著採人參的藥販流亡關外，經過居庸關時，偶得奇緣，被隱居在八達嶺，青龍橋的一位長白劍派名宿看中，收為弟子，這位長白劍派的名宿行輩甚高，從不示人姓名，也是他弟兄有緣，在青龍橋一耽七年，廿年前他弟兄初入江湖，在紫荊關南的西陵曠地上，雙劍殲七剎，聽說紫荊七剎的七件外門兵器，竟未能搪過十招去，紫荊七剎雄踞多年，竟被一舉而滅，沒有逃出一個活口，江湖聞訊大驚，都想一睹此二人的真面目。

不久兩河江湖黑白兩道在高碑店群雄集會，談判走鏢的道兒，自是越談越僵，此時他弟兄突然出現，以「蒼穹十三式」鎮住在場群雄，這才揚名天下，江湖上人稱星月雙劍，蒼星銀月從此飲譽南北。

可是後來這兩人忽然一齊失蹤，江湖上傳說紛紛，莫衷一是，後有略知內情的人說出他們被仇家毒計陷害，已經亡命，這消息越傳越廣，似乎真實性也越大，於是江湖中人個個撫掌稱快。

星月雙劍生性傲岸，形蹤飄忽，絕少真心的朋友，而且仇家事情做得甚是乾淨，俠義中人雖會倡言復仇，但事過境遷，逐即漸漸淡忘了。

其實他們被仇家陷害是真，人卻僥倖未死，兩河綠林道的總瓢把子，笑面人屠申一平，不知怎麼得到苗疆秘術，遠赴苗山，採集在深山中蘊育千年的桃花瘴毒，凝煉成一種極厲害的毒汁，裝在一個用百煉精鋼煆成的極小鋼筒裡，機括一開，毒汁隨即噴出，只要中上一滴，不出十二個時辰，全身腐爛而死，端的是霸道已極。

原來笑面人屠和紫荊七剎本是生死之交，對星月雙劍，早就恨之切骨，但卻懼於他們的武功，遲遲未敢動手，此時仗著這歹毒的暗器，定下一條毒計。

申一平五十大壽那天，在北京城郊的馬駒橋大宴黑道群雄，卻早就派人專程到峰山畔去找星月雙劍，等了旬日，才找到他們，說是申一平決定在五十大壽那天，金盆洗手，從此息影江湖，並且藉此解散兩河綠林道，所以特請星月雙劍前往主持。

星月雙劍不疑有他，於是欣然前往，申一平卻在上酒的時候，手中暗藏毒汁鋼筒，濺在他們身上，星月雙劍就在毫無所覺之下，中了他的道兒。

壽堂上賓朋滿座，燭影搖紅，酒過數巡，星月雙劍發覺離去的人越來越多，壽堂上剩下的，俱都是些申一平的死黨，陸飛白發覺情形異樣，把酒杯一舉，朝著申一平笑道：「咱弟兄承總瓢把子的抬愛，能眼見總瓢把子解散兩河綠林道，造福行旅的盛舉，此時酒足飯飽，希望您吩咐一聲，讓咱們也好早點高興。」

只見申一平陰惻惻的一笑，說道：「您說的是什麼話，兩河綠林道的基業創辦已久，哪能從我申一平手上毀去，我看陸俠客想是醉了。」

堂上群豪哄然一笑，笑聲中帶著異樣的輕蔑，陸飛白不覺大怒，將手中酒杯啪地一聲，打得粉碎，朗聲說道：「申一平，你這算是什麼意思？」

笑面人屠哈哈狂笑，說道：「你們星月雙劍稱雄一時，現在也該收收手了，我申一平寬大為懷，讓你們落個全屍，老實告訴你，你們身上已中了我用千年瘴毒煉成的毒汁，一個對時之內，全身腐爛而死，知道嗎？」說完又是一陣大笑，得意已極。

戴夢堯聽完全身一震，低頭一看，膝上的衣服已爛了碗大一塊，裡面隱隱傳出惡息之氣，知道申一平所言非虛，用手一拉陸飛白，低低地說：「老二，別動氣。」隨即朝著申一平將手一拱，朗聲笑道：「笑面人屠果然名不虛傳，我們栽的總算不冤枉，既然總瓢把子網開一線，我弟兄從此別過。」

陸飛白此時也自發覺，一言不發，隨著戴夢堯往外走去，申一平並不攔阻，朝著群豪大聲笑道：「星月雙劍果然聰明，現在就去準備後事了。」大堂上笑聲哄然，申一平笑聲更厲。

陸飛白不能再以忍受，身體驀然往後倒縱，長劍順勢抽出，頭也不回，反手刺去，長劍宛如一道銀虹，帶著淒厲風聲直取申一平，這正是「蒼穹十三式」中的絕招，「天虹倒劃」。申一平笑聲未落，劍已臨頭，只得往桌下竄了出去，陸飛白劍勢一轉，右腿往後虛空一蹴，「星臨八角」，長劍化做點點銀星，向申一平當頭罩下，申一平就地一滾，冠罩全失，躲得狼狽已極。

須知這種趟地救命的招數，武林中多不屑為，申一平乃綠林盟主，武功本自不弱，卻因毫未料到陸飛白出手之奇，故此才形慌亂，當著手下如許多人，用出這種身法，實是萬不得已，然卻丟臉已極，當下申一平不覺大怒，厲聲說道：「好朋友不賣面子，併肩子動傢伙招呼他。」

堂上群豪頓時大亂，抽兵刃，拋長衫，眼看就是一場血戰。忽地有人厲聲一喝：「都給我住手。」

申一平仗以成名的一對奇門弧形劍正待出手，聽見有人發話，不禁一頓，陸飛白卻不理這碴兒，長劍一點桌面，人又藉勢向上拔了幾尺，身形略一頓挫，劍勢由第五式「落地流星」化做第十式「泛渡銀河」，銀光如滔滔之水，往申一平身上逼去。

「星月雙劍」以「蒼穹十三式」飲譽武林，劍式自有獨到之處，他不僅快，最厲害的是身形不須落地，劍勢可在空中自然運用，申一平不但沒遇過這種對手，甚至連這種劍法都未曾見到，如何能夠抵擋，只得大仰身，往後急竄，又是一陣忙亂，方才躲過這劍。

戴夢堯眼見陸飛白連用絕招逼住申一平，想置之於死地，心中暗自思索：「即使將申一平殺死，自己性命也是難保，何不先設法出去，如能萬一救得自己的性命，日後還怕沒有報仇的機會？」於是他也大聲喝道：「二弟住手。」音如洪鐘，入耳鏘然。

陸飛白身隨劍走，「雲如山湧」又待向申一平發招，聽見戴夢堯的喝聲，硬生生將已發出的劍招收了回來，遊目四顧，只見大堂上的人雖都已抽出兵刃，但卻沒有一個人出手的。

此時剛剛發話的那人已緩步走了出來，神態甚是從容，卻是一個中年文士，他朝申一平朗聲說道：「他二人已中了總瓢把子的極毒暗器，諒也活不過明晚，我看你還是個高手，把這兩人交給我帶回去算了。」話雖說得客氣，神情卻甚是倨傲。

申一平手裡拿著一對弧形劍，怔怔地站在那裡，甚是狼狽，聽了這人的話，非但不以為忤，彷彿這人對他倨傲，是理所當然的，只是想了一會，中年文士已是不耐，拂然說道：「想是總瓢把子不賣我這個面子了。」

申一平連忙彎下腰去，說道：「但憑熊師傅的吩咐，只是以後……」

中年文士立刻接著說：「兩虎相爭，必有一傷，你們兩家的事從此已了，以後的事，包在我的身上。」

申一平聽了這話，又是彎下腰去，星月雙劍不禁大奇，為何此看來全無武功之人，會令兩河綠林道的總瓢把子如此服貼，而且說話之間，連別人私人的恩仇，都全包攬了下來。

此時那中年書生已笑著朝他們走了過來，說道：「果然盛名之下無虛士，星月雙

江湖中人本重恩怨，戴、陸二人感恩圖報，就在王府留了下來，胤礽對他們也是優禮有加，極力地拉攏，特闢後院做他們練功靜習之處，侯門深似海，何況王府，於是江湖上遂有了他們已死的傳說。

熊賜履本是一介書生，絲毫不懂武術，但卻滿腹文才，談吐高雅，絲毫沒有酸腐之氣，星月雙劍也頗敬重他的為人，再加上救命之恩，漸漸不覺結成莫逆。

後來胤礽被其弟胤禩、胤禔等所收養之喇嘛邪術所亂，失了本性，變成一個淫虐的瘋子，康熙召他到塞外，在皇營中被廢，熊賜履知道太子既廢，太子府必然不保，胤禔等手段毒辣，必謀斬草除根之計，自己身受胤礽知遇之恩，勢必得為他留一後代，但自己手無縛雞之力，於是才將胤礽的長子爾赫及嫡女爾格沁交托給星月二人，他自己卻準備法古之豫讓，為知己者而死了，戴陸二人本不肯讓他盡愚忠而死，但是熊賜履書生固執，他二人也無法勸阻。

星月雙劍本是大漢子民，民族觀念很甚，當初留在太子府，亦是逼不得已，現在怎肯為一異族賣命，但俠義中人，受點水之恩必報湧泉，兄弟倆商量了許久終於答應了下來，後來太子府裡的人，果然被殺的被殺，發放的發放，熊賜履自是不免，可是星月雙劍卻已帶著兩個在皇室的陰謀手段下被殘害的小孩遠赴江南了。

星月雙劍名頭太大，江湖中人識之本多，何況各貝勒府耳目遍佈，風聲即刻傳出，於是京中高手紛紛南下，企圖截住這帶著胤礽子女潛逃的星月雙劍，但戴夢堯人極機智，一路上潛形隱伏，躲過不知多少次危險，但卻想不到在這遠離京城已數千里的地方，會讓人給窺破了行跡。

此時戴夢堯騎在馬上，腦海中思潮如湧，紊亂已極，他暗自思量，自己所做的事，究竟該是不該？非但京中爪牙，對自己是千方百計，欲得之而甘心，就是江湖中白道的朋友，也會不恥自己的為人，須知滿清初年，武林中人俱是反清復明的倡護者，怎會同情自己的為胤礽賣命，可是又有誰會知道自己的苦心呢。

他想到自己和陸飛白將胤礽的子女帶出皇城，又不惜冒著萬險偷回已是「眾矢之的」的太子府，將熊賜履的兒子熊偶救了出來，然後又狠著心將胤礽的兒子拋在大紅門外小紅門村一間小山神廟的門口，聽著一個八歲的幼兒在寒夜裡啼哭，卻不顧而去，他彷彿覺得那孩子尖銳的哭聲此刻仍停留在他的耳邊。

他又想到為了滅口，在經過香河縣時，殺了從太子府帶出的爾赫的奶媽，當他拔出劍時，那年青而嫵媚的眼睛正乞憐地望著他，用各種方法來乞求一命，但他卻不顧一切，將劍插入她那堅實而豐滿的胸脯，殺死了一條無辜的性命，他不禁深深責備自己，為了自己的恩怨，自己所做的確是太過份了。

想到這裡，戴夢堯不禁長歎了口氣，仰首望天，只是東方漸白，已近黎明，於是他回顧正在趕著車的陸飛白，歎道：「噯！總算又是一天。」

第二回

劍影鞭絲，蒼星銀月殞落
風住塵香，孤鴻落花飄零

車進太平門，只見金陵舊都，氣勢果是不凡，時方清晨，街道上已是熱鬧非常，戴夢堯不禁心神一鬆，趕著馬車混在雜亂的人群中，此時車內傳出兒啼，陸飛白笑道：「是孩子們該吃點什麼的時候了，咱們也該打個尖，歇息歇息了。」

戴夢堯回顧左右，並無注意他們的人，也笑著點了點頭，車往朝南的大街緩緩走去，停在一間並不甚大的客店門口，店裡的小二趕緊過來接馬招呼，滿臉帶著笑容，車子一停，車簾一掀，卻走下來一個年輕的婦人，一走下車，就伸了個懶腰，眼睛一飛，竟是個美人，只是眉目間帶著三分淫蕩之色，她朝著戴夢堯嬌聲一笑，說：「噯唷，真把我累死了。」接著朝四周略一打量，又笑問：「這就是江寧府嗎？怪不得這麼熱鬧。」

戴夢堯又是一皺眉頭，並未答話，卻朝著正在呆望著的店小二說：「快準備兩間上房，給牲口好好的上料。」店小二是幹什麼的，他一眼就看出這一伙人透著奇怪，男的不但穿著打扮奇怪，而且背後還背著劍，再加上還有個女的，卻又生得千嬌百媚，蕩態撩人，又俱都是一口純粹的官話，可是奇怪是奇怪，卻更不敢多囉嗦，就連平常說慣了嘴的一些客套，都緊緊地收在腹裡，喏喏連聲地張羅去了。

陸飛白跳下車來，隨著戴夢堯走進店裡，此時那俏婦人已帶著兩個小孩走進屋裡，戴夢堯回頭一望陸飛白，低聲埋怨道：「我早叫你不要用這個女人，看她的樣子，遲早總要生事。」陸飛白笑了笑，說：「不用她怎麼辦，難道咱們還能抱孩子，除了她有誰肯跟咱們跑這麼遠的路。」戴夢堯沒有說話，兩人走進屋裡，店小二已把洗臉淨口的水送上來了。

他們擦了擦臉，吩咐店小二送上些酒菜，又叫店小二也送些吃食給鄰房裡的那個俏奶媽，正想稍微歇息一會，忽然外面有人在大聲吆喝，接著就有人來敲房門，戴陸不禁一驚，驀地站起。

敲門之聲愈大，陸飛白去開了門，只見門外站了兩個皂隸，一付盛氣凌人的樣子，衝著陸飛白大聲說：「你們是幹什麼的，從哪裡來，到哪裡去。」陸飛白不禁大驚，以為他們已知自己的身分，略一遲疑，正在尋思應付之策，那店小二卻賊眉賊眼的跟了過來，陪著笑說：「爺們請多包涵，這是店裡的規矩，見了生客不敢不報上去。」說完又打著千走了。

陸飛白這才鬆了口氣，知道這又是些想打個秋風的公差，想到「車船店腳衙，無罪也該殺」這話的是確論，嘴裡卻說：「咱們帶著家眷到南邊去尋親，請兩位上差多多關照。」

哪知那公差卻又喝道：「爾等身上帶著兵刃躲躲藏藏的，分明不是好人，快跟我們到衙門裡去問話。」陸飛白聽了，不覺大怒，劍眉一豎剛想發作，忽地有人跑來，衝著他說：「呀，這不是陸二爺嗎，怎麼會跑到這兒來，」接著又對那兩個公差說：「這兩位爺是我的熟人，我擔保他們出不了錯。」那兩個公差對望了一眼，笑著說：「既然是孟大爺的熟人，那就怪我們多事了。」說完竟笑著走了。

陸飛白定睛一看，並不認識此人，但只得應酬著說：「許久未見了，您好？」心裡卻在奇怪著，此人怎會認得自己。

戴夢堯一直站在那裡一言未發，此時走了過來，笑著說：「老二還記不記得，這就是北京城裡振武鏢局裡大鏢頭銀鉤孟仲超。」陸飛白聽了，也自想起，趕緊拱手說：「幸會，幸會，請裡面坐坐。」

三人寒喧了一會，孟仲超突然說：「兩位既然到了南京，不可不去看看寶馬神鞭，我也知道二位此次南來，實有難言之隱，但寶馬神鞭義重如山，也許二位見了他事情更好商量。」

戴夢堯略一尋思，問道：「這寶馬神鞭又是何人，聽來甚是耳熟。」

孟仲超哈哈笑道：「二位久隱京城，想不到對江南俠蹤如此生疏，您難道不知道江湖人稱『北劍南鞭，神鬼不佔先』，南鞭就指的是寶馬神鞭薩天驥了。」

陸飛白好勝心重，接著問道：「那麼北劍又是指的誰呢？」孟仲超又是一陣大笑，說道：「除了星月雙劍，還有誰能當此譽。」

戴夢堯微笑著說：「孟兄過獎了，倒是我有聽人說起，南京鎮遠鏢局的總鏢頭薩天驥不但掌中丈四長鞭另有精妙招數，而且騎術精絕，善於相馬，若真是此人，確是值得一見。」

孟仲超一拍腿道：「對了，就是此人，我看二位不如搬到鏢局去住，也省了好多麻煩，何況鎮遠鏢局在江南聲名極大，江寧府裡也有照顧，二位若要前去，我先去告訴他一聲，北劍南鞭這次能得一聚，真是武林中一大盛事。」

戴夢堯望了陸飛白一眼，沉吟了許久，慨然說道：「好吧，只是麻煩孟兄了。」孟仲超連忙說道：「哪裡的話，既是如此，我先告辭了，二位請馬上就來，鎮遠鏢局就在城南，一問便知。」說完拱了拱手走了。

戴夢堯等他走了，掩上房門，對陸飛白說道：「咱們這樣無目的亂走，也非良策，寶馬神鞭既是名重武林，想必是個角色，咱們不如在他那裡暫且耽一下，再慢慢打算打算。」陸飛白自是點頭笑著說好。

師兄弟二人正在笑談，多日來的緊張奔馳，今日才得稍息，此刻忽又有敲門之聲，不等回應，卻就推了門進來，戴夢堯抬頭一看，見是那他素所厭惡的奶媽，眉頭又是一皺，起身整了整衣服，說：「我隨便出去看看，老二你去不去？」

陸飛白笑著搖頭說：「我累得要命，還是在這躺一會兒的好。」戴夢堯自管去了，那奶媽本俏生生地站在門邊，戴夢堯出去時她輕輕一閃，眉目向陸飛白一飄，嬌笑著說：「唷，你們還喝酒來著，怎麼也不叫我一聲。」說完嫋嫋婷婷地走到桌邊，自己倒了一杯酒，仰頭喝乾了，陸飛白見到，卻笑著說：「原來你也會喝酒，那我倒又找著了一個酒友。」停了停，他又問道：「孩子呢？」

那奶媽倒了一杯酒，送到陸飛白的面前，口裡說道：「他們累了這麼多天，都早就睡了。」

陸飛白人本不羈，接過酒杯也一口喝乾了，那奶媽見他如此，橫波一笑，百媚俱生。

原來那奶媽姓夏名蓮貞，在娘家本就不貞，嫁到夫家復又在外面勾三搭四，被夫家休了，清初禮教甚重，被丈夫休了的婦人休想再嫁，正好這時戴、陸托客店裡的小二找一個婦人，隨他們遠行照料小孩，香河縣雖大，卻無一人願意跟他們離家奔波，店裡的小二本就認識夏蓮貞，這才將她找了來，她在香河縣無法再住，再加上她本是個膽大的女流，有此機會，自是願意，戴夢堯先是不願用她，但行路匆匆，又不能等，只得罷了。

陸飛白生性外和內剛，看起來甚是和氣，一路上夏蓮貞就不斷挑逗他，陸飛白也沒在意，可是夏蓮貞卻誤會了，以為陸飛白對她亦是有意，此刻她轉了身，回到桌邊，又斟了杯酒，正待送去，忽地外面戴夢堯高聲叫道：「老二，快出來。」陸飛白不知出了何事，匆匆去了。

走到門外一看，只見戴夢堯正和孟仲超以及另一個高大威猛的漢子把臂走了過來，看見陸飛白，孟仲超就笑著說：「喏喏，這就是星月雙劍裡的二俠銀月劍客陸飛白。」那漢子向前走了一步，滿臉堆笑說：「大名早已如雷灌耳，聽見孟兄說賢昆仲駕到，來不及等就跑來了。」說完哈哈一陣大笑。

陸飛白也趕緊抱拳施禮，想到此人必就是名動江南的寶馬神鞭了，說道：「閣下想必就是薩大俠，小弟怎敢勞動大駕。」孟仲超在旁接著笑道：「大家都是自己人，我看還是免了這些客套吧。」

薩天驥一把抓住了陸飛白的手，大聲笑著說：「你們到了南京，怎麼還住在客店裡，真是太瞧不起小弟了。」不等回答，回頭大聲叫著小二，說：「快把這兩位爺台的東西收拾好，送到我的鏢局去。」又回過頭來，對星月雙劍說：「我早已吩咐局裡準備了酒筵，替兩位接風，我們先趕去喝兩杯，東西叫他們送來好了。」說完拉著陸飛白的手就往外走。

陸飛白看到薩天驥滔滔不絕地說了一大堆，知道此人是個豪爽漢子，也就不再推辭，戴夢堯回身囑咐了店小二幾句，也跟著出了大門。

鎮遠鏢局靠近水西門，離六朝金粉所聚的秦淮河也不太遠，門朝北開，門前掛著黑底金字的大招牌，氣派果自不凡，他們到了門口，早有鏢局裡伙計過來接馬伺候，進了大廳，酒宴早已備齊，他們都是英雄本色，也不多謙讓就坐下喝起來了。

酒是花雕，雖和北方喝慣的高粱風味迴異，但卻酒力醇厚，後勁最足，星月雙劍本都好酒，酒逢知己更是越喝越多，不覺都有些醉了。

孟仲超忽然哈哈笑道：「北劍南鞭，今得一聚，我孟仲超的功勞不小，你們該怎麼謝謝我。」戴夢堯接著說：「久聞薩兄以狂飇鞭法，稱霸江南，今日確是幸會。」

孟仲超忽然一拍桌子，大聲說：「對了，對了，北劍南鞭，俱都名重武林，今天你們不如把各人的武功，就在席前印證一下，讓我也好開開眼界。」

薩天驥性本粗豪，又加上七分酒意，聽了立刻贊成，笑著說：「蒼穹十三式兄弟聽到已久，今日能得一會，我真是太高興了。」說完竟自脫去長衫，走到廳前的空地上，準備動手了。

陸飛白看上去雖甚和氣，但個性卻最傲，看了薩天驥這樣，也將長衫脫去，手朝桌面一按，人從席面竄了過去，戴夢堯看了，大為不悅，但也無法。

陸飛白尚未落地，薩天驥手朝腰間一探，隨手揮出一條長鞭，長逾一丈，鞭風呼呼，宛如靈蛇，陸飛白腿一頓挫，人從鞭風上越了過去，抽出長劍，頭都不回，反手一劍，又是一式「天虹倒劃」。

薩天驥聽見風聲往前一俯，堪堪避過這劍，烏金長鞭往回一掄，「狂風落葉」，陸飛白人在空中，招已遽出，鞭風已然捲到，躲無可躲，孟仲超在旁驚呼一聲，以為此招已可分出勝負。

哪知陸飛白長劍亂點，「漫天星斗」，劍劍都刺著薩天驥的鞭身，恰好將鞭勢化了開去，孟仲超不禁又叫起好來。

薩天驥覺得鞭身一軟，長鞭往下一垂，忽地鞭梢反挑，搭住陸飛白的長劍，竟自黏住。

原來薩天驥自幼童身，從來以內力見長，此番他又想以內力來剋住陸飛白怪異的劍法，何況陸飛白人尚未落地，自是較難運力。

哪知「蒼穹十三式」劍法自成一家，天下的劍派除了天山冷家兄妹的「飛龍七式」之外，就只星月雙劍的「蒼穹十三式」能身不落地，在空中自由變化招術，當下陸飛白知道自己身無落腳之處，與薩天驥較量內力，自是大為吃虧，突生急智，將劍把一鬆，人卻借著一按之力，越到薩天驥的身後，並指如劍，「落地流星」，直指薩天驥的「肩井穴」。

薩天驥正自全神對付陸飛白由劍尖滲出的內力，突覺手中一鬆，正覺驚訝，右肩已是微微一麻，高手過招，差之毫釐，失之千里，薩天驥微一失著，即已落敗，心中雖是不服，但也無法，長鞭一揮，黏在鞭上的劍直飛了出去，陸飛白跟著竄出去，去勢竟比劍急，將劍拿到手上，又斜飛出去數尺，才輕飄飄落到地上，身法美妙異常，寶馬神鞭稱霸江南，二十餘年未逢敵手，如今在十招之內就此落敗，心中實是難受已極。

陸飛白仗著身法奇詭，僥倖勝了一招，對薩天驥的難受之色，並未覺察，抱拳微笑道：「承讓，承讓，薩兄的內功確實驚人。」

薩天驥只得強笑了笑，沒有說出話來，孟仲超察言觀色，恐怕他二人結下樑子，忙跑來笑著說：「南鞭以雄厚見長，北劍以靈巧見長，正是各有千秋，讓我大開眼界，來來來，我借花獻佛，敬二位一杯。」

戴夢堯人最精明，知道薩天驥已然不快，再坐下去反會弄得滿座不歡，當下站起身來，微笑說道：「我已不勝酒力，還是各自休息了吧。」

此時突然有個鏢局的伙計跑了進來，打著千說：「兩位的行李及寶眷都已到了，現在正在南跨院裡休息。」戴夢堯正好就此下台，說道：「今日歡聚，實是快慰生平，此刻酒足飯飽，可否勞駕這位，帶我到南跨院去看看。」說著走了出來，薩天驥忽然大笑了幾聲，說道：「那時如果我用『旱地拔蔥』躲過此招，再用『天風狂飆』往下橫掃，陸兄豈不輸了。」接著又朝戴夢堯說：「來來來我帶你去。」

戴夢堯也覺此人豪爽得可愛，笑著跟他走了出去，孟仲超朝陸飛白看了一眼，將陸飛白脫下的長衫拋過去給他，於是大家都走了出去。

因為大家心裡都有不愉之事，當天晚上的晚飯，就草草吃過了，孟仲超是個沒遮奢的漢子，看到這個情景，喝了幾杯酒就走了。晚飯過後，戴夢堯和陸飛白被安置到南跨院相鄰的西間房裡，戴夢堯一路上奔波勞碌，倶是他在操心，此刻雖尚未有目的之地，但終算離了險境，心情一寬，很容易就入睡了，陸飛白卻不知怎的，在房中思緒反覆，心情不寧已極，陸飛白不禁大奇，須知內功深湛之人，多是心如止水，雖泰山崩於前，而色不稍變的，即是稍有雜念，微一調息，即可平伏，陸飛白此刻卻是心亂如麻，不能自已，陸飛白自是萬分詫異，廿餘年來，這種現象倒是第一次發生。

他開窗外望，只見群星滿天，雖無月亮，院中仍是光輝漫地，他長歎了口氣，盤膝坐在床上，屏息運氣，做起內功來了。

那夏蓮貞本是淫娃，在香河縣幾乎夜無虛夕，如今久曠，一路上奔馳，因為太累，倒還能忍耐，如今一得安定，再加上江南的春天，百物倶都動情，何況她呢。

她斜倚床側，身上只穿著一件鮮紅的肚兜，身旁的一雙孩子，鼻息均勻，都入睡了，她只覺春思撩人，紅生雙頰，跑下床去，喝了一杯冷茶，仍是無法平息春夜之綺念。

忽然，她聽得鄰房似有響動，漸漸響聲不絕，她知道鄰室的陸飛白定尚未睡，她想到陸飛白對她和氣的笑容，再也無法控制慾念，起床披上一件衣裳，悄悄地開門走了出去。

陸飛白窗尚未關，夏蓮貞從窗口望裡去，只見陸飛白外衣已脫，端坐床上，體內發出一連串輕雷般的響聲，知他尚在練功，卻也不顧推門走了進去，輕聲嬌笑道：「這麼晚了你還練功夫，也不休息休息。」

陸飛白正在練習「天雷行功」，「天雷行功」本是長白山不傳之秘，練到火候，舉手投足，皆可傷人，只是陸飛白廿餘年來俱是僕僕風塵，從未能勤練，此時他正是吃緊當兒，突聽夏蓮貞所說的話，真氣一泄，只覺四肢一軟。

夏蓮貞扭著走到床邊，兩隻充滿了慾念的俏眼狠狠盯著陸飛白，陸飛白看見她深夜走了進來，自是驚詫，但仍未在意，朝她一笑，問道：「你有什麼事嗎？」

陸飛白的一笑，是他素性如此，從來都是笑臉向人，但夏蓮貞慾火焚身，只覺這一笑有如春日之風，吹得她慾火更盛，裝作無意將披著的衣服掉到地上，粉腿玉股，蠻腰豐乳，立刻呈現在陸飛白的眼前。

陸飛白雖是鐵血男兒，但他正值壯年，「飲食男女」本是人之大欲，如何能夠禁得，再加上夏蓮貞頰如春花，媚目動情，他只覺心神一蕩。

夏蓮貞見他未動，緩緩地走向前去，兩隻勾魂蕩魄的眼睛，瞬也不瞬地望著他，突地往前一撲，一把摟住陸飛白的肩膀，嬌喘微微，張口咬住陸飛白的頸子。

陸飛白人非木石，此刻也是四肢乏力，輕輕伸手一推，卻恰巧推在夏蓮貞身上最柔軟的地方，心神又是一蕩，夏蓮貞就勢一推，將他壓在床上，陸飛白此刻正是理智將潰，多年操守眼看毀於一旦。

兩人翻滾之間，放在床邊的劍，忽地鐺的一聲，掉在地上，陸飛白驀地一驚，須知他畢竟不是好色之徒，受此一驚，理智立刻回復，隨手一推，將夏蓮貞推到地上，厲聲說道：「不要胡鬧，快回房去，不然……」說到這裡，他突然想到剛才的情況，覺得自己也非完全無錯，凶狠的話再也說不出口，走下床來，直向門口走出。

夏蓮貞慾性正自不可收拾，被他一推，先還茫然不知所措，再聽得他厲聲說話，不禁又羞又怒，伸手一撐地上，想要站起，卻正按到落在地上的長劍，須知人在性慾衝動之時，最無理性，任何事都可做出，夏蓮貞咬一咬牙，將長劍抽出，兩手握住劍把，向陸飛白連人帶劍，刺得過去。

陸飛白頭腦亦是混亂異常，甚是矛盾，他聽得身後有人撲來，再也未想到夏蓮貞會用劍來刺他，卻以為她又要前來糾纏，轉身正想罵她，哪知夏蓮貞正好撲上，又是用盡全身力氣，陸飛白毫無所備，長劍正好由他的左胸刺入，穿過胸膛，鮮血濺得夏蓮貞滿身，陸飛白淒厲一叫，一代人傑，卻葬送在一個淫婦手上。

戴夢堯正在熟睡，被陸飛白慘叫聲驚醒，大為驚駭，急忙跑下床來，大聲叫問道：「老二，什麼事。」來不及去開房門，雙臂一振，穿過紙做的窗戶，飛了出來。

夏蓮貞要刺陸飛白本是一時衝動，並非真的想殺他，此刻只覺又悔又怕，聽見戴夢堯一叫，更是駭得魂飛魄散，連爬帶滾，躲到床下去了。

戴夢堯一進房門，只見陸飛白倒在地上，鮮血滿身，身上的劍，尚未拔出，知道事情不妙，急得聲淚齊下，將他一把抱起，嘶聲叫著：「老二，你怎麼啦？」

陸飛白此刻已命若遊絲，張眼看到戴夢堯，眼中不禁流下淚來，他只覺呼吸漸難，張口正想說話，卻只說了一個「夏」字，雙目一閉，竟自去了。

星月雙劍自幼在一齊長大，四十餘年多，患難相依，生死與共，戴夢堯再是沉穩，也不能保持冷靜，他不禁放聲痛哭，捧著陸飛白的屍身，只是說：「老二，我一定為你報仇。」

他將陸飛白的屍身，輕輕放到床上，將屍身上插著的劍抽出，呆呆地看著陸飛白的屍身，血淚俱出，倏地把腳一頓，揮手一揮，將床上的支柱，斬斷了一根，嗆說道：「今夜我不殺薩天驥，誓不為人。」

原來陸飛白臨死前話音不清，戴夢堯誤認所說的是「薩」字，戴夢堯怎會想到夏蓮貞一個毫無拳勇的女人會殺死陸飛白，須知陸飛白身懷絕藝，尋常人根本不能近身，若非高手，怎能將劍由他的前胸刺入。

南跨院這一番亂動，早已驚動了多人，戴夢堯走出房門，剛好有一鏢局裡的趟子手聞聲跑來，看見他手執長劍，滿面殺氣，不由大驚，連忙跑去告訴薩天驥，薩天驥自是莫名其妙隨著那趟子手走到南跨院，只見戴夢堯赤著雙足，衣衫不整，看見薩天驥目眥俱裂，話都不講，長劍連遞三招，劍劍都是朝著薩天驥的要害動手。

薩天驥糊裡糊塗吃了三劍，左避右躲，嘴裡大聲喝道：「你在幹什麼，瘋了嗎？」

戴夢堯口裡答道：「跟你這種無恥小人還有什麼話說？」手裡可不閑著，長劍由上到下，帶著風聲，直取薩天驥，劍到中途，忽然化做三個圈子，分取薩天驥六陽、乳穴三個要害，這正是「蒼穹十三式」裡的絕招「頃刻風雲」。

薩天驥不覺大怒，罵道：「你這忘八旦，怎麼瘋了！」雙腳踩著方位，「倒踩七星步」躲過此招，右掌一圈，掌風將戴夢堯的劍勢壓住，左手一拳，拳風呼呼，直打面門，戴夢堯也覺此人內力實是深厚，身體右旋，將拳風避去，突地劍交左手，薩天驥方才一掌一拳俱都無功，知道今日此戰，實非易事，突見他劍交左手，左手亦變拳為掌，急銳地向他手腕切去。

戴夢堯左手一縮一伸，不但化了來勢，而且反取薩天驥的右乳，薩天驥長嘯了一聲，只見他拳勢一變，忽掌忽指，在戴夢堯的劍光中遞招，絲毫不見示弱，須知寶馬神鞭享名多年，實非倖致，敗給陸飛白，只是一時大意，戴夢堯雖然劍氣如虹，招招俱下毒手，但也一時奈何薩無驥不得。

此時鏢局裡的鏢師以及趟子手也全聞聲而來，團團圍住他們兩人，但是俱都沒有插手，原來薩天驥最恨群毆，講究的是單打獨鬥，要有人幫他，他反會找那人拚命，大家都知道他的脾氣，再加上兩人俱是冠絕一時的高手，動得手來，分毫差錯不得，別人就是要插手，也插不進來。

這裡兩人正作生死之搏鬥，躲在床下的夏蓮貞悄悄地溜了出來，神不知鬼不覺的往房裡溜去，院中的人都被這百年難得一見的比鬥所吸引，竟無一人注意到她。

她走進房內，悄悄地解下了肚兜，抹淨了身上的血跡，將滿沾著血的肚兜，塞在床後，忽然她發覺正在睡覺的兩個孩子卻只剩下了一個，三歲大的爾格沁尚在熟睡，那比她大四歲的熊倜卻不知去向了。驀地外面又是一聲慘呼，她奔至窗口一望，只見院中大亂，戴夢堯已不知去向，薩天驥怔怔地站在那裡，兩眼空洞地望著前方，上前去攙扶他的人，都被他揮手趕走，夏蓮貞不知在這轉瞬間生了何事，又不敢問。

薩天驥腦中正在思索：「如何戴夢堯不分皂白就來找我拚命，而陸飛白卻始終不見呢，照理說，戴夢堯在這裡作殊死之鬥，陸飛白是不可能不露面的呀，莫非……」想到這裡，薩天驥將腳一頓，匆匆跑到陸飛白的門口，推門一看，燈光正照在僵臥在床上的陸飛白的屍身上，白色的衣服，沾滿了血跡。

薩天驥又是一頓腳，自語道：「我真該死，陸飛白怎會死在這裡，戴夢堯定是以為我殺了他，我又怎會那麼急燥，沒問個清楚就動上了手呢？如今這麼一來，大家都會疑惑我是兇手了，反讓那真的兇手逍遙法外。」他望了陸飛白的屍身一眼，暗忖道：「但又會是誰殺了他呢？他內外功俱都已臻上乘，又有誰能有這力量，難怪戴夢堯會疑心我，現在戴夢堯身受重傷，又帶著一個小孩，恐怕難逃活命了，這難道是我的過失嗎？」他聽得吵聲很大，回頭看到門外已擠滿了人，大喝道：「你們看什麼看，都給我滾開。」

人都漸漸走了，院中又恢復了平靜，薩天驥仍站在房中思索，夜已非常深，隔壁的房中，忽然有孩子的哭聲，他想：「呀，這一定是他們帶來的另外一個孩子了，我該去看看他。」

於是他走了過去，輕輕地推開房門，他看見夏蓮貞正坐在床上，抱著那女孩子，夏蓮貞看見他走了進來，只望了望他，沒有說話，那孩子哭聲仍然未住，薩天驥忽然覺得非常歉疚，心裡想道：「呀！我不該乘著戴夢堯心亂而疏忽的時候，重傷了他，如今他帶著只有七、八歲的孩子逃亡了，若他一死，那孩子怎麼辦呢，現在還剩下的這個，我該好好的照顧她。」

他走到床邊，拍著正在啼哭著的孩子的頭，親切的說：「不要哭了，從今我要好好的看顧你。」他低著頭，從夏蓮貞敞開的衣襟裡，看到一片雪白的皮膚，他不禁心跳了，四十餘年來的童子之身，第一次心跳得這麼厲害，他喃喃地又重複了一遍：「我要好好地看顧你們。」

此時一片愁雲籠罩鎮遠鏢局，每一個房間裡，都有好幾個人在談論著今天晚上所發生的事，他們都認為他們的總鏢頭心太狠，手太辣，乘著戴夢堯被擾亂的時候，卻下毒手傷了他，何況總鏢頭還殺了陸飛白呢，為了一點勝負，就去殺人，大家的心都寒了。

原來剛才薩天驥和戴夢堯打得正是激烈的時候，院裡的聲音，吵醒了正在熟睡的熊倜，他爬了起來，看見睡在身邊的奶媽已不見了，就跑了出來，院中正圍住一堆人，人堆裡劍氣縱橫，他從小就受著太子府裡武師的薰陶，知道有人在那裡比鬥，就悄悄地從人堆裡擠進去，一看卻是他最喜歡的戴叔叔正和人打架，他就蹲在旁邊看。

他看了一會，覺得他戴叔叔還沒有打敗那人，心裡很急，原來熊倜自小就膽大包天，專喜歡做些冒險的勾當，力大無窮，又從星月雙劍那兒學上些拳腳上的基本工夫，現在他想到，戴叔叔還打不贏，我去幫他忙，他想到就做，站了起來，這時薩天驥正背著他，他就跑過去想一把抱住薩天驥的腿，讓戴叔叔好打得方便，此時戴夢堯勢如猛獅，將「蒼穹十三式」裡的微妙招數都使了出來，薩天驥正感不支，忽地他聽得背後有人暗算，雙肘一沉，身形一弓竄了上去，熊倜一個撲空，往前衝到戴夢堯的劍圈裡，戴夢堯正是一招「北斗移辰」，劍勢由左方到右方劃了半個圈子，忽從圈子裡將劍刺了出來，驀地看見熊倜衝了進來，不由大驚，劍式已出，無法收回，左手一用勁，猛打右手的手腕，長劍一鬆，鐺然掉在地上。

薩天驥正在戴夢堯的上面，看見戴夢堯這樣，心生惡念，想到：「反正今天你不殺了我，就是我殺了你。」兩腳一沉，往外一蹴，戴夢堯心神正亂，防避不及，這兩腳正正踢在他的後心上，只覺胸口一甜，嘩地吐出一口血水。

須知薩天驥素以內功見長，這兩腳更是平生功力所聚，就算是一塊巨石，也會被踢得粉碎，況血肉之軀，戴夢堯知道已是不保，想著非但陸飛白的仇已不能報，自己也眼見不支，慘嘯了一聲，抱起正在驚愕中的熊倜，一言不發，鼓起最後一絲力量，雙腳一頓，颼地竄到牆外。

他一陣急竄，也不知跑了多久，腳步愈來愈慢，出了水西門，即是莫愁湖，此刻但見水波靜伏，已無人跡，戴夢堯放下熊倜，在湖邊坐了下來，試著運氣行功，但是真氣已不能聚，他知道自己命在頃刻，他唯一不能瞑目的是熊倜，又想到他一個稚齡孺子，連遭慘變，茫茫人海，何處是他的歸宿？自己和陸飛白飄泊半生，落得如此收場，不禁流下淚來，熊倜看見他如此，孩子氣的臉上也流出成人的悲哀，扳著戴夢堯的手，嗚咽著問道：「叔叔，你怎麼啦？是不是倜兒不好，害得叔叔難過？」

戴夢堯英雄末路，看了熊倜一眼，只見他俊目垂鼻，大耳垂輪，知道他決非夭折之像，心中不禁一寬，拿得他的手，慈祥地說：「叔叔馬上就要死了，從今你只有一個人了，你要好好地照顧自己，你怕不怕？」

熊倜搖了搖頭說：「我不怕。」想了想，忽然撲到戴夢堯的懷裡，哭了起來說：

「叔叔，你不要死嘛！你不要死嘛！」

戴夢堯長歎了口氣，把熊倜扶著坐好，看了很久，正色說道：「你愛不愛你爸爸？」熊倜哭著點了點頭，戴夢堯又問道：「你愛不愛你的陸叔叔和戴叔叔？」熊倜也哭著點了點頭，戴夢堯接著說：「你要記住，你的爸爸和戴叔叔、陸叔叔是被滿州人和一個叫寶馬神鞭薩天驥的人害死的，你長大了，一定要為他們報仇！」熊倜哭得更厲害，戴夢堯忽地厲聲喝道：「不許哭，給我跪下來。」熊倜驚慌地看了他一眼，抽泣著止著了哭，跪在他的面前。

戴夢堯掙扎著從貼身的衣服裡掏出了二本冊子，慎重地交給熊倜肅然說道：「你要發誓記得，這兩本書是我和你陸叔叔一生武功的精華，你無論在任何困難的情況下，都要把它學會。」講到這裡，他想到熊倜只不過是個九歲大的孩子，讓他到何處去求生呢，他不禁將口氣變得非常和緩，拍著熊倜說：「你懂不懂？」熊倜哭著說：「叔叔不要氣，倜兒知道，倜兒一定會把武功學會，替叔叔及爸爸報仇。」

戴夢堯此時呼吸已是異常困難，聽了熊倜的話，臉上閃過一絲安慰的笑，說道：「這才是好孩子，你記著，是滿洲人和薩天驥害得我們這樣的，你記得嗎。」熊倜堅定的點了點頭，他緊抱著那兩本冊子，已不再哭了，他覺得他好像已長大許多，已經大得足夠去負起這份艱巨的擔子。

戴夢堯踉蹌著站了起來，走到湖邊，俯身搬起了一塊大石塊，轉身對熊倜揮了揮手，說：「你走吧，不要忘記了叔叔的話。」熊倜又哭了起來，又不敢哭出聲來，低下頭哭著說：「我不走，我要陪叔叔。」

戴夢堯仰首望天，但見蒼穹浩浩，群星燦然，心中淒慘已極，緩緩地將那塊大石繫進衣襟裡，狠了狠心，大聲喝道：「快走，快走，走得愈遠愈好，你再不走，叔叔要生氣了。」

熊倜爬了起來，轉身走了兩步，又回頭看了戴夢堯一眼，戴夢堯又朝他揮了揮手，看著那弱小的身影漸漸走遠，水濤拍岸，如怨婦低泣，戴夢堯轉身向湖，覺得已有寒意，胸中的石塊，更見沉重，沉重得已將他窒息，他雙臂一振，只竄了丈許，就撲地落入湖裡，湖中水花四濺，又漸漸歸於沉寂。

天上的銀月蒼星，亙古爭皓，地下的銀月蒼星，卻永遠殞落了。

熊倜無助地望前走著，只覺前途一片黑暗，他想回頭跑去，抱著戴叔叔痛哭一場，又是不敢，他覺得無依無靠，稚弱的心裡，懼怕已極。

又走了一會，他彷彿看見遠處竟有燈火，連忙加快往前走去，他拭乾了眼淚，把戴夢堯給他的兩本冊子，仔細地收在懷裡。他本是百世難遇的絕頂聰明之人，經過的災難，又使他成熟了許多，他知道要想為自己的父親和戴叔叔報仇，就要活下去，為了「生」，他願意做出任何事，雖然他不知道怎樣生存，但是他發誓，他要生存下去。

第三回 金粉笙歌，多少酸辛往事 淡煙橫素，幾許別離情緒

秦淮河花舫笙歌，聚六朝金粉，此時已是子夜，但尋歡逐樂的公子闊少仍未散盡，熊倜走到河邊，看見畫舫如雲，燈火通明，他年紀太小，自是不知這是何等所在，心中暗忖道：「這些一定是豪富人家的遊船，記得以前我家也有的。」轉念又想道：「我家以前有許多書童，年紀也都和我差不多大，我不如到上面去求求他們，也許他們會收留我。」

熊倜向前走了一陣，看到每只船上都掛著塊牌子，上面寫著名字，有些船燈火仍亮，裡面有喧笑之聲，有些船卻已熄了燈火，他又覺膽怯起來，不知上哪條船好，走了一會，他看見有一只船停在較遠之處，不像別的船那樣一只連著一只，而且燈火仍然亮著，他就走了過去。

那只船的窗戶向外支著，他站在岸邊看了一會，裡面並無嘩笑之聲，停了一會，窗口忽然爬出一個小女孩的頭，大約也只有八、九歲，這晚月色甚明，熊倜站在月光下，被船裡的小女孩看見了，秦淮河酒肉徵逐，很少有孩子們來，那小女孩看見熊倜，就笑著朝他招了招手，熊倜遠遠看到她兩隻眼睛又大又亮，笑起來像是有兩個很深的酒窩，也不覺向前走去，忽然腳底一滑，他驚叫了一聲，倒下河去，那小女孩看了，也嚇得叫了起來。

船裡的人也都跑了出來，那小女孩尖聲叫著姐姐，不一會從後艙走出一個年紀亦不太大的少女，雲鬢高挽，貌美如花，身材甚是清瘦，臉上似有愁容，顰眉問道：「甚麼事呀！」

那小女孩指著水面說：「有一個小孩子掉下去了，姐姐趕快叫人去救他。」那少女探首窗外，看見一個小孩的頭離岸漸遠，慌忙叫道：「你們怎麼搞的，快點下去救人呀。」船上有幾個捲著褲腿的粗漢，跳下了水，所幸岸近水尚不深，不一會，就將熊倜救了上來。

那些粗漢把熊倜倒著放在膝上，吐出了許多水，雲鬢少女和那小女孩也走了出來，熊倜正自慢慢醒轉，此時艙內走出一個四十許歲的婦人，一走出來就朝那少女說：「那麼晚了還站在這兒，也不多穿件衣服，小心著了涼。」又轉頭看了看熊倜，朝那些粗漢說：「這小孩是哪裡來的，弄得船上都髒死了，快把他送走。」

那少女聽後微一顰眉，朝婦人說：「阿媽怎麼這樣，這孩子凍得渾身發抖，怎麼能夠送他走呢？」語言脆麗，如黃鶯出谷。

那婦人尚未答話，熊倜突然跳了起來，朝那少女及小女孩一跪哀求著說：「這位阿姨和這位姐姐救救我，不要趕我走，我沒有家了，情願替你們做事，做什麼事都行。」說著說著，眼淚又流了下來。

那小女孩看了，不禁拉了拉她姐姐的衣角，低聲說道：「姐姐，你不要趕他走嘛，瞧他樣子怪可憐的。」少女看了熊倜一眼，只見他雖是從水裡撈出的，衣服淋漓，非常狼狽，但卻生得俊美已極，一點都沒有猥瑣的樣子，心裡也很喜歡，側臉對那婦人說：「這小孩既是無家可歸，我們就把他收下來吧，也好替我打打雜。」

那婦人說道：「姑娘，你有丫頭們服侍你還不夠嗎？這小孩來歷不明，怎麼能收下他呢。」

那少女一甩手，生氣道：「不行就不行，我求你做一點事都不行，看下次你求我，我也不答應你。」

那婦人連忙陪著笑道：「行行行，姑娘的話我怎麼敢不聽。」又大聲對著正站在旁邊的兩個丫頭說：「快把這小孩帶到後面去，找件衣服替他換上，聽到了沒有。」那兩個丫頭趕緊把熊倜帶到後面去了。

那小女孩高興得只笑，牽著少女的衣角，笑著說：「姐姐真好。」那少女聽了，歎了口氣，似有無限心事，輕輕說道：「什麼還不都是為了你。」

那小女孩聽了，眼圈一紅，撲進少女懷裡，兩人緊緊地擁抱著，竟都流下淚來。

原來此二人遭遇也是異常淒慘，她們的父親原本是一個通儒，雖然才高八斗，但卻氣質清高，不願應試，為異族作奴才，在城郊一個名叫金家莊的小村落裡，開設了一家蒙館，靠一些微薄的束脩來討生活，妻子早死，膝下無兒，只有兩個善解人意的女兒，生活自是清苦，但卻也很安靜。

這位老先生姓朱，字鴻儒，本是大明後裔，大女兒若蘭，小女兒若馨，他因為沒有兒子，從小就把兩個女兒當做男子，教以詩書，等到若蘭十六歲那年，朱老先生忽然得了重疾，竟告不治，臨死時望著兩個悲淒欲絕的女兒，自是難以瞑目。

朱家本就貧寒如洗，朱鴻儒一死，根本無法謀生，朱若馨才七歲，每天飯都不能吃飽，餓得皮包骨頭，朱若蘭姐妹情深，看著難受已極，這才落溷煙花，做了秦淮河畔的一個歌妓。

朱若蘭麗質天生，再加上本是書香世家，詩詞書畫，無一不精，不到一年，即豔名大噪，成了秦淮群花裡的魁首，朱若蘭人若其名，幽如空谷蘭花，能得稍親芳澤的，可說少之又少，可是人性本賤，她越是這樣，那些走馬章台的花花公子越是趨之若鶩。

秦淮笙歌金粉，本是筵開不夜，但朱若蘭卻立下規例，一過子夜即不再留客，船上的老鴇把她當作搖錢樹，哪能不聽她的話，所以熊倜晚上來的時候，已是曲終人散了。

朱若蘭命薄如紙，知道熊倜也是無家可歸的孤兒，同病相憐，對熊倜愛護備至，朱若馨年紀尚幼，一向都是做別人的妹妹的，現在有了個比她還小的熊倜，也是一天到晚忙東忙西地，照料著熊倜，熊倜劫後餘生，得此容身之地，實不啻如登天堂。

熊倜這半年來經過的憂患太多，人在苦難中總是易於成長，他也變得有一些九歲大的孩子所不應有的世故，而且他知道自己身世極秘，所以對於對他視如手足的朱家姐妹，也是絕口不提，只說自己父母雙亡，又是無家可歸罷了。

朱若蘭白天沒事，就教著若馨、熊倜兩個孩子念書，熊倜生長王府，啟蒙極早，文字已有根基，再加上聰明絕頂，過目成誦，往往若馨念了好幾遍還不能記得的書，熊倜一念就會，若蘭更是喜歡。

有時夜深夢迴，熊倜想到自己的血海深仇，就偷偷地取出戴夢堯給他的冊子流淚，於是白天他更加刻苦念書，只因那冊子上所載字句均甚深奧，他要有更多的知識，方能瞭解。

晚上，前艙有客，度曲行令，熱鬧已極，熊倜雖也年幼愛鬧，但他卻絕不到前艙張望，他知道他所處的地位是不允許他享有歡樂的，只是一個人躲在後面念書，有時若馨也來陪著他。

若蘭在前艙陪完酒回來，自己感懷身世，總是淒然落淚，漸漸熊倜也知道了這是何等所在，不禁也在心裡為若蘭難受，發誓等自己長大成人，一定要把她們從火炕中救出來。

這樣過了一年，熊倜非但將幼學瓊林等書背得爛熟，就算是四書五經，也能朗朗上口，這才揀了一個月明之夜，偷偷溜到岸上荒涼之處，將那兩本冊子放在前面，恭恭敬敬拜了四拜，默祈父叔在天之靈，助他成功。

此時月色如銀，秦淮煙水，浩渺一片，熊倜極仔細地翻開那兩本冊了，那是用黃綾訂成的封面，裡面的白絹上，整齊地寫著字，和一些圖式，熊倜翻開第一本，正是星月雙劍仗以成名的「蒼穹十三式」，但「蒼穹十三式」內盡是些騰刺擊的精微劍式，熊倜既無師傅指導，又無深厚的武功根基，如何能夠學得，他翻閱了一會，不禁失望得哭了，於是他再翻開第二本冊子。

那本冊子正是學武之人夢寐以求的內家初步功夫，也正是星月雙劍始終未能登峰造極的天雷行功，須知戴、陸二人壯年武學，又是終歲飄泊，自是不能潛心於這等性命雙修的內家調息之術，但熊倜以一天資絕頂的幼童，再加上胸懷大志，刻苦自勵，卻是正宜於此，而且戴夢堯記下這冊秘功的時候，寫得異常詳盡，是以熊倜日後能初入江湖，即名滿武林，雖是他屢得奇緣，但如他未紮成極深厚的根基，又怎能得此呢。

此後每日天尚未亮，熊倜就偷偷爬了起來，獨自跑到靜僻的河邊，迎著朝氣學習吐納之術，初學時，他自有不少困難，但他卻都以絕大毅力去克服了，有時遇著難解之處，竟終日懨懨，偶一得解，卻又雀躍不已。

這樣練了年餘，他不分晴雨寒暑，從未間斷，受盡了常人所不能受的磨折，但是他也得到他所應得的報償，須知天下無論任何事情，俱是一分耕耘，一份收穫，他受的磨折愈大，所得亦是愈多。

兩年來的苦練，他覺得自己的周身肌肉，已能隨著呼吸自由收縮，而且氣力倍增，身體像是蘊藏著千百斤力量，只是無法發洩而已，他不知道他這些日子的苦練，已到了內功中極深奧的境界，正是武林中人終生嚮往的「三花聚頂」、「五氣朝元」，所差的只是「督」、「任」兩脈，尚未能打通，否則就算是武林高手，都也不能傷他了。

兩年多來，若馨也十餘歲了，出落得自是清麗異常，熊倜本是和她姐妹睡在一起，現在一來因為人都大了些，二來因為熊倜晚上要練功，和她姐妹睡在一起甚是不便，就搬在後面後艙一間角落上的小房去睡，更是晝夜不息地練著調息之術。

一天清晨，熊倜又溜了出來，到河邊去練功，他心裡正在想著「天雷行功」裡的精微之處，沒有注意到前面的船板，一腳踏空，全身將要落水，他本能的往上一提氣，哪知卻出乎意外地全身似有大力吸引，向上拔高了數尺，他心中一喜，真氣一散，卻又噗通掉進水裡，所幸秦淮樂戶不到日上三竿，不會起床，也沒有注意到他。

但是從此他卻知道自己已能練習「蒼穹十三式」了。

歲月倏忽，瞬又三年，熊倜已是十四歲了，他削竹為劍，舉劍已有三年，「蒼穹十三式」已能自由運用，「天雷行功」卻未見進步，他除了覺得自己運氣時，體內雷響較前稍大之外，但每每練到緊要關頭，體內真氣總不能融而為一，心裡懊惱已極。

若馨也已十五了，江南春早，十五歲女孩子已經長得像個大人了，漸漸地，她對熊倜形痕上變得生疏起來了，可是在內心的情感上，卻對他更是關懷，熊倜自是不知女孩子的心事，還以為她不喜歡自己了，心中很是惆悵，須知他倆從小耳鬢纏磨，兩小無猜，五年來已有情愫，自古英雄最是多情，他每日除了若蘭的殷殷垂注外，心裡覺得甚是空虛。

這五年來最苦的是若蘭，她忍辱負重，眼看著自己喜愛的兩個孩子都已長大，不禁感到自己年華漸逝，歸宿茫茫，終日更是憂悒，常常一哭就是好幾個時辰。

熊倜這麼多年來都處身在青樓花舫裡，早就想脫身遠去，但是看到若蘭對自己的關注和愛，又不忍就此一走，亦是苦悶已極，更將所有的精力，都花到武功上去，希望自己武功早成，能了結自己的恩仇，但是他武功究竟已到何種地步，連他自己也不知道。

熊倜練功時，因為怕別人知道，總是隨時換著地方，不是在清晨，就是在深夜，這天他天色尚未露出曙光，就跑了出來，四周一看，只見晨霧頗重，籠罩得秦淮水波與大地蒼天，結連成迷迷濛濛的一片灰色。

他站在岸邊，迎著清晨清新而潮濕的空氣深深地呼吸了幾口，看著四野無人，一時興起，朝著前面的濃霧一伏身，身如離弦之箭，向外竄了兩丈開外，下面即是河水，眼見他就要下落，忽地兩臂一振，右腳尖找著左腳面，用力一踩，人又向前竄了丈餘，接著又是一弓身形，左右腳互踩，轉瞬間已飛越過秦淮河的河面，這時遠處濃霧裡有人輕輕地「咦」了一聲，但熊倜正在高興頭上，他自己也未想到竟能將「蒼穹十三式」裡最難練的一招「巧渡鵲橋」運用這般純熟，所以雖然有人「咦」了一聲，他卻毫未聽見。

須知熊倜五年來，日夜不停的苦練，人既絕頂聰明，何況再加上那兩本冊子是「星月雙劍」一生精力所聚，裡面全是武林中難得一見的絕頂武功，他照書勤練，雖然無師自通，但已比那些苦練十年廿年的普通武師，高明多倍。

熊倜坐在那裡行了一會內功，看見天色尚早，從背後衣服上繫著的繩子裡，拔出一根用竹子削成的短劍，就地一站，劍尖下垂，慢慢右手平伸，劍尖向上挑起，這正是「蒼穹十三式」的起手式，「金烏初升」看似呆板，但其中卻包涵著無窮變化。

熊倜正在運氣，將體出真氣通到劍尖上發出，忽覺肩上有人一拍，他一驚之下，本能地反手一劍，劍勢上挑，雖是竹劍，但在熊倜手裡運用，已可斬敵傷人。

熊倜劍方刺出，忽覺右脅一軟，渾身真力俱失，手裡的劍也同時失去，竟似他將劍交給別人一樣，他尚未有任何動作，眼前一花，多了一條人影，衝著他冷冷的說：「你的劍法是誰教給你的？」

熊倜大驚之下，定睛一看，只見眼前站著一個似人似鬼的怪物，通體純白，非但衣履是白的，就連頭髮，眉毛也全是白的，臉色更是蒼白得沒有一絲血色，像是剛從墳墓裡跑出來的。

熊倜強煞也只是一個十四歲大的孩子，見了這種形同鬼魅的角色，嚇得轉身就跑，哪知他人剛縱出，渾身又是一軟，又彷彿是有什麼東西在他身上點了一下，叭地一聲，落到地上，跌得臀部隱隱作痛。

那人根本未見走動，人卻移了過來，還是冷冷地說：「你的劍法是誰教給你的？」

熊倜個性本強，何況此人所問的，又是熊倜埋藏在心裡多年的秘密，他怎會講給一個素不相識的人聽，更何況此人太覺詭異，根本不像人類。

那人問過之後，即動也不動的站在那裡，臉上沒有一絲表情，熊倜伏在地上調息了一會兒，猛地腰、腿、肘一齊用力，人像彈簧般彈了起來，往前一竄，就是三、四丈，他滿以為這次定可逃出了，哪知他腳尖剛一沾地，那怪人卻又正正地站在他面前，他毫不考慮，雙臂一振，人往上直拔上去，哪知那怪人也同時隨他拔起，完全同樣快慢，他拔到哪裡，那怪人也拔到哪裡，只要熊倜往前看，那怪人冷而蒼白的面孔總是赫然在他眼前。

熊倜不禁急了，連人帶頭，向那怪人撞去，那怪人卻不躲閃，眼看即可撞上，哪知那怪人卻隨著他的來勢向後飄了開去，熊倜力量用完，他那跟著停止，仍是保持著剛剛的距離。

熊倜東奔西竄，卻始終逃不過那怪人，他想到自己苦練五年，第一次碰到的人，非但打不到他，竟連逃都逃不出去，這樣怎能談到報仇雪恨，不禁坐到地上哭了起來。

那怪人本是堅冰般的面孔，看見熊倜哭了起來，卻開始起了變化，接著渾身扭動，像是不安已極，卻極力忍耐著的樣子。

熊倜哭了一會，想起了戴夢堯臨死前對他講的話，哭得更是傷心，那怪人似是忍耐不住，也坐到地上，跟著熊倜哭了起來，而且哭得比熊倜還要傷心。

原來那怪人本是孤兒，生出後就被拋在居庸關外的八達嶺上，卻被產在深山裡的一種異種猴子撿了去，餵以猴奶，那怪人長大後跟猴子一樣，滿山亂跑，遍體長著粗毛，吱吱喳喳地說著猴語，有一天被一個遊山的劍客發現，把他帶了回去，用藥水把他遍體的毛皮去了乾淨，授以武技，而且還替他起了個名字叫侯生。

那劍客在八達嶺一耽十年，傳得侯生一身本領，侯生本就生有異稟，內外功學起來比別人事半功倍，出師後即常到關內遊俠，不論黑白兩道，只要惹他不順眼，他就把人家弄死，而且行蹤飄忽，輕功高得出奇，無人能奈得他何。

後來他年紀大了，漸漸懶得走動，就娶了個太太在八達嶺隱居起來，星月雙劍的師傅那時在青龍橋隱居，兩人都是武技高強性情孤僻的老頭，一談之下，竟是非常投緣。

侯生內外功俱都已臻絕頂，幾乎已是不壞之身，可是不知甚的，卻最怕聽見人哭，只要有人一哭，他也會跟著哭了起來，而且哭的時候武功俱失，和常人完全一樣。只是江湖人士從未有在他面前哭過的，故也無人知道他的這宗短處。

可是侯生晚年娶的這位太太卻最好哭，她一哭侯生也跟著哭了起來，要是別人不停，他也不能停止，後來他太太發現他這個毛病，沒事就拿哭來要脅他，弄得他實在不能忍耐，竟逃了出來。

他跑到星月雙劍的師父那裡，住了幾個月，想到關內一遊，星月雙劍的師父就托他照顧徒弟，這時剛好星月雙劍帶著熊倜及爾格沁同逃，他就跟在後面保護，後來在南京城郊陸飛白口發狂言，他一怒之下，冷冷地說句「好大的口氣」就不管走了，他卻不知道星月雙劍都遭了毒手。

他一個人各處遊玩了好幾年，再回到江南，卻聽得人說星月雙劍已經死了，怎麼死的卻人言人殊，他這才一急，覺得自己對不起星月雙劍的師父。

他也知道星月雙劍是帶著兩個孩子同走的，現在星月雙劍已死，他就想找著兩個孩子，來補償自己的歉疚，哪知找了許久，也無法找著。

這天他正清晨到莫愁湖去看霧，偶然走到秦淮河邊，看見有人正用「蒼穹十三式」裡的功夫飛渡秦淮，「蒼穹十三式」武林中會的可說絕無僅有，他才「咦」了一聲，跟了過去，他看到熊倜是個十幾歲的孩子，心想也許就是他要找的人，這才跑過去問，他個性奇僻，喜怒無常，看見熊倜想走，就逼著熊倜，哪知道熊倜卻哭了起來。

熊倜又哭了一會，發現侯生也在哭，而且哭的樣子很滑稽，不覺噗哧笑了一聲，侯生聽他笑也不哭了，熊倜覺得好玩，就問道：「喂，怎麼我哭你也哭，我不哭你也不哭了？」

侯生兩眼一瞪，衝熊倜說：「怎麼你哭得我就哭不得呀！」熊倜見他白髮白髯，已是個老頭子，但說起話來卻像小孩一樣，哈哈大笑起來。

侯生看到他笑，就站了起來，拍拍沾在白衣服上的塵土，想了一會，問道：「星月雙劍是你什麼人？」

熊倜笑聲頓住，驚異地看了侯生一眼，沒有答話，侯生看了看他，覺得他年紀雖幼，但兩眼神光飽滿，膚如堅玉，內功已有根堅，遂起了憐才之念。侯生飄忽江湖，辣手毒心，人稱毒心神魔，數十年來，從未對人生出如此好感，這也確是異數。

停了一會，侯生把語聲放得和緩，說道：「你不要怕，只管說出來，我不會害你的。」

熊倜見他臉上已再沒有冷酷之色，突然對他也起了親切之感，這五年來除了朱家姐妹之外，別人對他都是冷眼相待，侯生雖是行蹤詭異，令得他害怕，但是現在他語氣卻在嚴厲中露出關切，熊倜想到他最敬愛的戴叔叔也是這種樣子，不禁又哭了起來。

侯生見熊倜一哭，急得只是頓腳，但他血液裡有了八達嶺裡異種猿猴的天性，只要看見人哭，自己也不能控制地哭了起來。

熊倜本是聰明絕頂之人，見他如此，心裡明白了幾分，突然福至心靈，止住了哭，說道：「這位伯伯，我不哭了，只是因為我想起死去的戴叔叔，所以才忍不住哭了起來，請你不要怪我。」

說也奇怪，他不哭，侯生也立刻止住了哭，覺得這樣大的人，在小孩子面前哭，有點不好意思，於是又將面孔板板緊緊地說：「戴夢堯是你的師父？」熊倜此時已不再怕他，就點了點頭。

侯生又看他一會，突然說：「你把戴夢堯教你的天雷行功練一遍給我看。」熊倜也是與他有緣，話都沒說，就坐在地上練了起來，只是又像往日一樣，練到緊要關頭就泄了真氣。

侯生動也不動看著他練，臉上竟有喜色，此時突然跑了過去，不知怎的將手一伸，將熊倜倒提了起來，在他渾身一陣亂拍，熊倜只覺渾身舒服，絲毫沒有痛苦之感。

他拍打了約有盞茶時候，將熊倜放了下去，兩手板住熊倜的肩膀，叫熊倜張開嘴來，他也把嘴一張，對著熊倜吹出一股氣來，只見有一條宛如實質的氣體，投入熊倜的嘴中。

那氣體一入熊倜口中，熊倜只覺渾身一冷，有一股寒氣在他體內運轉，過了一會，侯生額上已然見汗，熊倜覺得那股寒氣漸漸變得火熱，燙得他渾身又痠又痛，侯生的兩隻手像鐵匝似的扳住，他動也動不了。

又過了一會，侯生將手一鬆，卻撲地坐到地上，累得氣喘不已。

熊倜四肢一鬆，渾身覺得從未有的舒泰，看見侯生已在對面瞑目調息，也坐了下來，試著稍一運氣，真氣即灌達四肢，融而為一，不禁大喜。

此時天已大亮，陽光自東方升起，照得秦淮河水，粼粼金光，侯生站了起來，對熊倜說：「我已為你打通『督任』兩脈，此後你練功已無阻礙，等到你練得體內輕雷不再響時，可到居庸關來，你也不必找我，我自會找你的。」說完身形並未見動，人已不見。

熊倜站了起來，心裡高興得無法形容，自思道：「這人怎地如此奇怪，像是和我戴叔叔是朋友，我起先還以為他是鬼呢。」轉念又想道：「呀！我連他姓名都不知道，連謝也沒有謝過他，真是該死，下次見到他……」

他正想到這裡，忽然白影一晃，侯生又站到他的面前，熊倜不禁大喜，正想跪下，侯生把手一攔，從背後撤出一把形式奇古的長劍，伸手抽了出來，只覺寒氣沁人，他把劍套往熊倜手上一遞，口裡說著：「記著。」就虛空刺了幾個劍式，像是毫無連貫，卻又劍劍奇詭，熊倜都記了下來。

侯生把劍一收，也往熊倜一遞，說道：「此劍我已用它不著，你可拿去，只是此劍在江湖上太已扎眼，輕易不可顯露。」他想了一想，又說道：「此後你如找著你的妹妹，可把我剛剛教你的劍招也教給她，除此以外，你卻不能教給任何人，知道嗎？」

熊倜趕緊跪了下去，低頭說道：「弟子知道。」等他再抬頭，侯生已不見了。

熊倜手裡拿著那把古劍，喜愛已極，他仔細看了許久，只是劍把上用金絲縷成「倚天」兩字，隨手一揮，劍尾竟有寒芒，知是一把寶劍，就站在當地，將侯生教他的劍招，按著方位，練了起來，總是覺得招招彷佛不能連貫，運用起來緩慢已極，但他知道，侯生武功深不可測，教他的劍招，必也是武林絕學，所以牢牢記在心裡。

他放眼一望，天色雖是大亮，但秦淮河畔卻仍渺無人蹤，他縱身一掠，人已往前縱出五、七丈遠，連他自己也覺意外，想不到片刻之間，功力竟會增加一倍，他卻不知體內督任二脈一通，只要再稍加勤練，便是不壞之身，星月雙劍威名那樣之盛，但都不能達此境界，熊倜若不是侯生拚著兩年坐功，不惜消耗自身的真氣替他打通的話，就算再練個十年，也未必有此成就。芸芸武林群豪，能練到督任兩脈自通的，可說少之又少，天下之大，除了侯生及有數一兩個人間難得一見的隱俠之外，能替人打通此兩脈的，更是絕無，而且此舉最是耗費真氣，不是有異常的關係，也絕不會做，熊倜得此曠世難逢的奇遇，確是難以解釋的異數。

熊倜靜悄悄地回到船上，船上人尚高臥，他回到他那間僅可容膝的小房艙，將劍收了起來，才出去漱洗，他想到今天的奇遇，心裡就高興，他想：「要是戴叔叔他們還在，看見我這樣子，也一定會為我高興的，今天那位伯伯說我還有個妹妹，我真該死，這樣多年我竟把她忘了，現在不知她怎麼樣了，我真奇怪，為什麼以前竟從未想起過她，呀！我還記得她那麼小，整天只會哭，現在她該也長大了些吧，我真希望以後能找著她，把我全部會的武功都教給她，讓她也可以跟我一齊去報仇。」

他想著想著，臉上露出了笑容，此時忽然若馨也跑了來，看見熊倜就腳步一緩，低低地說：「你好早呀！」

熊倜看到她來了，就轉頭跑開，嘴裡說道：「小姐姐早。」

若馨見他走了，也沒有叫，輕輕地歎了口氣，眼睛裡流露出一絲淡淡的憂鬱。

轉瞬又是兩年，熊倜早將「天雷行功」練得無聲，「蒼穹十三式」他更是練得熟之又熟，只是侯生教給他的怪異劍招，他尚未能完全領悟，他本早想走了，但當他看到朱家姐妹時，他彷彿覺得有一條無形的線在繫著他，使他不能離去。

等到熊倜十六歲那年，他長得已完全像個大人，聰明人本就多半早熟，何況他自幼練武，身材又高，臉上雖仍有童稚之氣，但已無法再在秦淮河的花舫上耽下去，他想了許久，本想就此偷偷溜走，免得難受，但想到若蘭七年來的恩情，實是不忍。

終於在一天夜裡，船上的人都睡了，他悄悄地跑進朱家姐妹住的那間艙房將若蘭叫到船舷旁。

夜已很深，河邊寒意甚重，若蘭不知有什麼事，跟著熊倜走了出來，問道：「弟弟，你有什麼事呀！」熊倜呆呆地望著她，只見她滿臉俱是關切之容，這七年來她終日憂鬱，更是清瘦得可憐，而且月移人換在芸芸金粉中，她也沒有以前那麼紅了，熊倜想到就要離開她，心裡一酸，眼角流下淚來。

若蘭見熊倜哭了，就跑到熊倜跟前，這時熊倜已比她高很多了，她抬頭望著熊倜的面孔，輕輕伸手替熊倜擦了擦眼淚，關切地說：「弟弟，你哭什麼，是不是又受了誰的委屈？」

熊倜更是難受，回過頭去，只見秦淮河水，平伏如鏡，倒映著天上點點星光，微風吹來，彷佛置身廣寒深處。

若蘭只覺寒意漸重，輕輕地靠近熊倜，她第一次感覺到他已不再是個孩子了。

熊倜低下頭來，茫然說道：「姐姐，我要走了！」話尚未說完，眼淚又漱漱落下，若蘭聽了一驚，問道：「你要到哪裡去？」

熊倜伸手扶著若蘭的肩膀說：「姐姐，我要離開你們，到很遠很遠的地方，因為那裡有很多事等著我做，但是我一定會很快回來的，我一定要將姐姐接出去。」

若蘭聽了這話，心裡如被刀割，推開熊倜扶著她的手，幽幽地說：「我早就知道你要走的，但你為什麼走得那麼快呀！反正姐姐也活不了多少年了，你難道不能再等一等嗎？」說著說著，已是淚如雨下。

熊倜突然一把將若蘭抱住，哭著說：「姐姐，我真不想離開你，只是我實在有難言之隱，有許多事我都要去把它做好，但是，姐姐，我發誓，我一定會回來的，我會一直陪著姐姐，讓姐姐好好地享受幾年，不要再在這種地方耽下去了。」

若蘭哭得已說不出話來，停了一會，她止住了哭推開熊倜，低低地說：「你什麼時候走呀！」

熊倜又低下頭去，說：「我跟姐姐說過，馬上就要走了，若馨姐姐那裡，你代我說一聲，我不再去跟她告辭了。」

若蘭想到七年相依為命的人，馬上就要走了，忍不住又哭了起來，說：「你難道不能多耽幾天嗎？讓姐姐再多看你幾天。」

熊偶狠著心搖了搖頭說：「不，我馬上就走了，多耽幾天，我心裡更是難受，姐姐快回房去吧！小心著涼了。」

若蘭突地一轉身，哭著跑了進去，熊倜望著她的背影消失，覺得像是失去了什麼了，落寞地走回房，收拾了幾件常換的衣服，將寶劍仔細地用布包好，斜背在身後，留意地看著他那小艙，這平日令他難以忍受的地方，如今他都覺得無限溫暖。

他呆呆地站在床前，房門輕輕地被推了開，若馨流著淚走了進來，手裡拿著一個手絹包的小包，看見熊倜出神地站在那裡，強忍著淚，走到熊倜的身旁，將手裡拿著的小包放到床上，垂目說道：「這是姐姐和我的一點首飾，還有一點兒銀子，你拿著吧，路上總要用的。」

熊倜轉臉感激看著她，只見她長長的睫毛上掛滿了淚珠，心裡突然有一股說不出的滋味，張口想說些什麼，又不知該怎麼說，兩人沉默了一會，若馨抬眼淒婉地看了他一眼，眼光中充滿了悲哀的情意，慢慢轉身走了兩步。

熊倜壓集在心中的情感，此時再也忍耐不住，哽咽著叫道：「小姐姐。」

若馨聽了腳步一停，熊倜走上一步，站在她身後，若馨突然一轉身，熊倜乘勢把她緊緊地摟在懷裡，兩人頓覺天地之間，除了他倆之外，什麼都不存在了。

若馨順從地依偎在他懷裡，伏在他胸膛上，低低地說：「你要走了也不來跟我說一聲，難道你除了姐姐之外，就不再關心任何人了嗎？」

熊倜溫柔地摸著她的秀髮，期艾著說：「我還以為，你不……」

若馨搶著說：「你不要說了，我也知道你想著什麼，你真傻，難道一點也看不出我對你的情感嗎？」

她說完了，又覺得很羞澀，把頭一鑽，深深地埋藏在熊倜寬大的胸膛裡。

此時萬籟寂然，只有水濤拍擊，發出夢般的聲音，兩人也不知相互偎依了多久，熊倜輕輕地推開若馨，說：「我該走了，再不走天就要亮了。」

若馨眼圈一紅，又流下淚來，幽怨的說：「你等天亮再走不好嗎？」

熊倜搖了搖頭，說：「我要乘著黑暗走，到了白天，我就再也沒有走的勇氣了。」

若馨拿起那手絹包的小包，擦了擦眼淚，緊緊地塞在熊倜的衣襟裡，垂首說：「不要弄掉了，這上面有我的眼淚。」

熊倜此時，真恨不得將一切事都拋在腦後，只要能和若馨緊緊依偎一輩子，可是他怎能忘了國仇家恨，他怎能忘了臨死殷殷垂囑的戴叔叔。

他一咬牙，轉身拿起包袱，忽然看見若蘭也站在門旁，他覺得他再不走，就永遠不能走了。

他走到若蘭的跟前，說道：「姐姐，我走了。」

若蘭慢慢地讓開路，說道：「路上要小心呀！你還小呢！」

熊偶回頭又看了若馨一眼，她已哭得如帶雨梨花，熊偶強忍住悲哀，朝若蘭說：

「我會小心的，姐姐放心好了。」

說完他就衝出艙門，消失在黑暗裡，若蘭走過去拉起若馨的手，像是告訴若馨，又像是告訴自己，堅定的說：「不要哭了，他會回來的。」

第四回 七年學劍，秦淮金粉似夢 九月高歌，中原豪士如雲

熊倜走下船的時候，大地仍然一片黑暗，此時四野無人，他本可放足狂奔，但他覺得腦海裡混混糊糊，茫然若失，像是有許多事要思索，又不知道從何處開始。

他信步向前走著，在黑暗裡，他覺得心靈較安全些，七年來，他足跡未離開秦淮河，外面的一切事物，對他都是太陌生了，面對著茫茫人海，他心裡有些害怕，不知道該怎麼去做。

他想道：「我該先去莫愁湖，去看看戴叔叔和我分別的地方，然後呢……」他撫摸著包在衣服中的長劍，思索著：「我就要去找殺死戴叔叔的仇人了，寶馬神鞭薩天驥，這名字我永遠都不會忘記，直到他的血染紅我的劍為止。」

他腳步一歪，腳下踩著一塊石頭，他拾起它，用力地拋上天空，那石子直線地衝

上去，久久都不落下。

他想著：「然後呢？我就要去找我的妹妹了，記得那時她還小，總是好哭，有一個奶媽總是陪著她，她叫什麼名字，怎麼我永遠都想不起了？記得陸叔叔曾經告訴過我的，那天陸叔叔在晚上把我帶了出來，抱我到一輛馬車上，告訴我爸爸已經死了，叫我跟著他走，他要教我武功，替爸爸報仇，他又指著一個小女孩，對我說是我的妹妹，而且還把她名字告訴了我，叫我記住，可是現在我卻把她忘了，叫我怎麼去找她呢？」

他轉念思索著：「真奇怪，怎麼那時在家裡的時候，我好像從不知道我有個妹妹，也從來沒有見過她，也許她太小了。所以爸爸不讓我跟她玩吧！」

他走過秦淮河邊一條狹小的街道，街的兩邊那些茶樓和小店，仍然兩門緊閉，他回頭又看了秦淮河一眼，籠罩在黑暗裡的秦淮河，彷彿比白天更美了，他站著了腳步，刹那間七年來若蘭、若馨的柔情關切，重重地向他心靈壓了下來，然後凝成一個難解的結，他沉重地呼了一口氣，轉身急速地向前奔去，他離開秦淮河越遠，心裡的負擔就像是少了些。

他一陣急馳，片刻已至莫愁湖，七年人事雖然全非，但莫愁湖還是原來的樣子。他佇立湖邊良久，心中反覆思索，漸漸遠處已有雞啼。

熊倜自沉思中驚起，此時天已微明，他整了整衣服，暗想著：「江寧府如何走法，我都不知道，薩天驥在哪所鏢局，我也忘了，我只得先找行人問路，到了江寧府之後，再設法打聽薩天驥的鏢局了。」

但此時天色太早，路上哪有行人，熊倜只得信步走去，他雖未施出輕功，但腳步仍比常人快得多，他走了一會，只見前面已是金陵城牆，原來他誤打誤撞，竟已走到水西門了。

此時城門已開，城內外已陸續有人出入，熊倜放眼一望，眼界不覺一新，他慢慢走進城內，腹內略感覺饑餓，就隨便找了一家小茶館走了進去。

那茶館並無房間，只有一間大食堂，佈置了幾張方桌和一些圓凳長凳，廚房就在食堂的裡面，除了賣茶之外，還帶賣些蒸食干絲，小籠包子之類的麵點，熊倜叫了一籠包子和一碗干絲，叫堂倌再泡壺龍井，一起送上來，堂倌嘴裡吆喝著走了。

熊倜遊目四望，只見這茶館除了自己之外，只有三五個客人，坐在那裡聊天。

不一會堂倌送上吃食，替熊倜倒著茶，熊倜一想：「聽說茶館的茶房最是多話，不如我向他打聽打聽薩天驥的所在。」於是他就向堂倌問道：「喂，伙計，你知不知江寧府有個叫寶馬神鞭薩天驥的人？」

那堂倌果然喜歡多嘴，聽見有人向他問話，把毛巾朝肩上一搭，笑著說：「南京城內鎮遠鏢局的總鏢頭，寶馬神鞭薩天驥的大名，誰人不知呀！」

熊倜聽了心裡一喜，趕緊接口問道：「那麼鎮遠鏢局在哪裡呢？」

堂倌聽了，又是哈哈一樂，說道：「你家原來是要找薩天驥呀！鎮遠鏢局倒是好找，從這裡過兩條街口，朝左一轉彎，你家就可以看到鎮遠鏢局的大招牌，不過你要找薩天驥，卻來晚了五年。」

熊倜聽了一驚，問道：「難道他已死了？」

那堂倌打開了話匣子，往熊倜旁邊的板凳一坐，好在生意消閒，他笑說著：「這話你問我，倒真是問著了人，你要問別人，還真沒人知道。」

他乾咳了幾聲，熊倜急得催著快講，那堂倌卻說道：「只是這件事太秘密，我不能隨便講給人聽。」說完站起來要走。

熊倜一急，伸手刁住那堂倌的手，那堂倌只覺半身發麻，痛得叫了起來，熊倜急忙鬆手，他久在樂戶，雖是年輕，卻懂不少人情世故，心中一想，知道這堂倌想要銀子，伸手入懷摸了摸，掏出一小塊銀子來，約有兩許，那店倌看到銀子，痛也不痛了，走也不走了，伸手接過，轉過笑臉說：「其實我告訴你家也沒有關係，只是你內知卻不能說是我講的。」

熊倜不耐煩的點著頭，那堂倌這才說道：「好多年前，鎮遠鏢局來了兩個男人，和一個女人兩個小孩，聽說那兩個男人也是有名的武師，後來不知怎地，薩天驥把那兩個男人弄死了，大的小孩也不曉得跑到哪裡去了，薩天驥卻和那個女人姘上了，本來大家還不知道，哪曉得過了一年，薩天驥竟和那女人結婚，而且還把那小女孩子做了女兒，鏢局裡的都是好漢，大家都不滿意他，不過因為鏢局是他開的，也沒得辦法，哪曉得過了不久，薩天驥把鏢局的事務忽然都交給二鏢頭金刀無敵鎮三江駱永松，自己卻帶著那女人和小孩走了。」堂倌說完，又站起身來。

熊倜聽完，渾身發冷，知道堂倌所講的，就是他自己所發生的事，和薩天驥姘上的那女人，定就是那個奶媽，他越想越是難過，忽然看見堂倌已要走了，馬上問道：「那麼薩天驥現在在哪裡呢？」

堂倌看見熊倜又像要拉他的樣子，連忙縮住手，說道：「這個我卻不知道了，你家不如到鎮遠鏢局去打聽打聽，也許那裡有人知道。」說完就跑了。

熊倜此時悲憤交集，哪裡還吃得下東西，匆匆付了賬，就往外走。

他照著那堂倌的話，果然找到鎮遠鏢局，此刻時光太早，熊倜看見鎮遠鏢局兩扇黑漆的大門尚自緊閉，他也不管，走上前去，大聲敲起門來。

過了一會，只聽裡面有人咕咕嘟嘟地罵道：「是哪個喪氣鬼，這麼早就來叫喪。」熊倜聽了大怒，大門呀地一聲，開了一條小縫，鑽出一個人來，睡眼惺忪地說：「是誰呀，來幹什麼的？」

熊倜正沒好氣，隨手一推，門嘭地開了，那人也隨著跌跌衝衝地往後倒了去，熊倜大聲對那人說：「快把你們總鏢頭找出來。」

那人見熊倜年輕，以為好欺，嘴裡罵道：「你他媽的也配。」反手一個巴掌，向熊倜臉上搧去。

這等莊稼把勢，熊倜怎會放在眼裡，右手一揮，左手抓著那人的衣襟，一拋一送，那人叭地一聲，遠遠地跌在地上。

須知大凡鏢局的伙計，雖是些無知的粗漢，平日仗著鏢局的威力，橫行街里，別人也都讓他們三分，可是真若吃了大虧，卻最乖覺不過，此刻那人見熊倜毫未作勢，就把他拋到暈頭轉向，也知道了厲害，身上的疼痛也顧不得了，爬了起來，轉身往裡面跑去。

熊倜仍然站在當地，並未移動，他心中在想：「自己只是這樣輕輕地一揮，就將看來那樣精壯的一個漢子拋了出去，是何等令人驚異的喜悅呀……」

他仰頭望天，已有些許陽光，從屋頂後斜照出來，這是一個非常寬敞的院子，斜陽照在地上，把熊倜的影子拖得長長地掛在身後，他自負地笑了起來，自語道：「要是戴叔叔看到，他也一定會非常高興的。」

院子本是靜靜地，但突然間，嘈聲從裡面傳出來，熊倜知道那漢子定將鏢局裡的人都叫了起來，但是他毫未作慌，一種奇異的自信支持著他，使他有足夠的勇氣去應付一切事。

不一會屋子裡出來一大群人，一個個俱都是衣冠不整，睡眼惺忪的樣子，顯然是剛從被窩裡拉出來，其中走在前面的，是個身材特別高大的漢子，渾身皮膚黑黝黝地，遠看活像生鐵鑄成的金剛，此人正是鎮遠鏢局裡的台柱鏢頭之一，神力霸王張義。

他走到屋門口，突然停了下來，將兩手大大的分開，攔住了後面的人，上上下下地打量著熊倜，驀地大笑起來，說道：「我聽王三說有人來踢鏢局子，我當是什麼三頭六臂的好漢，卻原來是這樣個小兔蛋子。」

後面跟著的，也哄笑了起來，像是完全沒把熊倜看在眼裡。

熊倜到底是初入江湖，沉不住氣，一看這些人的狂態，氣得滿面通紅，竟說不出一句話來。

張義看了，笑得更是厲害，轉身對身後的人說：「這兔崽子長得倒挺標緻，只可惜又小又嫩，只怕擋不住大爺我一下子。」

後面那些高高矮矮的魯莽漢子，聽了更是笑得前仰後合。

熊倜生在王府，自幼即和朱家姐妹長成，若蘭、若馨，雖是身入樂籍，但卻是書香世家，熊倜如何聽得懂此種不文之話，但他看到那些漢子的笑態，又知決非好話，正準備全力一擊，以洩怒氣，卻見那黑漢搖搖晃晃地走下台階。

熊倜連話都沒說，突地竄上前去，也未用什麼招式，朝張義搧了正反兩個耳光，張義萬萬料想不到，面前這個毫不起眼的小後生，會出手如此之快，只覺眼前一花，臉上已著了兩記，張口一噴，連牙帶血，濺了一地。

熊倜輕易一擊，竟然得中，以為眼前這個黑長大漢，也是先前開門那漢子一流人物，不免有些輕敵，哪知張義在江湖上亦是頗有名氣的人物，生性雖然魯莽，但卻久經大敵，是個鑽過刀山劍林的狠角色，此刻他臉上著了兩記，已知熊倜並非等閒人物，但當著手下如許多鏢伙，也不能就此罷手，想了一想，只得把心一橫，準備今天豁出去了。

須知這等在刀尖上討飯吃的朋友，只要將性命置之度外，連皇帝老子都敢招呼兩下子，當下他張口怒喝道：「好個小兔蛋子，連招呼都不打就下手了。」剛說完，長臂一伸，一招「金豹露爪」向熊倜抓去。

熊倜輕敵過甚，冷笑一聲，右臂一揮，左手前探，準備照方抓藥，像剛才一樣，摔他個四腳朝天，哪知張義卻遠非剛才開門的王三可比，他素以神力著稱，何況熊倜這一揮，只用了二成力，竟未能將他格開，張義將招就式，反手一招「金絲絞剪」竟將熊倜右手刁住，長大的身軀，微往外傾，「魁星踢斗」，右手猛力回帶，疾的一腿，朝熊倜踢到。

熊倜驟逢險招，又是初次出手，不免有些心慌，但他畢竟是出自名門，又有極厚的內功根基，輕功更是絕妙，微一用氣，真氣即灌達四肢，左掌彎式往下去削踢來的腳，右手微一用力，張義即覺把持不住，驀地回手收腿，左腳跟一用力，「金鯉倒穿波」往後猛竄，以求自保。此時熊倜只要順勢前往，再施一擊，即可竟功，但是他到底臨敵經驗太少，竟未能連環用招，須知他練功全是獨自一人，連對手過招的都沒有，自然初出手時，難免有此現象。

張義身剛立定，氣雖已餒，但仍不肯就此收手，正準備往前衝，突地回念一想：「此人年紀雖輕，武功卻深不可測，不知何門何派，來此又有何事，是敵是友尚未分明，我何必這樣苦撐，即使傷了性命，又有何用……」

於是他不再出招，但他是個莽漢，不善言詞，竟也未出言相詢，熊倜見他怔怔地站在對面，不解何故，暗自忖度道：「常聽若蘭姐說，世道人心，最是險惡，你不傷人，人便傷你，現他雖是呆站在此，但心裡卻不知在轉什麼壞念頭，不若我先發制人，先打發了他再說，免得反吃人虧。」

此刻他輕敵之心已泯，一出手，就是「蒼穹十三式」裡的絕招，身軀微一頓挫，人已如箭般離地而起，「泛渡銀河」，以掌為劍，帶著一股勁風，向張義當頭揮下。

張義正自盤算如何開口，熊倜人已襲到，「神力霸王」久歷江湖，知道這種身在空中，即已發出的招式，你愈是伸手格拒，所受的也愈重，於是他猛力右旋，想避開此招，但「蒼穹十三式」一招即出，其餘的招式自會連環運用，除非對方亦有極高的武功，否則絕難逃出，熊倜右腿外伸，雙手齊下，張義只覺漫天俱是熊倜的掌影，連躲都無法躲得。

此刻突地一人自內奔出，眼見熊倜正施殺手，忙喝道：「快往下躲。」但張義已在掌風籠罩下，已是身不由主，熊倜右手斜削「落地流星」，張義右頸一麻，人已昏了過去。

熊倜在空中輕輕地一轉折，然後飄落地上，多年來的苦練，使他的姿態極安詳而曼妙，他茫然地朝地下躺著的張義瞥了一眼，心裡開始生出一絲歉意，為什麼人類是這樣的一種動物，有時你會殘忍地將你第一次謀面的人，傷在你的手裡。

他正在呆呆的思量著，不禁開始對自己和人類生出了厭惡，他想，這是他第一次傷人，以後呢？也許會有更多的人傷在他的手下。

這時從裡面奔出的那人，忽然朗聲笑著走了過來，熊倜把停留在地面上的目光收了回來，打量著這笑著的人，他又想：這人好生奇怪呀，他的同伴被我傷在地上，他卻會毫不介意的笑著。

不過他對這人卻一時也沒有惡感，這緣因是因為這人是個極為俊秀的男子，雖然年紀已很大了，但卻有著一種成熟地、世故地、男性的英俊，這使任何人在第一眼看到他時，都會生出一種莫名的好感。

熊倜仍然站在那裡，那人笑著走到他面前，說道：「好身法，好身法，想不到昔年威震江湖的『蒼穹十三式』，又在此地重現。」

說完又深深一揖說道：「小弟是此間鏢局的管事的，江湖上的朋友都叫我粉面蘇秦，王智逑便是在下，其實呢，這都是朋友們的抬舉罷了。」說完又大聲笑了起來。

熊倜連忙還了一揖，但他不知該怎麼回答才好，他心裡在暗自慚愧著，自己莽然地跑到人家的鏢局裡，又打傷了人家的同伴，但人家卻對自己如是的客氣。

王智逑見熊倜訥訥地似乎想說些什麼，又說不出來的樣子，頓時心中雪亮，知道此人武功雖高，卻是個初出道的雛兒，不覺笑容更是開朗。

他又走前一步，笑著說：「看兄台的身法，想必是當年以『蒼穹十三式』飲譽江湖的星月雙劍的後人，想當年江湖上人，誰不對戴、陸兩位前輩景仰得五體投地，只是自從星月雙劍故去後，『蒼穹十三式』竟成絕響，想不到兄弟今日有緣，能再睹奇技。」

熊倜聽了，心中不禁生出一絲淡淡的高興和驕傲，他想著當年的戴叔叔和陸叔叔揮劍江湖，快意恩仇，不禁體腔裡烈血奔騰，平添了幾分豪氣，於是也大聲說道：「小弟正是星月雙劍的嫡傳弟子，此刻到貴鏢局，便是有幾件家師當年未了之事想來請教。」

說到此處，他浮目四望，只見鏢局的伙計們仍然磨拳擦掌地站在後面，他略停了停，又說道：「只是貴鏢局的大鏢頭們卻恁地厲害，不分青紅皂白，就要拿小弟試手，小弟這才得罪了，還請總鏢頭多原諒。」

他這番話講得雖是客氣，但卻有些不講理，鏢局裡的伙計雖不好，但張義卻是先挨了打的，而且話裡鋒芒外露，他少年挾技，怎比得王智逑世故圓滑，當下王智逑哈哈哈笑道：「這都怪小弟太懶，起床太晚，接待來遲。」他看了仍然倒在地上的張義一眼，目光裡流露出一絲奇異的光芒，但一閃而沒，回頭招了招手，叫伙計們照料張義進去，歎了口氣，說道：「我這個兄弟，就是這樣魯莽脾氣，想必是他開罪了兄台，您才懲戒懲戒他，這是他咎由自取，如何能怪得別人。」

熊倜聽了，雙眉一展，心中想道：「此人倒是個講理的人，我不妨和他交個朋友，薩天驥的去向，也或許可以從他那裡問出來。」他初出江湖，自以為知人甚明，卻不知日後吃了大虧。

王智逑又接口說道：「兄台高姓大名，小弟尚未得知，請裡面敘茶，兄台如有事吩咐，小弟若能辦到，一定效勞。」

說完他回頭向鏢伙喝道：「你們還不進去。」

熊倜連忙說道：「小弟正有幾樣事要請教，只希望閣下能坦誠相告，小弟感激不盡。」

於是王智逑拱手讓客，熊倜也坦然入內。

這是極為寬敞的大廳，鎮遠鏢局素負時名，為江南第一鏢局，昔年寶馬神鞭，單鞭匹馬，闖蕩出這番事業，端的是名動江湖，黑道上的朋友，只要看見鎮遠鏢局的寶馬鏢旗走過，沒有一個不賣個面子的，自薩天驥神秘歸隱後，鎮遠鏢局盛況雖不如前，但新任的總鏢頭粉面蘇秦王智逑，卻是個極工心計，長袖善舞的人，故此鎮遠鏢局仍能執江南鏢業之牛耳。

熊倜遊目四顧，見這大廳佈置得雖不能說是富麗堂皇，但卻氣派非凡，王智逑將熊倜讓到客座，忽地從裡面又跑出來一人，神色甚是忿怒，眼角斜睨了熊倜一眼，大聲向王智逑說道：「大哥，老三的傷……」

他話尚未說完，王智逑已大聲笑了起來，指著熊倜說：「你來得正好，讓我給你引見一位出類拔萃的朋友，來來來，這位就是昔年星月雙劍的唯一傳人……」他忽然記起尚未知道熊倜的名姓，但熊倜已站了起來，拱手說道：「小弟姓熊，名倜。」

王智逑又高聲笑著說：「呀！小弟真是荒唐，兄台的大名此刻方才知道，」他乾笑了一會又接著說：「這位便是敝鏢局裡的副總鏢頭，江湖人稱奪魂劍吳詔雲的便是，兩位以後多親近，親近。」

熊倜連忙拱手說：「豈敢，豈敢。」哪知吳詔雲卻只冷冷地點了點頭，忿然望了王智逑一眼，很快地轉身進去了，連頭都未向熊倜再點。

熊倜不禁有些氣忿起來，他想此人怎地如此不通情理，正想發話，哪知王智逑卻長歎了口氣，說道：「我這兩個把弟全是火爆性子，我也不知勸過他們若干次，但說是說，他們卻如過耳春風，聽完就算，熊兄，您說我可有什麼辦法。」

熊倜見王智逑陪話道歉，也自算了。

王智逑又說：「熊兄只怕不知，這幾年江湖上人材輩出，無論黑白兩道，都有幾個震動武林的後起之秀，其中最以使江湖側目的，有天山冷家兄妹的傳人，冷如水、冷如霜和鍾天仇，十三省丐門的新選龍頭幫主，藍大先生，四川唐門的七毒書生唐羽，江蘇虎丘的東方兄妹，此外峨嵋孤峰一劍，峨嵋雙小，武當的四儀劍客，俱都是百年難見的武林俊彥，更可驚的是據說昔年縱橫天下的天陰教又在山西的太行山左近死灰復燃，教主是一男一女兩個不知姓名出身的年輕男女，如傳聞是實，只怕武林又難免蒙劫了。」

他說完了又是哈哈一陣大笑，舉起大拇指向熊倜一揚，說道：「不過據我看來，這些人雖都是武林之傑，但比起熊兄來，只怕都有遜色，熊兄此番出來闖蕩江湖，我擔保不出數月，定然名動江湖。」

少年人有哪個不喜被人捧的，熊倜聽了王智逑滔滔一番話，雖然其中的人物他都是第一次聽到，但想來這些俱是響噹噹的角色，恨不得馬上叫他們來，一個個看看才稱心意。

他心裡在想，臉上自是神采飛揚，於是他也笑道：「總鏢頭過獎了，只是小弟此番前來，確真有幾件異常重要的事，待一一了卻。」

他停了一下，見王智逑正在全神凝聽，便說道：「此間鏢局，昔年是薩天驥所創，近聞人言，此人經已遠颺，想總鏢頭定必知道他的去處。」

說完他雙目緊盯著王智逑，王智逑眉目一皺，隨即開朗，說道：「熊兄若是打聽別的人物，只要是江湖上稍有名氣的，小弟不敢說瞭若指掌，但也略知一二，但是這薩天驥麼……」

他故把語聲拖長，偷目一望熊倜，見熊倜一提到薩天驥，就顯得異常忿恨，心中暗喜，知道自己所料的不差，連忙接著說：「按說南鞭薩天驥，也是極負盛名的人物，但是自從他當年手創星月雙劍後，想必自己心虛，埋頭一隱，從此便不知去向，要找他實是困難已極。」

熊倜聽了，忍不住面色突然變得失望和悲憤，站起身來說道：「這姓薩的和我有不共戴天之仇，我就算是上天入地，也要找他出，總鏢頭既然不知這廝的去處，那麼小弟就此別過。」

王智逑連忙將他拉住，說道：「熊兄切莫太過急躁，想熊兄初入江湖，朋友自少，小弟雖不成材，但無論黑白兩道，都還有個交情，熊兄若把小弟看成個朋友，此事自管交給小弟，小弟決定盡全力探訪出薩天驥的下落，豈不比你獨自探訪要好得多麼。」

熊倜此刻方寸已亂，聞言一想，也是道理，撲地拜倒，含悲說道：「小弟舉目無親，凡事只有仰仗總鏢頭了，日後粉身碎骨，必報大恩。」

王智逑忙也對面拜倒，雙手攙扶熊倜，說道：「熊兄切莫這樣，折煞小弟了，有話慢慢商量，我總要替熊兄想個萬全之計，但卻千萬心急不得。」

於是王智逑把熊倜扶到椅子上，熊倜仍然含悲未住，王智逑說道：「熊兄單身入江湖，想必無甚牽掛，如果不嫌此地簡陋，不如就搬來住下，一來省得別處不便，二來日後有事，也好商量。」

熊倜雖是聰明絕頂，但終究是歷練不夠，竟也一口答應下來，他竟未想到，他方才傷了鏢局中的鏢頭，而吳詔雲對他態度又是如此不滿，他如何能安居在此，至於別的，他更未想到了。

王智逑見他已答應，心中暗喜，忙道：「熊兄還有什麼行李、衣物，可要一併取來，熊兄日後若有所需，也請只管開口，此後你我便是一家人了。」

熊倜忽地站了起來，哎呀了一聲。

王智逑忙問道：「什麼事？」他心中另有所圖，還以為熊倜要變卦了，是故神色甚是張惶。

熊倜卻隨即笑了起來，說道：「小弟真是糊塗，剛才心裡有事，竟將隨身的包袱忘在一家茶館裡，小弟孤身一人，身無長物，只要將這小包取來便可，此外就別無他物了。」

王智逑這才鬆了口氣，說道：「這原來如此，熊兄的包袱裡，若無什物件，我看就算了，只因茶館中茶客品流最雜，熊兄此刻回轉去取，只怕已經沒有了，何苦徒勞往返一次呢。」

熊倜沉吟道：「只是小弟換洗的衣服……」王智逑忙接口道：「這個熊兄不必擔心，但些許小物，小弟還能照料，但望熊兄不要見外就是了。」

熊倜自是無話可說，心中暗想：「這王智逑確稱得上是義氣朋友，自己和他素昧平生，他卻肯這樣幫忙，若蘭常說人情險惡，想不到我初出江湖，便遇到這等人物……」隨又想到：「大丈夫知恩必報，日後我也定要找個機會來回報他這份好意。」

此刻王智逑已在吩咐手下，為熊倜準備寢室，看起來真可算是仁至義盡，卻不知粉面蘇秦王智逑，卻是江湖上人所共知的奸狡人物。

原來王智逑、吳詔雲、張義並稱金陵三傑，其中吳詔雲武功最高，掌中劍得自點蒼派的真傳，人也最是正派，張義人雖粗魯，但也無甚心機，空自力大無窮，武功卻不甚高，至於王智逑呢，他除了輕功尚可觀外，一無所長，反居金陵三傑之首，江湖上人提起粉面蘇秦，誰都頭痛三分，皆因他詭計多端，眼皮雜，手面寬，官的、私的、黑道、白道，只要碰著他，無不被他占了便宜去，但卻無話可說，張義對他更是口服心服，吳詔雲雖對他時有不滿，但他們結義在先，他只得罷了，什麼也敬他三分。

他之所以結交熊倜，亦是別有用心，原來當年薩天驥走時，並未交待任何事情，是故當時鏢局群龍無首，大家都想奪取總鏢頭之位，這時吳詔雲、張義都是初入鏢局，王智逑便利用此二人，取得總鏢頭之位，其餘的鏢師一氣之下，也散了大半。

於是鎮遠鏢局偌大一份基業，眼看就要風消雲散，哪知王智逑卻另有手腕，他竟取得官府合作，這樣一來，鎮遠鏢局的業務才又蒸蒸日上。

就在熊倜到鏢局前不久，在浙、皖、蘇交境處的苧山腳下，忽然出了一枝成形首烏，這種東西本是天地間的至寶，哪知卻被一樵夫無意間得到，那樵夫終年勞苦，也不知道此物究竟是什麼，只想到一定值錢，跑到藥鋪裡，賣了幾十兩銀子。

這藥鋪老闆，卻是個官迷，得了此物，喜不自勝，他這才帶至江寧府去，想獻給皇上，自己也能博到一官半職，好也光耀門楣。

這就是人類的心理，以自己所有的，去換取自己所期望的，人們所有之物不同，期望也有大小，江寧府也想藉此升官，但他知這種東西常人吃了，自是延年益壽，練武之人吃了是可以事半功倍，而且能解百毒，此時大明方滅，江湖群豪，尚以崇明為榮，聽到這種消息，沿途勢必前來搶奪，於是他就把這難題交給鎮遠鏢局，讓他將此物送至帝京。

鎮遠鏢局的鏢旗雖能賣幾分交情，但這種東西卻大非別物可比，消息剛傳出，王智逑便知道有許多人在動腦筋了，甚至有些已歸隱的前輩，也都來蹚這淌渾水，皆因此物於練武之人大為有益。王智逑即是再多計，也是急得如熱鍋上的螞蟻，尤其此物關係太大，萬一失落，真是不堪設想了。

是故他一見熊倜，非但武功深妙，而且初出道，是個雛兒，容易瞞哄，就心中有了計較，想利用熊倜，將這個至寶安送至京師。他這才故作和熊倜相交，甚至毫不計較自己的把弟被傷，他本是城府極深之人，表面上絲毫不露，熊倜如何能看得出。

吃過午飯之後，王智逑陪著熊倜閒談，他口才本好，把些武林遺事，描繪得天花亂墜，把自己更說是朱家郭解，信陵孟嘗一流的人物，然後再說些江湖中成名豪傑的奇行，年輕人誰不好勝求名，把個熊倜說得雄心萬丈，恨不能立即成名江湖。

王智逑慢慢把話引入正題，說道：「不是我說句大話，像你這樣的人，武林中我非但未嘗得見，而且連聽都未曾聽到，我久歷江湖，見聞不可謂不廣了。」他話說到此處，故將語意一停，眼看熊倜的表情，果然有些躍躍欲試的樣子，不禁大喜。

於是他乾咳了幾聲，又說道：「大丈夫立身處事，誰都該揚名立業，像賢弟這樣的人才武學，若是默默無聞於天下，豈非憾事。賢弟，你我知己，待愚兄說幾句知心之言，你此番出江湖，恩仇固然待了，但也該做一番事業才是，你說我話可對嗎？」他越說越拉近乎，先是兄台徐徐已經是賢弟了。

熊倜未嘗不心動，沉吟了半晌，說道：「小弟有此心，只是恩仇未了，教我如何能夠心安。」

王智逑忙說道：「賢弟此話差矣，想那薩天驥隱姓埋名，甚至早已死了，賢弟若一世找他不著，豈非一世一身無成，賢弟若信得過愚兄，愚兄此處倒有個計較，今晚待我先介紹幾個金陵成名的豪傑與你，過幾日你我兄弟同行，押一支鏢入京，這樣沿途一闖，一來增長見識，二來揚名立萬，三來也可乘便打聽薩天驥的下落，這樣豈非一舉而三得嗎？」說完他得意地大笑著。

熊倜思索了一會，也認為此舉實是有益無損，遂也一口答應了。

當晚金陵的鎮遠鏢局燈火輝煌，大張筵席，江寧地面成名的英雄豪傑，差不多全被請到，鏢局的總鏢頭，江湖上大大有名的粉面蘇秦王智逑具柬相邀，說是要引見一個出類拔萃的人物與大家。

到場的豪傑們總有一、二十位，其中較負盛名的有東山雙傑、王氏兄弟，長江的水路英雄浪裡神黃良驊，四通鏢局的正副鏢頭，八手神刀客徐葆玉，飛燕子徐鑄，以及江寧府省城內外，一萬多個靠橫胳膀混飯吃的龍頭老大小山神蔣文偉，此外還有一些，也都是些成名的江湖道。

粉面蘇秦帶著熊倜將這般人物一一引見了，而且將熊倜的武功誇得天上少有，地上無雙，這般人物看他只是個年輕的小伙子，雖然知道他是星月雙劍的衣缽傳人，但聽著王智逑如此吹噓，心裡多少有些懷疑和藐視，但大家看在金陵三傑的面子上，對熊倜也是極力恭維，拚命拉攏。

酒已喝了三分，粉面蘇秦站起來道：「今日我請諸位來，一則是想跟各位聚聚，最重要的還是將這位百年難見的武林奇才，給各位引見引見，兄弟口說無憑，各位看他文質彬彬，心裡一定不信我說的話，今日各位歡呼痛飲，若請我這位賢弟出來露一手，非但不大合適，而且顯得對我這位賢弟不大恭敬。可是我現在告訴大家一件事，可以證明我所說的並非虛語。」

他說到這裡，遊目四顧，然後向大家道：「各位可曾發現，今日席上少了一個重要的角色，那就是我的三弟神力霸王張義，各位與我兄弟相交非止一年，諒也知道我那兄弟的武功，雖只是幾手粗稼把式，但等閒角色還沒看在他的眼裡，可是今晨他因些許誤會，和人爭吵，被人一出手，就制止了。」

這時斷魂劍吳詔雲，攸然站了起來，離開了大堂，神色甚是憤怒，群雄各自愕然，不知出了何事，面面相覷，作聲不得。

但王智逑只淡然笑了一下，又接著說：「我那三弟就是被我剛剛引見給各位文質彬彬的熊倜所傷的，各位俱都武藝高強，但要在一招半式內傷得我那三弟，只怕也不能吧。」他說完哈哈一陣大笑，熊倜的心裡，既高興又慚愧。

他望著堂上群豪，都以一種奇異的目光望著他，臉上不禁變得緋紅，他想站起來解釋一下，謙虛幾句，又不知從何講起。

王智逑笑聲住後，接著說道：「各位想都已得傳聞，說兄弟接了一趟極貴重的鏢，送上京師，當然，鏢貨越貴重，打它主意的人也就越多，可是現在我有了這位賢弟，陪我直上京都，我還有什麼顧忌呢？」說完，他又是一陣狂笑。

這時群豪才對熊倜的印象大有改觀，皆因張義亦是武林中的角色，何況他們久知粉面蘇秦的為人，料到熊倜若非真有高深的武功，憑王智逑的為人，決不會把他如此恭維的。

酒越喝越多，小山神蔣文偉忽然站了起來，高聲說道：「各位兄弟，今日承蒙王總鏢頭的寵召，得幸識得了這等少年英雄，我知道大家一定很痛快，只是酒色相連，英雄定必要配美人，你我眾家兄弟，雖不能稱得上英雄，但也差不了哪裡去，我主張飛柬相傳，把秦淮河上的那些娘兒們都叫了來，大家在一塊樂樂。」

他話剛講完，立刻就得到一片哄然附議之聲，有的竟鼓起掌來。

於是小山神更加得意，又說到：「聽說那裡的若蘭有個妹妹，現在也出落得像朵水蔥花似的，把她叫來，和我們這位熊老弟正是一對。」

說完又是一聲大笑。

誰知笑聲未落，熊倜叭地一拍桌子，站了起來，說道：「請你說話放尊重一些，怎麼自稱是英雄人物，卻說出這樣不要臉的話來。」

須知熊倜自幼和若蘭、若馨長大，又有真情，聽到別人講她們，自是怒火上升，也顧不得如許多人，就變臉相詢了。

小山神蔣文偉，在江寧府也算得上是一霸，怎能受得了這樣的話，也是一拍桌子，粉面蘇秦一看事情要僵，連忙站了起來，高聲勸道：「算了，算了，大家都是自己人，什麼話都好說。」

哪知蔣文偉又加上一句：「朱家那兩個臭娘兒們，老子有什麼說不得的。」

熊倜一聽，氣得滿臉通紅，連話都說不出來了，他本是坐在王智逑身旁，這時王智逑眼看不對，想把他拉到位上。

熊倜卻驀地一躍，身子從桌面上飛縱出來，竟使出蒼穹十三式中的絕技，身形頓挫之下，從人群上飛躍出去，落在大堂門口，指著蔣文偉說：「你這種不要臉的人，我也不用和你多說，趕快跟我滾出來，讓我教訓教訓你。」

熊倜初顯身手，就震住了滿堂群豪，連素以輕功著稱的粉面蘇秦王智逑，和飛燕子徐鑄，一看熊倜的身法，都暗歎差得太遠，小山神蔣文偉看了也是心驚，但他到底是個成名人物，在江寧府也是跺跺腳四城亂顫的人物，人家指名罵陣，怎能縮頭不出呢？頭皮一硬，他可沒有這份功力飛躍出來，眾目所注之下，一腳踢開桌子，罵道：「敢情那婊子是你的大妹子。」人也隨著縱了出來。

皆因小山神雖是成名人物，但他終究不是正派武林中人，大家都抱著看熱鬧的心情，袖手旁觀，王智逑卻想藉此敲山震虎，讓熊倜露露功夫，他知道只要堂上這般人看到了，不出半天，熊倜立刻就是江寧的風雲人物，是故他也索性不管了。

這可苦了蔣文偉，熊倜盛怒之下，一出手就是絕招，他安心一掌就把蔣文偉廢在掌下，他傷了張義之後，又聽到王智逑對他所說的話，此時已有充分的自信，小山神剛縱出來，看到熊倜的身軀已盤旋在他頭上，他慌亂之下，身軀一矮舉手一格，一招「霸王卸甲」，但招式尚未用完，就覺得手已被人擒住，接著一陣痛徹心腑的痛苦，隨即暈了過去。

王智逑這才跑了出來，他一看之下，小山神的一條右臂，竟被熊倜生生的折斷了，不禁眉頭一皺，看了熊倜一眼，見熊倜仍然怒目注視著小山神，心中一動，想道：「這朱家姐妹定是和熊倜有著深切的關係，不然不會別人稍一侮辱到她們兩人，他就會如此的憤恨，可是我久在金陵，朱家姐妹那裡我也常去，怎會對此毫不知情呢？這倒要仔細打聽打聽。」

這時群豪也紛紛跑了出來，他們眼看小山神蔣文偉一招之內，就傷在熊倜掌下，連熊倜怎樣出手的，都沒有看清楚，這才知道王智逑所言非虛。

大堂裡的燈火，把院子照得宛如白晝，這麼多人站在院子裡，竟沒有一個出聲發話的，王智逑看著倒臥在地上的小山神，想後日長的糾紛，但他為了要達成將成形首烏要送至京師的目的，其他的任何事，他都不能顧及了，何況他在江寧府，官私朋友都極多，勢力又非小山神能比，他自信還能把這件事壓下去。

於是他心胸一敞，開言笑道：「蔣文偉自討沒趣，吃了苦頭，可是各位連帶在下，卻都沾了他的光，得以能夠看見武林中罕見的『蒼穹十三式』的絕招，各位別掃了興，還是喝我們的酒吧。」

他又吩咐鏢伙道：「把蔣大爺用輛車送回去，告訴他的弟兄，什麼賬都算在我姓王的賬上。」

熊倜心中，更是覺得感激。

眾人一見，事情已了，既然事不關己，而且熊倜這一施絕技後，馬上成了群豪爭欲結交的對象，於是他們蜂擁著熊倜，重回到堂上，眾口紛紛，談的莫不是讚賞熊倜的武功，王智逑見計已得授，不禁心花怒放，把個熊倜更是捧上了天。

席終人散後，熊倜獨身躺在床上，回憶他這一天來的遭遇，早上，他仍是個默默無聞的青年，除了朱家姐妹外，他的行為，沒有影響過任何人，也沒有任何人影響過他，可是此刻，他卻成了人群中的英雄，已有兩人的終生，在他的手中改變了命運，而他的命運，也被別人染上了鮮明的色彩。

於是他獨自笑了。

掛在壁上一盞並不十分明亮的油燈，昏黃的燈光透過紗帳照在他的臉上，經過這多彩的一天，他的面容也好像成熟多了，他翻了個身，左手掀開帳子，右手朝那油燈倏然一揮，燈火立即熄了。

房間裡變得異樣的黑暗。

第五回 初露頭角，江南已傳俠影 再展身手，臨城又挫飛龍

第二天江寧府的下層社會裡，立即傳出他們的龍頭老大，小山神蔣文偉，被一初出道的少年所傷，而那少年卻是金陵三傑新交的好友。

於是茶樓、酒館、街頭、巷尾，以及一些下級的私娼館裡，都在喧騰著這件事，一傳十，十傳百，傳到後來，熊倜竟成了神話中的人物，不可思議的英雄，他們說他非但武功不可思議，而且還會道術，只要他高興，可以置任何人於死地。

小山神蔣文偉最親密的幾個弟兄，也在開著「緊急會議」，商量著該怎麼處理這件事，這其中，他們又分成了兩種意見。

有的人是主張設法為小山神復仇，他們的力量原也不小，可是他們所顧忌的不是熊倜，而是粉面蘇秦王智逑，他非但在江寧府的下層社會裡，有著巨大的威望，而且

官府上，又有密切的往來，這些都是他們所顧忌的，更是他們所懼恐的。

另一些人，根本平時就對小山神不滿，而且還有的早就有取代小山神的野心，這一次，小山神受傷，折了右臂，日後再也無法在江寧府稱雄，所以他們內心，非但沒有復仇的意念，反而暗暗在感激熊倜，替他們做了他們自己所不能做的事。

這兩派人的想法雖不一致，但他們的結論卻是一致的，在不能也無法復仇的情況下，只得將事情壓下來，等待機會，來為小山神爭得一些面子，可是他們自己知道，這機會是太渺茫了。

於是熊倜在江寧府成了大大有名的人物，在熊倜來講，他當然無法想到，在一夜之間，他本身有了如許巨大的改變，但這些，都是王智逑所期望的，也可說是他造成的。

晚上，秦淮河邊的畫舫裡，也是同樣的在談論著熊倜，可是不知是命運還是什麼，也許是到朱家姐妹那裡去的客人，都是些較為斯文的人物，在她們那裡，竟沒有人知道這件事。

熊倜在鎮遠鏢局住了一天後，就不絕的有些江湖道中的朋友，慕名來訪，王智逑都以十分高興的心情，替他們引見了熊倜，並且還宣揚著，熊倜是他在這次護鏢的路途上，所倚靠的朋友。

於是從江南，到江北，從江寧，到北京，線上無論黑、白兩道的江湖豪傑，都很快的知道了熊倜的名字，也都知道了他成了鎮遠鏢局這一次為官府護送一件至寶至京途中的護送者。

須知江蘇省裡，這次發現成形首烏的消息，在江湖早就流傳很廣，因這件東西有奪天地造化之功，對練武的人，更是一種莫大的誘惑，故此很驚動了不少本已隱居的黑道中的魔頭，甚至白道中的人物，除了幾個名望太高，武功本已爐火純青，不須再藉這種草木來更進一層的老前輩，或者一些真正是一絲不苟的正直人物外，也都在打這件東西的念頭。

故此凡是有關這件東西的消息，在江湖中流傳也就特別快。

這些都是王智逑早已料到的，他到這消息已經散開了的時候，就決定動身啟程，他自然先和熊倜說好了，可是他的一切打算，和他真正的計策，除了他自己本人之外，誰也無法知道。

就在他們要走的頭一天，江寧府來了兩個江湖上極有名氣的人物，而且是專程來拜訪熊倜的，江寧府的豪傑，聽了他們竟然來到此地，都覺得非常的興奮和高興，這緣因是此二人在近年的武林中，幾乎成了眾望所歸的領袖人物，一來是因為他們武功之高強，再來是因為他們家中極富，人又是疏財仗義，無論是哪一道的朋友，只要有求於他，莫不是稱願而回。

原來此二人就是江蘇虎丘，飛靈堡的東方兄妹，出塵劍客東方靈，和他的妹妹粉蝶東方瑛。粉蝶東方瑛，除了劍法自是不弱，還憑著靈巧的心思，打造了幾件奇怪的外門暗器，而且嫉惡如仇，碰到她手底下的惡徒，十九難逃公道，不像她哥哥，什麼事都是仁義為懷，得饒人處，總是網開一線的。

以此兩人之聲望，居然會來拜訪熊倜，這倒是出乎粉面蘇秦的意料之外的，他心中一則以喜，一則以懼，喜的是熊倜居然驚動了如此人物，怕的是熊倜一個應付不來，他所苦心策劃的一些事情，非但不能實行，而且反而弄巧成拙了。

是以王智逑很慎重的去找熊倜，告訴他有兩個如此的人物，就要來看他了，而且還再三叮嚀，千萬不可任意行事。

在熊倜來講，也十分興奮，他雖已會過不少武林中人，但大都是些二、三流的角色，今天能看到武林中頂尖兒的人物，在一個初入江湖的人說來，確是不易得到的榮幸。

黃昏，秋陽已落，晚霞絢麗，燦爛的大地多彩而輝煌，東方靈白衫白履，帶著一身粉紅勁裝的東方瑛，輕騎簡從，悄然來到鎮遠鏢局。

他們極安詳的下了馬，緩步走到門口，將馬繫在柱上，絲毫沒有一些即使他們有，也不為過的驕矜，顯得盛名之下，自有過人之處。

然後東方靈略整了整他的文士衣衫，走到門口，將名刺交給坐在門口的幾個閑漢和鏢伙，說道：「請轉告貴局總鏢頭，就說虎丘的東方靈特來拜訪，還請總鏢頭撥冗一見為幸。」

鏢伙們接到名刺，極驚訝地望了東方靈一眼，心中暗自驚異，想不到如此大名的英雄人物，是這樣的文秀，但嘴上腿上，可都不閑著，急急諾諾連聲的答應著，趕快跑進去了。

這就叫人的名兒，樹的影兒，片刻，粉面蘇秦王智逑，斷魂劍吳詔雲，以及熊倜，帶著鏢局中幾個較為得力的鏢伙，迎到門口。

東方靈和粉面蘇秦王智逑、斷魂劍吳詔雲都有一面之緣，此刻他走上兩步，拱手向王智逑笑道：「有勞總鏢頭遠迎，實是心中難安，小弟也實是冒昧，驟然就來打擾，還請總鏢頭海涵。」

王智逑也連忙拱手道：「堡主近來可安好，怎麼對小弟說這等話，像堡主這樣請都不能請到的，今日光臨敝局，小弟真是高興極了。」

說完他一看粉蝶東方瑛還遠遠站在那邊，連忙說道：「那邊站的，想必就是東方女俠了，趕快請過來，讓小弟見見久仰大名的女英雄。」

東方靈笑著謙虛，招手將東方瑛叫了過來，東方本是世家，家教極嚴，東方瑛雖是個天不怕、地不怕的女孩子，唯獨對於哥哥，卻是怕得要死。

此刻她站在東方靈身後，一副規規矩矩的樣子，誰也看不出，她竟是江湖中出名難惹的人物。

進到堂上，王智逑這才將熊倜引見給東方靈兄妹，說道：「這位就是武林中的泰山北斗，江蘇，虎丘，飛靈堡的東方堡主兄妹。這就是近日傳名江湖的熊倜，希望你們多親近親近。」

熊倜很謹慎，但毫不慌張的和他們客套了一番，仔細的打量東方兄妹，見東方靈才三十歲不到，生得俊秀已極，尤其是丰神瀟灑，真是飄飄有出塵之概，不愧名為出塵劍客。

而東方瑛卻才二十未到，熊倜見她身材妙娜已極，面孔卻不敢仔細打量，只覺得她兩道眼光，宛如利剪，只盯著自己，嚇得他趕緊低下頭去。

東方靈將熊倜上上下下看了一遍，忽然笑道：「兄弟近日聽得江湖過客傳言，說江寧府出了個少年英雄，心裡高興已極，恨不得馬上能得見高人，今日一會，只覺得熊兄真個是人中之龍，兄弟自問兩眼未盲，像熊兄這樣的人物，兄弟走遍大江南北，倒真是頭一次見到。」說完，朝著東方瑛一笑。

東方瑛卻也連忙低下頭去，紅生雙頰，竟像羞得抬不起頭來。

粉面蘇秦是何等人物，兩眼一轉，心下當時恍然大悟，暗笑道：「好個出塵劍客，我當他真是英雄相惜，特地來拜訪熊倜的，卻不知他是替妹妹來找妹夫的，你既有此心，我也不妨起起哄，落得個皆大歡喜，若熊倜真成了東方堡主的好妹夫，那我的那趟鏢，不用再用別的花樣，就蠻保險的了。」

他思量至此，於是也笑著附和道：「堡主的眼光果然不差，我這位賢弟不但武功沒得話說，而且文才也好，真可說是文武雙全了。」

東方靈哦了一聲，又盯了東方瑛一眼，看見她那副樣子，不禁笑了，他們兄妹感情素好，他這次來訪熊倜，倒真被王智逑料中了，是想替他的這位妹妹找一個如意的郎君。

須知那時的習慣，女子到了十六、七歲，就該定了婆家，愈是世家，訂婚愈早，東方靈父母早亡，就只這個小妹妹，平日長兄為父，什麼事他都替她操心，更何況這等終身大事。

但東方瑛人既聰明，武功又高，再加上是出名的刁蠻性子，平常的人，她怎會看在眼裡，東方靈本屬意天山的神龍冷如水，只是東方瑛卻一萬個不願意，只要她看到冷如水，就想盡方法避開他，而冷如水，也永遠是那副冷冰冰的樣子，這樣東方靈也是無法。

所以他聽到江寧府出了個少年英雄，端的十分了得，他馬上就想起妹妹的終身大事，這才帶著東方瑛直奔江寧。

他一眼看到熊倜，就知道確非凡品，可是他心裡還在想：「此人年紀太輕，最多也只有十六、七歲，只怕不太好……」轉念又想：「只是兩人若是相配，看我妹子的樣子，又非無意，那麼年齡又有何妨。」

須知越是生性倔強的女孩子，反會喜歡較為溫柔的男孩子，東方瑛久歷江湖，所見到的不是糾糾武夫，就是些生具奇僻個性的人，是以她一見熊倜，在溫柔中不失男兒本色，而又是個英俊的少年，就一見而傾心了，這就是人的緣份。

可是熊倜卻茫然不知道這些，他的心裡，已經被若馨占去了一半，另外的那一半，也俱是復仇雪恨，揚名江湖的壯志，已不再有多餘的地方，來容納東方瑛的這一份柔情。

他儘量地避開東方兄妹對他投來的目光，心中雜亂的在想一些事，甚至他們所說的話，他也沒有留心去聽，他像是完全跟這一切沒有一絲關係，他也開始對人們的並非十分真誠的客套，覺得有些嫌惡，雖然他對東方兄妹有著非常好感，但只是像任何一個見過他們兄妹的人，對他們所發生的好感一樣，並非是另一種特別的情意，何況他也自知以自己的聲望和一切，都無法和他們兄妹相比，即使是他一向極有自信的武功，他都覺得應該不會是他們兄妹的對手。

等到王智逑用肘去碰他時，他才從幻夢中醒過了來，他也知道自己的失態，向王智逑抱歉地笑了一笑，又低下頭去。

斷魂劍吳詔雲，此時也漸漸對熊倜生出好感，他雖不知他的義兄究竟在想些什麼，但他深知王智述的為人，東方兄妹的來意，他雖也不能全部猜中，但卻也能猜到一二，這卻是他也高興的，江湖中人，誰不希望能和東方兄妹相交呢。

於是他也在暗中希望他的判斷正確，但是他像往常一樣，也是沉默著的。

粉面蘇秦口才雖佳，卻不是東方靈說話的對象，談了一會，東方靈始終未能將話轉入正題，這才急壞了東方瑛，她雖對熊倜有意，但一個女孩兒家，總不能先向對方開口呀。

這樣談了一會，東方靈想道：「這種事最是性急不得，反正來日方長，日後不怕沒有機會，何況粉面蘇秦若果知道，也定會在暗中作成，因為這對他也是有利的事呀，不如暫且回去，日後再作打算！」

於是他站起身來，向粉面蘇秦說道：「打擾已久，也該告辭了，日後得空，千萬請到敝處去坐坐，小弟還有事相托。」

東方瑛一聽哥哥要走，心裡雖不願意，但也無法。只得也站了起來，狠狠盯了熊倜一眼，暗想道：「你倒是說說話呀，我對你的意思，你就是不知道，也該說說話呀。」

王智逑連忙也站起來，說道：「堡主此刻怎地就要走了，一會小弟預備一些水酒，千萬請堡主賞光，此刻就走，未免瞧不起小弟了。」

東方靈笑說道：「不用了，總鏢頭盛情，在下心領，只是小弟還有些俗事，下次定再來擾。」說完他又朝熊倜一拱手，說道：「今日得會，實是快慰生平，熊兄少年英才，若不嫌棄愚兄妹，日後我們定要交個朋友，小弟近日也想北上京都，說不定路上還會碰到呢。」說完他又看了東方瑛一眼。

熊倜連忙站了起來，目光偶然和東方瑛一觸，東方瑛朝他嫣然一笑，這一笑笑得熊倜頓時手足無措，紅著臉，勉強說道：「小弟年輕識淺，一切事都要堡主多指教才是，日後小弟還望能常誨教益。」

王智逑哈哈笑道：「自古英雄惜英雄，此話果真不假，你們兩位俱都是武林中千百年難見的奇才俊彥，日後真該多親近……」他又笑向東方瑛斜睨一眼，接著說道：「兩位若能結成一家，那更是武林佳話了。」

東方瑛頓時粉面飛霞，一低頭，先走了出去，東方靈知道老於世故的王智逑，已知他的來意，也含笑向王智逑微一頷首，跟著往外走。

只有熊倜，他仍站在當地，細細地在玩味著王智逑的話，想了一會，他總覺得這些都是不可能發生的事，也就擺在一邊了。

第二天早上，天方破曉，鎮遠鏢局內就忙碌起來，套車、上牲口，顯見得是有一趟極貴重的鏢要起程了，鏢伙們全體出動，竟沒有一個閒著的。

總鏢頭粉面蘇秦王智逑，更像是一夜未睡，精神雖然不佳，在疲憊中，卻顯得有些高興，就像是這趟鏢定然會安全送到的樣子。

不一會，人多手快，諸事俱已完畢，奇怪的是，鏢車竟套了七輛。

須知此趟鏢所保的，只是一支成形首烏，哪用得如許多車輛，這是每個人心裡都在暗暗奇怪著的，但卻無人問出來便是了。

王智逑將熊倜和吳詔雲，悄悄地召至內室，熊倜入內一看，靜室內放著七口同樣的小紅木箱子，裝潢俱都甚是考究，箱子用鋼條、鐵片，緊緊的包住，上了極大的鎖，這七口箱子，唯一的分別，就是每一口箱子，都繫著顏色不同的絲帶。

王智逑極小心地將門關上，指著那七口箱子對熊倜、吳詔雲二人說道：「這七口箱中，只有一個是內中真放有那支成形首烏的，其餘的都是空箱，只是藉此以亂人耳目的。」

說著，他走到那七口箱子前，用手指著箱子上的絲帶，說道：「這七口箱子分別用紅、黃、藍、白、黑、褐、紫，七種顏色的絲帶繫著，兩位賢弟可要記住，只有繫上黑絲帶的這口，是真的，萬一有人奪鏢，就要特別注意這口箱子，但平時卻不可顯露出對這口箱子特別關心，免得洩露風聲。」

熊倜默默的聽著，暗想道：「粉面蘇秦果然是心思周密，他這些江湖上的歷練，都是我該仔細學著的，這些對人的成功與否，往往是極重大的關鍵。」

而且他始終在懷疑著一件事，那就是王智逑的不肯同行，他與王智逑多年相處，知道他絕不是一個會神思慌亂的人，那麼他所托言的藉口，也定是虛言了，只是王智逑葫蘆究竟賣的什麼藥，他雖費盡心力去思索，卻仍然得不到結果。

是以他們在熱鬧的揚州，並沒有多所停留，就連熊倜再三說想到城北的瘦西湖、小金山等地一遊，他都婉言勸止了。

鏢車經過邵伯湖，而至高郵湖濱，熊倜放眼望去，只見湖水浩渺，波平如鏡，一片千里，與他所曾看過的莫愁湖相比，實是不可同日而語。

他不禁暗自在感歎著天地之大，萬物之奇，這時趟子手又在前面高喊道：「鎮遠揚威……」聲音在這寂靜的湖濱，顯得更是異常的響亮，微風吹過，衣袂飄然，熊倜只覺此身又非他屬。

忽地遠處塵頭大起，奔來幾匹健馬，吳詔雲將手一揮，鏢車立即停住，熊倜以為是那話兒來了，急忙全神戒備著。

霎時馬已奔到，從馬上跳下幾個勁裝大漢，遠遠就向吳詔雲抱拳道：「這次原來是二鏢頭押的鏢，我們瓢把子分水狻猊倪當家的，聽得鎮遠的鏢號，特遣我們前來致意，請問二鏢頭有何吩咐，讓我們回覆他老人家。」

吳詔雲卻並未下馬，只在馬上抱拳道：「倪當家的盛情，在下心領，這次敝鏢局借道高郵，承倪當家的高手放過，下次吳某定必登寨道謝。」

那為首的大漢朝熊倜也是一拱，說道：「這位想必是名動江寧的熊英雄了，我們當家再三囑咐我們，見到熊英雄定要代他問好。」

熊倜忙也在馬上抱拳為禮。

於是那勁裝大漢將手一揮，向兩人微一躬身，竄上馬背，轉頭而去。

熊倜這才知道自己只不過一場虛驚，不覺歎了氣，吳詔雲笑顧他道：「此地本屬高郵水寨的分水狻猊倪允中，鎮遠鏢局的鏢車，到此向是通行無阻，分水狻猊與我大哥交情甚好，只是我卻有些看不慣他。」停了半晌，他又說道：「我們這次所須顧慮的，倒不是這些安窯立寨的瓢把子，和那些專吃橫樑的黑道朋友，鎮遠鏢局的鏢，諒他們也沒有這個膽子動，所怕的只是些武林中的幾個扎手人物，也要來蹚這淌渾水。」

熊倜似懂非懂點了點頭，他始終不能明瞭的是，為何專為人保送財物的鏢局人物，會和專門打劫別人財物的綠林中人，有著密切的連繫，這是兩種極端不同的人物呀，照這樣說來，豈非是一種可笑的矛盾現象，一些人互相利用，串通著騙取別人的財物。

但是他不再往深處想下去，他知道世上有些事是非他所能瞭解，他全心希望著的，只是能找著他未嘗一日忘懷的仇人，寶馬神鞭薩天驥，再就是一日他能以自己的力量將朱家姐妹救出火坑。

熊倜隨著吳詔雲走到街上，這臨城並非大城，自不比與江寧、揚州等處相比，但小城風味，每每有醉人之處，他們信步走到街上，也沒有什麼目的之地，熊倜隨便買了幾件山東的土產，拿在手上，他少年好奇，覺得樣樣東西，都極有趣。

閒逛了一會兒，吳詔雲見前面有個酒樓，規模像是還大，與熊倜隨意走了上樓。

雖然正是吃飯的時候，但這裡生意並不太好，樓上口，疏疏落落坐了幾個客人，吳詔雲目光四掃，見俱都是些尋常人客，遂與熊倜撿了個臨街靠窗的位子坐下，跑堂的連忙走了過來，張羅茶水，吳詔雲點了扒雞、烙餅等物，就和熊倜閒談起來。

這時忽地又走上一位客人，燈火下只覺得面色蒼白，最奇怪的是全身黑衫黑履，頭上的辮子，梳得更是漆黑發亮，盤在頂上，相襯之下，顯得面孔更是沒有一絲血色，他上樓來四周略一打量，竟向熊倜等的坐處走了過來，吳詔雲面色登時一變。

哪知那人走到他們的鄰桌，就坐下了，招手喚過店伙，自管呼酒叫菜，吳詔雲看見如此，才像放下心來，彷彿對此人甚為顧忌。

熊倜見了，心中覺得奇怪，但那人坐在鄰桌，兩枱相隔很近，他又不能問吳詔雲究竟此人是何許人也，只是暗自納悶。

酒菜來得很快，吳詔雲像是有著急事，話也不說一句，很快地吃完了，對熊倜輕聲說：「吃完快走，不然準有麻煩。」

熊倜正自奇怪，突然鄰桌那黑衣人大聲笑了起來，說道：「你倒聰明，只是此刻想走，卻已來不及了。」笑聲聽來，陰寒澈骨，直不似人類所發。

那黑衣人說完之後，吳詔雲的臉色變得更是難看，一拉熊倜，想一走了事，那人影一晃，那黑衣的怪客已顯然站在眼前，衝著吳詔雲冷冷一笑，說道：「你可認識我是誰。」

吳詔雲方待答，那人又冷笑了幾聲，說道：「憑我的穿著打扮，只要在江湖上稍走動兩年了的，就算不認識，也該聽說過，何況閣下堂堂鎮遠鏢局的大鏢頭呢。」說完雙目一瞪，寒光外露。

吳詔雲乾笑了幾聲，說道：「天山三龍，武林中誰人不識，只不知鍾少俠降臨此間，有何吩咐？」

熊倜一聽，驀地記起，此人必是王智逑所提及的天山三龍之一，墨龍鍾天仇了，心裡想道：「此人怎地如此狂傲，這樣看來，那出塵劍客東方靈，到底是與眾不同，無怪武林中人人景仰了。」

鍾天仇目光一掃兩人，說道：「區區這次到臨城來，就是專誠恭候兩位的大駕，想來此位必定是近日鬧得轟轟烈烈的少年英雄熊倜了。」

說完他又冷笑了一聲，神色間像是十分不屑，熊倜不禁氣往上撞，反口道：「是又怎麼，不是又怎麼，你管得著嗎？」

鍾天仇神色一變，連聲說道：「好，好，此地也非談話之處，鍾某人雖然不才，他話說得雖然客氣，但聲音卻是冷冰冰的，像是自墳墓中所發出來的，再加上他那如堅冰般的容貌，真是令人不寒而慄。

吳詔雲道：「鍾大俠與我等素無仇怨，但望能點到而止。」

鍾天仇道：「你大概弄錯了，我找的可不是你，什麼點到不點到，你難道不知道天山三龍的脾氣，我鍾某人還算是最客氣的呢。」

熊倜不禁大怒，將身一橫，攔在吳詔雲的前面，說道：「姓鍾的，你賣的哪門子狂，有人怕你們天山三龍，在我眼裡看來，你們只是些未成氣候的小泥鰍罷了，神氣些什麼！」

熊倜從來不會罵人，今夜他見鍾天仇實是驕狂太甚，才逼出來這幾句話。

鍾天仇聽了，氣得也勃然變色，天山三龍威名四播，從未有人當面對他如此奚落，他眉心一皺，頓起殺機。

於是反手抽出劍來，說道：「我二十招內，若不能將你傷在劍下，就算我學藝不精，立刻磕頭拜你為師，而且從此有你姓熊的在的地方，就算沒有我墨龍鍾天仇這號人物。」

若論鍾天仇此時的功力與經驗，要勝熊倜，實也非常可能，只是他也太過低估了熊倜，蒼穹十三式妙絕天下，更何況他不知道熊倜還有一口切金斷玉的長劍，是他的劍萬萬不及的。

熊倜冷笑一聲，並不答話，也抽出劍來，在黑夜之中，宛如電閃，鍾天仇一看，這才知道吃了大虧，可是話已出口，不過他以為熊倜再強也只是個十六、七歲的少年，是故他以為仍然穩操勝算。

兩人劍拔弩張，已是一觸即發之勢，斷魂劍知道無法再說，而且他自忖武功，絕非鍾天仇的對手，只得遠遠站開，待機應變。

鍾天仇自恃為武林前輩，自然不肯搶先出手，熊倜卻不客氣，長劍反撩，由下而上，一招「金烏初升」，陡然向鍾天仇刺去。

鍾天仇微一躬身，瘦長身軀筆直拔了起來，避開熊倜攻來的一招，左腳往後一伸，右腳橫踢，颼、颼、颼，一連三劍，帶起斗大三朵劍花，直襲熊倜，這正是「飛龍七式」中的絕招「雲龍三現」。

熊倜不避不閃，劍勢回領，拿捏時候，竟是又快又準，反劍直削鍾天仇的劍光，鍾天仇知道若然被他撩上，自己的劍必定要斷，平著劍身一拍，猛然一個轉折，「神龍擺尾」，直刺煎倜左面的空門。

熊倜猛一提氣，往右上竄，剛好避過此劍，鍾天仇劍一落空，毫無再可藉力處，雙腳一沉，仍是頭上腳下落到地上，此時熊倜已反客易主，「頃刻風雲」，刷、刷、刷，也是三劍，分取鍾天仇「六陽」、「乳穴」，三個要害，既準又狠，看得吳詔雲心中不禁暗歎，換了自己，只怕此劍就不易躲過。

鍾天仇不敢用劍來擋，低頭一竄，從熊倜的劍光下竄出，劍光擦頭而過，驚得一身冷汗，再也不敢輕敵，步步為營，和熊倜大戰起來。

他這一小心發招，才可看出「飛龍七式」能稱雄武林，端的非同小可，劍影如風，劍劍狠辣，宛如一條青龍，在空中張牙舞爪。

此兩人這一番大戰，確是吳詔雲前所未見的，只看點點劍影，如流星飛墜，自空中流到地上，又倏然自地面躍到空中。

熊倜在招式上未能占得什麼便宜，皆因他臨敵太少，常常失去許多千鈞一髮之機會，但是他聰明絕頂，知道鍾天仇的長劍，不敢和自己相碰，於是每到要緊關頭，拿劍不刺敵身，反找鍾天仇的長劍，這樣鍾天仇空自吃了許多暗虧，但卻無法可想。

兩人勢均力敵，打了不要說二十招，連四十招也有了，吳詔雲心中一動，猛然叫道：「熊賢弟快快住手，鍾大俠說二十招內，便見勝負，現在二十招已過，想鍾大俠言而有信，不會再打了。」

他這一講，熊倜雖未住手，鍾天仇臉上可掛不住了，此時他正用到「金龍探爪」長劍下擊，聞言猛地將劍式一收，雙腳一面一伸，長劍平旋，硬生生將身軀拔了上去，轉身落在屋頂之上，一言不發，朝屋後的暗影裡，飄然而退。

吳詔雲知道他亦是自命為武林中的有數人物，此刻雖然未敗，卻也不好意思，何況他發出狂言，說二十招內不能取勝，就要向熊倜磕頭拜師，他自知不能實行諾言，是以逃去。

於是吳詔雲走過去，拍拍仍然站在那裡熊倜的肩膀，說道：「賢弟，我真的服你了，今後武林道中，全要看你的身手了。」

熊倜呆呆地笑了一下，他還被方才那一場生死的搏鬥，占住了他全部的神思。伸手一探鼻樑，他覺出已微微見汗，於是他默默轉回房去，他知道自己若想揚名四海，現在的武功還差得太遠，就算是鍾天仇，自己若非手上的長劍，恐怕也不能勝得，遑論其他。

吳詔雲看到熊倜不但毫不高興，反而愁容滿臉，他不知道熊倜心中的抱負，「但是總算難關已過，今後的事，明天再說。」他口中自語道，也默然回到房去。

這時遠處已有雞啼了。

第六回

前途傳驚耗，斷魂劍刻已魂斷
太行來異客，生死判難辨死生

鏢車出了臨城，斷魂劍就覺得事情不對，一路上不絕的有飛騎往來，馬上的也俱是些疾裝勁服的精壯漢子，服色各各不同，神色之間，也是各不相關，但滿臉都是風塵之色，像是都奔過遠路的。

從寅時起鏢，此刻已到晌午時分，人馬也都有了些倦意，本該是吃飯打尖的時候了，但是吳詔雲不敢絲毫大意，仍然催著鏢車前行。

快到滕縣的時候，突地前面奔了幾騎健馬，吳詔雲略一打量，約有七、八個人，片刻之間，他們已迎著鏢隊飛奔而來，馬上的騎士，俱都是渾身黑色勁裝，頭上戴的也是黑色的馬連坡大草帽，腳上是黑色的搬尖灑鞋，打著倒趕千層浪的黑色裹腿，最妙的是連馬都是黑色的，而且背上俱都斜背著一口似劍非劍，似刀非刀的外門兵器，黑烏烏的沒有一絲光澤，非鋼非鐵，不知什麼打造的。

這群人急馳而來，對面前的鏢隊恍如未見，分成兩隊，擦著鏢隊的兩旁過去，吳詔雲暗暗一數，不多不少，正是八人。

此刻連熊倜都覺得事情不妙，趕著馬走到鏢隊前面，留意提防著。

不一會功夫，前面又急馳過來幾騎士，這次帶馬帶人，卻是通體純白，馬上的騎士卻個個都是女的，但也是疾裝勁服，從鏢隊兩旁擦過。

熊倜咦了一聲，掉頭一望吳詔雲，後面的吳詔雲也覺得事情太過離奇，這兩隊男女，簡直看不出是什麼路道，吳詔雲不禁心中暗自打鼓，希望這兩隊騎士和自己的鏢車無關。

於是他催馬趕上前去，對熊倜道：「我也看這天的路道不對，等會到了滕縣，最好早些歇息……」

他正說著話時，潑喇喇一陣蹄聲，方才過去的那兩隊騎士，又策馬奔了回來，這次他們卻十六騎一同回來，而且奔馳的時候，黑馬與白馬相間，一樣一匹，又是從鏢隊兩旁急馳而過。

吳詔雲暗思道：「這又不像是黑道中踩盤子的，而且附近也絕無安窯立寨的，那麼這些究竟是何等人物，氣派聲勢，又都如此之大。」

他正自思索間，前面路上現出一片樹林，樹林並不太大，但青紗帳裡，正是強梁出沒的去處，斷魂劍不禁眉頭一皺。

轉眼之間，鏢已近樹林，後面忽又蹄聲大作，吳詔雲方待回頭查看，前面的樹林一陣響動，片刻轉出數十騎健馬，此時後面的馬隊也正包抄上來，於是鎮遠的鏢隊，被百數十匹健馬圍在核心。

吳詔雲趕忙揚起左手，鎮遠鏢局的鏢伙們倒是經過大陣仗的，並不慌亂，俱都緊靠在鏢車旁邊，靜待吳詔雲的吩咐。

吳詔雲略一打量這些馬上的漢子，就知道俱是手下的嘍囉，正主兒尚未到呢，於是傍著熊倜並騎而立，靜待變化。

熊倜此刻也曾經過些許風浪，故此並不緊張，低聲問吳詔雲道：「怎麼這些人卻都不是剛才那些騎士？」

吳詔雲心中也自納悶，果然剛才那黑白兩隊騎士，此刻一個也沒有看見。

不一會工夫，又有數十匹馬自後趕了過來，吳詔雲心中暗自發慌，綠林中人在道上奪鏢，還沒聽說過出動如許多的人。

又過了一會工夫，樹林背後轉過七匹馬來，當先那人頭如巴斗，身材高大，騎在馬上好像騎在驢上一樣，兩條腿直可夠著地上。

吳詔雲一看認得，此人便是抱犢崗的瓢把子，托塔天王葉坤然。

第二匹馬上坐的是個戴髮頭陀，吳詔雲也認得那是江湖上有名的獨行盜日月頭陀。

第三、四兩人，是兩個面貌完全一樣的瘦削漢子，吳詔雲一想，記得便是勞山雙鶴，在山東半島大大有名的鄭劍平、鄭劍青。

第五人卻是個文士衣履的年輕後生，容貌十分清秀，赤手空拳，只是左邊掛著一個鹿皮鏢囊，雙手戴著一雙似綠非綠，烏光閃閃的手套。

第六人更是奇怪，全身金色甲冑，身材高大，竟像個陣上的將軍。

第七人是個枯瘦老者。

吳詔雲只認得前面四人，但鎮遠鏢局卻和他們素無冤仇，不知此次為何聯手來奪鏢，皆因綠林中除非又有著深仇大怨的人，從不聯手奪鏢的。

且說這七匹馬來到近前，那為首的托塔天王微一抱拳，說道：「吳鏢頭一向可好，近來少見得很，倒教兄弟非常想念。」說完哈哈一陣狂笑。

吳詔雲也含笑點頭笑道：「葉當家的這一向也好嗎，怎的兩位鄭當家的和日月法師也一齊來了，難道敝鏢局有什麼地方禮貌不周嗎？」

那日月頭陀哈哈笑道：「什麼話，什麼話，待貧僧先替二鏢頭引見幾位高人。」

他指著第五人說：「這位便是人稱七毒書生的唐羽唐大俠，這位便是黃海中的總瓢把子海龍王趙佩俠，這位便是昔年威鎮邊陲的生死判湯孝宏湯大俠，想吳鏢頭必有個耳聞。」

吳詔雲一聽這三人的名號，不禁倒抽了口涼氣，此三人只要有一個在此，便是無法收拾之局，何況三人竟全都來了。

於是他立即抱拳拱手道：「久仰三位的大名，今日得見，實是快慰生平。」

那七毒書生也在馬上抱拳道：「閣下想必是鎮遠鏢局的二鏢頭斷魂劍吳大俠了。」他斜眼一看熊倜說：「這位卻陌生得很。」

吳詔雲接著說：「這位便是昔年星月雙劍的衣缽傳人熊倜。」

唐羽「哦」了一聲，滿臉堆歡道：「這幾天常聽江湖朋友說起，江寧府出了個了不得的英雄，想不到今日卻有緣碰到了。」

熊倜也在馬上微一拱手。

唐羽又說道：「明人不說暗話，咱們今天的來意，想兩位必也知道了，本來葉當家的和兩位鄭當家的和貴鏢局的王總鏢頭另有樑子，但今日王總鏢頭既然不在，此事也就不提算了。但是貴鏢局這次所押的鏢，小弟和這幾位卻非常有興趣，吳鏢頭若能將鏢車留下，那我唐某人擔保不損貴鏢局的一草一木，如若不然，想吳鏢頭是個聰明人，你請看今日的情勢，也用不著小弟多說了，還望吳鏢頭三思。」

吳詔雲此時方寸已亂，實是不知如何是好，額上的汗珠，簌簌往下直流，一時竟怔在馬上，不知究竟應該如何答覆。

熊倜雖然不知海龍王與生死判的名頭，但七毒書生唐羽，他卻聽王智逑說過，再加上這百數十騎，知道今天自己這面確難討得好去，但受人之託，在此種情況之下，為人為己，勢又不能將鏢車雙手奉送，想了許久，他竟挺身而出。

他朝對面馬上的七人抱拳一拱，朗聲說道：「小弟年輕識淺，又不懂得江湖規矩，但是想各位都是成名的英雄，今日即使以多凌少，將鏢奪下，日後傳將出去，於各位的顏面必甚有損，但各位勢在必得，小弟受人之託，也是定要拚死保護，那麼小弟倒有一愚見，不知各位可贊成否？」

他說完即靜坐馬上，等待答覆，眾人俱未想到熊倜會挺身而出，怔了半晌，還是唐羽說道：「想不到這位熊英雄倒真是快人快語，怪不得能名動江南呢。不知熊英雄有何高見，請趕快說出來，若真是合情合理，小弟們一定無話可說。」

於是熊倜招手叫鏢伙將那七口箱子完全卸下來，放在地上，說道：「這裡共有七口箱子，但真裝有寶物的只有一口，而諸位又恰好是七人，現在我就將這七口箱子放在地上，諸位每人可拿一口，誰人運氣最好，誰就得到這件至寶。」

熊倜話一說完，日月頭陀、托塔天王等俱都齊聲贊成，而唐羽及湯孝宏卻不發一言。

須知日月頭陀、勞山雙鶴、托塔天王的武功，比起生死判及唐羽，是萬萬不及的，他們這次前來截鏢，是因曾經吃過粉面蘇秦王智逑的大虧，故此隨唐羽等前來報復，至於成形首烏，他們卻不敢妄想得到，而海龍王此次僅是適逢其會，前來湊湊熱

唐羽說道：「敝人也有此意，早些了斷最好。」說著隨手撿了一個箱子。群豪也都下馬，一人拿了一口箱子。

唐羽所撿的那口，是紫色絲帶所縛住的，藍大先生選的是藍的，勞山雙鶴所取的是黃、紅兩口，生死判拿的是白色的，托塔天王的是褐色的，那繫著黑色絲帶的一口，卻被日月頭陀取去。

熊倜朝日月頭陀說道：「這位當家所取的，正是那口真正藏寶之箱，現在廢話少說，你若能勝得過我，這口箱子理應歸你所有，否則的話，請當家的將箱子交回，請，請。」

說完他就全神凝視著日月頭陀。

場中立刻又是一陣騷動，沒有得到的臉上隨即露出失望之色，但唐羽及生死判卻神色不動，像是將得失並未放在心上。

這突來的驚喜，使得日月頭陀呆了許久，才大聲狂笑道：「我和尚真是佛祖保佑，偏偏得了寶物，好，好，小弟弟，我就陪你走上幾招，讓你沒得話說。」說完笑聲不絕，得意已極。

熊倜仍然佇立凝神，全神戒備，日月頭陀將寬大的袈裟紮了紮緊，向他走了過來，說道：「洒家就空手陪你玩玩。」

他話尚未說完，熊倜突地無招無式，斜劈一掌，出掌的位置極為刁損，這正是從侯生所教他的幾個劍式變化而出的。

日月頭陀未曾看出奧妙，隨便一躲，舉手一格，他心中還在想：「這娃娃把事情全攬在自己身上，我還當他真有兩下子，哪知卻是這樣的鬆貨……」他念頭尚未轉完，只覺熊倜的右掌忽地一頓，極巧妙的從他肘裡穿了過來，化掌為拳，砰地擊在他右脅之上，他連躲閃的念頭都未及生出，已著了一下。

熊倜笑道：「承讓了。」

按說武林中人較技，半招之差，便得認栽，何況他著著實實挨了一拳，但日月頭陀為了這成形首烏，卻也顧不得顏面了，大喝道：「小子暗中取巧，算什麼好漢。」拳風虎虎，又攻了上來。

日月頭陀本是少林寺的棄徒，此刻他「伏虎羅漢拳」一經施出，倒也拳風強勁，頗見功力，但熊倜卻不還招，只憑著巧妙的身形，圍著他亂轉，日月頭陀空自著力，卻連衣服都碰不到一下。

場中諸人泰半俱都是武學高明之輩，此種情況，一目便可了然，知道日月頭陀決非敵手，藍大先生看著不住點頭，唐羽及生死判更是全心凝住，極小心地觀看熊倜的身法。

半晌過後，日月頭陀已現疲倦，須知這樣打法，最耗精神，熊倜突然長嘯一聲，身形騰空而起，雙臂如鐵，硬生生從日月頭陀的拳影中穿將過去，用了七成力，一掌打在日月頭陀的肩頭上。

幸好日月頭陀一身橫練，但也支持不住，全身一軟，倒在地上。

熊倜腳尖微一點地，突又竄出，將日月頭陀放在馬鞍上的那口繫著黑色絲帶的箱子擢到手中，雙手微一用力，人又藉力竄了回來。

藍大先生頓時喝好，說道：「我老叫花子今天雖然沒福得到這件至寶，但總算眼福不差，眼看武林中出了這等後起之秀，真是江山代有人才出，一般新人換舊人了。」說完又大笑了數聲，向坐在那裡的門下弟子道：「小要飯，戲已看完了，還坐在那裡幹嗎，還不站起來走路嗎？」

熊倜高興已極，連忙也笑著說：「承讓，承讓，此事過後，小弟必到各位前輩府上，替各位請安，今天就請各位放小弟們過去吧。」

唐羽哈哈笑道：「慢來，慢來，這位兄台剛才所講的，自是極有道理，但是卻未說明不准別人再從你手上搶回呀，何況閣下所擊敗的只是日月頭陀一人而已，與我們無涉，若閣下能將我等全部擊敗，我等自是更無話說，各位看我說的可有道理。」

熊倜聽了真是怒火中燒，但卻無話可答，一時竟愣著了。

藍大先生眉頭一皺，正準備出來說幾句公道話，哪知樹頂上卻傳來銀鈴般一陣笑聲，接著一個清脆的女孩子口音說：「白哥，你說這些人可笑不可笑，這麼大了，還都是這麼笨。」

另外一個童音接著也笑道：「是的，為了幾只空箱子，居然打得你死我活的還不肯放手，真是好笑呀。」說完兩個聲音一齊笑之不已。

眾人聽了俱都一愣，七毒書生突地一探鏢囊，拿出兩顆他那囊中唯一無毒暗器「飛蝗石」，反手向發聲的樹上打出。

哪知石子打出後，卻如石沉大海，毫無反應，那輕脆聲音女孩子又說道：「哎喲，這些人不識好心人，我們巴巴地跑來告訴他們那箱子是空的，他們卻拿石頭打人，你說可恨不可恨。」

那男孩子又接著說：「是呀，他們再不客客氣氣的請我們下去，我們索性就不管走了，讓他們打破頭去，也不關我們的事。」

場中各人一聽此話，俱都神色大變，知道此中必定大有文章。

藍大先生道：「是哪一路的豪傑，何故躲在樹上相戲，有什麼話快請下來說明，要不然我老要飯的可要親自去樹上請了。」

只聽那女孩子又咯咯笑道：「怪不得師父說就數這老花子最難惹，要是得罪了他，被他打了師父也不管，我看我們還是下去吧。」

語聲剛完，眾人不覺眼睛一花，面前已多了一黑一白兩個小孩，白衣的是女孩子，黑衣的是個男孩子，都長得粉妝玉琢，可愛極了。

眾人見這兩個小孩子最多只有十二、三歲，身法卻是極快，心知必定大有來頭，可是饒是各人見多識廣，卻不知道兩個孩子是什麼來路。

那全身黑衣的小男孩一落地後，居然也是抱拳為禮，說道：「太行山天陰教主壇司禮童子白景祥、葉清清，奉教主法旨，特帶上便函一封，並向各前輩問好。」說完羅圈作了一個大揖。

他這一說不打緊，倒把在場的這些英雄豪傑，各各嚇出一身冷汗。

那白衣的女孩子也是一躬身，說：「教主並且說，叫我們將這裡一位叫生死判湯孝宏的，立刻帶往泰山，教主有事面商。」

黑衣童子白景祥，隨即自懷中掏出一信，藍大先生忙接過去，撕開信皮，看了之後，神色更是大變，兩眼仰視太空，像是責怪太空，為何又將一些災難，降臨到這本已多難的世上。

第七回
計中計，臨城道上群豪失意歸去
人上人，泰山絕頂奇俠翩然而來

太行山，南北蜿蜒於山東省之北部，為山東與河北之分界，山勢磅礴，縱橫千里。

三十年前，太行山裡建立了一個天陰教，教主蒼虛上人夫婦，武功霸絕江湖，手下羅致的也俱是黑白道中頂尖兒的高手，主壇下分玄龍、白鳳兩堂，各統三個支壇，支壇下又分為十六個分堂，七十二個舵主，遍佈於南七、北六十三省。

當時之天陰教真可謂之縱橫天下，武林側目，江湖中的任何糾紛，只要有天陰教涉及，莫不迎刃而解，天陰教裡的徒黨，更是結眾橫行，做出許多不法之事，但官府卻也莫奈得他何。

可是多行不義必自斃，當時俠道中的領袖，鐵劍先生展翼，這才連結十三省武林好手，由南至北，將天陰教的分舵遂個擊敗，後來並得到一位異人所助，竟將天陰教一舉而滅，但十三省武林好手，幾竟傷在此役之中。

可是天陰教的餘威仍在，這麼多年來，武林中人提起天陰教，仍然是談虎色變。是以方才那黑白兩個童子，說是天陰教下的人物，想必是天陰教又重振江湖，在場諸人，除了熊倜之外，誰不知道天陰教的威風。

其中尤其是生死判湯孝宏，當年他亦是天陰教下的分舵舵主，但後來是大勢已去，竟悄然遠引了，此刻聽葉清清說，天陰教主要找他面談，他深知天陰教教規之嚴，手段之酷，更是嚇得面如土色。

那藍大先生看完字條後，又將字條交給唐羽，唐羽接過字條，高聲念道：

「武林諸前輩大鑒：諸位業已受愚，粉面蘇秦金蟬脫殼，隻身帶著成形首烏由水路上京，此事本屬極為秘密，但愚夫婦卻得已知悉，現已將此人拿下，為免諸位受其愚弄，特此奉達。

「下月月圓之時，愚夫婦候各位大駕於泰山玉皇頂，到時有要事相商，望各位準時到達勿誤，專此問好。焦異行、戰璧君仝上。

「又及，生死判湯孝宏乃我教中叛徒，今特派教下司禮童子請之回教，屆時萬望各位袖手而觀，蓋天陰教中私事，尚不容人過問也。」

七毒書生唐羽念完信後，場中各人心裡俱是砰然打鼓，不知天陰教主在泰山絕頂相召，究有何事，熊倜心裡更是難受，他忠心為友，卻不知反被王智逑玩弄，吳詔雲亦是在心中盤算，怎樣來應付這件事。

熊倜又氣又悔，將那箱子上的鎖用力扭開，裡面果然空空如也，於是他向諸豪說：「此次粉面蘇秦所施之計小弟實是不知，所以才致弄成如此局面，還望各位多多見諒。」

此時那葉清清突地一聲嬌喝，說道：「那面想走的可就是生死判湯孝宏，我們教主特來相請，難道你想敬酒不吃吃罰酒嗎？」

原來生死判知道天陰教主相召，定然凶多吉少，竟想乘著大家都不注意的時候，悄悄一溜，此刻他聽到葉清清的嬌喝，心想此時不走，更待何時，諒他們兩個小孩，也不能捉到自己。

於是他猛一躬腰，竟自施出「蜻蜓三抄水」的絕頂輕功，往外逃去。

黑衣童子白景祥冷笑一聲，拱拳說道：「那敝教中叛徒妄想逃跑，實在自討苦吃，晚輩們有公務在身，此刻早告辭了。」

說著與葉清清同時一躬，也不知用的什麼身法，兩條身軀如箭一般直竄而出，一恍眼失了蹤跡，真個是輕快絕倫。

諸人看到天陰教中兩個司禮童子已是如此了得，心想那天陰教主更不知是何許人物了，這次天陰教重現江湖，必又是一番腥風血雨，又不知有多少武林中人，要身罹此劫。

各人心中俱在發愁，對那成形首烏的事，倒全都淡忘了，須知生命才是人類最基本的渴求，那成形首烏的事到底是身外之物。

於是藍大先生首先說道：「此間的事，已經告一段落，我們先告辭了，下月月圓玉皇頂再見吧。」說完帶著門下弟子，逕自穿林而去。

群豪紛紛拱手散去，受傷的日月頭陀，也被托塔天王手下的好漢，抬起救去。七只精工打做的紅木箱子，零亂的散在地上，鏢伙們驚魂初定，鬆懈了下來，熊倜的心裡難受已極，他所付出的一份友情，竟浪費在一個存心利用他的人的身上，這是他最感悲哀的。

吳詔雲心裡更是難受，在難受還加了一份慚愧，他和粉面蘇秦結義多年，這次竟連他也出賣了，慚愧的是他和王智逑到底是結義兄弟，王智逑欺騙了熊倜，他心中自也難安，再加上王智逑現已身落天陰教之手，諒必沒有什麼生還的希望，鎮遠鏢局經過這一次打擊，也無法再抬起頭來，前途實是不堪設想。

他想起他初出師門，抱負甚大，滿想憑著一身武藝，創出一番事業來，但現在落得如此，再者技又不如人，就連那兩個幼童，自己都不能相比，還說什麼闖蕩江湖，創業揚名呢。

他愈想愈是心灰，對熊倜說道：「想不到事情發展到這個地步，我再也沒有想到王智逑居然如此，反正日久見人心，彼此終有互相瞭解的一天，現我也無顏再去泰山與天下英雄相會，賢弟年少英發，日後必成大器，我帶著鏢隊回轉江寧後，決定遠引江湖，再練武功，你我後會有期，但望賢弟能在泰山會上，出人頭地，揚名天下，愚兄得知，也必替你歡喜。」

他說著說著，心酸不已，熊倜也是非常難受，但也說不出什麼勸解的話來，兩人黯然相對，彼此心意相通，日後竟成了好友。

吳詔雲替熊倜留下了一匹馬及許多銀兩，又再三叮嚀了許多江湖上的忌禁和習俗，才互道珍重，帶著鏢車，返回江寧了。

熊倜獨自騎在馬上，茫然向前行走，這許多天來他雖已學會很多，知道了江湖的險惡，人心的難測，他也知道，友情，是患難中得來的才最可貴，可是前途茫茫，他要獨自去闖了。

他路徑雖然不熟，但順著官道走，天還沒黑就到了滕縣，他找了個客店胡亂住下，思潮反覆，一夜未得成眠，天亮便又上道了。

他沿途問路，知道前途就是曲阜，曲阜乃春秋舊都，孔子誕生之地，熊倜熟讀詩書，自然知道，他此時距離泰山之會尚早，何不在曲阜多耽幾天瞻仰瞻仰孔夫子的聖跡。

於是到了曲阜後，他就找了間較為乾淨的客棧住下，向店小二打聽曲阜各處的名勝古蹟，他準備寄情於勝蹟之中，來忘掉一些事。

頭一天，他先到城內的孔廟、杏壇遊玩了一會，回到店中時，小二跑來說道：「好教客官得知，明天絕早，趕車的王二就來店裡，客官要不要搭他的車到孔林去，免得路上迷失了。」

熊倜道：「這樣也好，免得我到處問路，他車來時，麻煩你告訴我一聲。」

孔林在曲阜城外，為有名的勝地，到曲阜來的，差不多全要到孔林去瞻仰一番，林外繞以紅垣，松柏參天，碑碣甚多，熊倜到了此處，只覺得人世間的榮辱，都不再是他所計較的了。

他隨處觀望，忽見一個青衫老者，拄杖而來，隨口歌道：

「華鬢星星，驚壯志成虛，此身如寄。蕭條病驥，向暗裡、消盡當年豪氣。夢斷故國山川，隔重重煙水。身萬里，舊社凋零，青門俊遊誰記。

盡道錦裡繁華，歎官閑晝永，柴荊添睡。清愁自醉。念此際、付與何人心事。縱有楚柁吳檣，知何時東逝？空悵望，鱠美菰香，秋風又起。」

此詞本是南宋愛國詞人陸游所作，此刻裡這老者歌來，但覺蒼涼悲放，豪氣干雲。

熊倜見這老者白髮如霜，面色卻異常紅潤，走在古柏蒼松之中，衣袂飄然，直似圖畫中人，不覺看得癡了。

那老者漫步到熊倜跟前，衝熊倜微微一笑，說道：「這位老弟駐足這裡，想必是也被此間的浩然之氣所醉，」他微一歎氣，又說：「人生百年，恍眼即過，要落得廟祝千秋，真是談何容易。」

熊倜禮儀本周，對這老者又有奇怪的好感，聞言躬身稱是。

那老者朝熊倜面上看了半晌，點頭說道：「果然年輕英俊，聰明忠厚，兼而有之，是個可造之材。」說著又拄杖高歌漫步而去。

熊倜站在那裡愣了許久，想道：「人人都說我年輕有為，我定要奮發圖強，不可辜負了自己，何況我恩怨俱如山重，如不好自為之，怎生了卻，豈可為了些須事故，便意志消沉起來。」

於是他開始面對著現實，不再懼怕一些未來的事，他相信，世上任何一件事，都會有解決的辦法，空自發愁，又有何用，他自知武功、經驗俱都還差，但事在人為，只要努力，何患無成。

對於即將來到的泰山之會，他也不去多想了，天陰教主，也只是個人而已，人與人之間，又有什麼值得懼怕的呢？

在曲阜他又耽誤了幾天，才動身渡泗水，直奔泰安。

從曲阜到泰安的路上，熊倜已無所憂慮，他漫步而行，儘量領略著田野風光，每到一地，他就歇息一天，這樣走了五天，才到泰安。

泰安在泰山南麓，是個極為古老的大城，但古色古香，規模較之曲阜，又顯得要大得多。

熊倜進城時，已是萬家燈火了，他找了客棧住下，那客棧是座平房，而且院子很寬，曲徑迴廊，小有亭台花木，熊倜連日勞頓，風塵滿身，此刻處身於嵐影橫窗，菱荷香裡，直覺身在瓊樓。

第二日清晨，熊倜叫過店小二，問道：「從此地到泰山，是怎麼走法，可要多久？」

那小二道：「您也許是初來，其實泰山好找極了，從這兒出北門，再走一里多路，有個岱宗坊，一問便知，登山就從那裡開始。」

熊倜哦了一聲。

那小二卻也是個多嘴的，又說道：「泰山上萬仙樓、歇馬崖、五大夫松、經石峪，好玩的地方可多呢，包您幾天幾夜也玩不完，還有您老別忘了到斗姥宮去玩玩，那裡除了房子整齊，樹木又多，顯得清靜、涼快之外，最有名的卻是那裡的姑姑子，面孔生得又好，又是詩詞書畫，吹彈歌唱樣樣精通，像您老這樣的少年公子，到了那裡準不想回來了。」

熊倜一想，此時離月圓雖還有數天，但自己何不先到泰山遊覽一番，看看這五嶽之東，人稱岱宗的名山，也算不虛此行了。

熊偶遂問小二道：「我想到山上遊玩幾天，不知有沒有歇息的地方，晚上好打尖住夜？」

店小二忙道：「太多了，太多了，山上住家的也有，此外南天門道院，住著更是清靜。」

熊偶點了點頭，那小二又說道：「您老可要買些這裡的名產包爪帶到山上做菜吃？」

熊偶就叫他買了些來，那「包爪」原是一種什錦醬菜，裝往一個飯碗大小的翠爪裡，上面有個小蓋子，可以揭開來，爪作黑色，也是經醬過的，一樣可以吃，用小簍子裝起，油紙封著口，還可以致遠，熊偶吃了些，味美絕倫，遠非其他地方所產的醬菜可比。

熊偶在那客寓中又住了一天，第二天絕早便走了，臨走的時候，那多嘴的店小二又跑來說道：「您老到泰山，可千萬要看日出，這時候秋高氣爽，可正是看日出最好的時候了。」

熊偶見那小二甚是殷勤，便多給了些小費，那小二千謝萬謝，又說道：「還有一樣事，看日出雖然最好是日觀峰，可是那裡風太大，其實在玉皇頂看也是一樣，不過山上總是太冷，尤其是早上，這些衣服可不管用，頂好帶一床棉被去。」

熊偶也笑著答應了。

他將馬寄放在客棧裡，先轉到岱廟去尋訪「唐槐」和「漢柏」，以及那有名的壁畫——「啟蹕回鑾圖」，樹的古色古香，畫的優美，使熊倜在那裡流連了許久，許久，最後才帶著一份餘味離開。

然後他雇了部驢車，穿北門而出，到了岱宗坊，到此仰頭直見青天，反而不見泰山了。

熊倜沿著寬廣的磴道，向上走去，往來的遊人，三三二二，交臂而過，但卻並不太多。

熊倜到一處玩一處，從萬仙樓、歇馬崖、而到御帳坪，再上便看到五大夫松，相傳是秦始皇所封，但這幾株看去並不蒼古，當然不會是秦代物，不過僅僅襲其名號而已，也無人深究。

熊倜雖不敢施展出輕功，但走得總是比常人快得多，經過斗姥宮時，他想起店小二所說的話，但卻沒有勇氣進內一試。

再上便是經石峪，石坡斜平如掌，廣寬之極，約有數畝，熊倜仰望上面鑿著的隸書金剛經，字跡古勁已極，但因年代久遠，雨淋日炙，大部分已剝落了，他不禁暗自感懷，歲月之無情，每每如此。

泰山為五嶽之長，雖然雄偉有餘，但卻秀潤不足，因為多石少土，半山以上樹木，多借雲氣沾濡而生，不易繁茂，只有對松山，很多松樹皆生於兩面峭壁之上，遠望黑簇簇一排，有如馬鬣、白雲出沒其間，實是一大勝處。

熊倜在此仰望南天門，神霄絳闕，去天尺五，石磴蜿蜒一線，上接蒼穹，要不是熊倜身懷奇技，有恃無恐，真不免望而卻步了。

熊倜正在出神，忽地遠處又有人作歌而來，歌曰：「醉裡挑燈看劍，夢回吹角連營，八百里分麾下炙，五十弦翻塞外聲，沙場秋點兵。

「馬作的盧飛快，弓如霹靂弦驚，了卻君王天下事，贏得生前身後名，可憐白髮生。」

熊倜定睛一看，卻原來又是在孔林中所遇老人，拄杖飄然而來。

那老者走至近前，看到熊倜笑道：「真是人生何處不相逢，想不及我們又在此相見。」

熊倜也躬身問道：「老丈何處去呀？」

那老者哈哈笑道：「來處來，去處去，飄浪人間，快哉！快哉！日後若再相逢，那時你便是我的了。」

說完又自大笑高歌而去。

熊倜眼望他背影消失，那老者所說的話，令他覺得既奇怪，又驚異，他愣了一會，也自管上山了。

熊倜漫步而行，不覺已到了十八盤，陂子又陡又窄，旁邊有專為遊人所備的鐵鍊，但熊倜一身武功，豈會在乎這些。

既登南天門，熊倜放眼遠眺，只見萬山起伏，皆羅足下，正是古人所謂：「只有天在上，更無山與齊。」這兩句話，令人油然而生豪氣。

熊倜不禁暗自感概：「我在泰山之傲徠、徂徠兩峰，直覺山高萬丈，到了此處一看，卻簡直像兩座小小塔樓，卑不足道，即使汶水、泗水，當我渡河之時，也覺河水奔湃，氣勢不凡，此刻看來，卻狹小得像兩帶衣帶，人與人之間又何嘗不是一樣，我當初一擊而敗神力霸王張義、小山神蔣文偉，自覺武功不凡，已沾沾自喜了，但後來會墨龍鍾天仇，心中已有些氣餒，等到日後見了天陰教下兩個小小童子，更是知道人外有人，天外有天，世內奇人，高過我熊倜的，實是太多了，我若不能暗自警惕，日後還能成什麼大業。」

南天門之西有日觀峰，兩石張立如扉，為西天門，下為桃谷。

熊倜再往東走，看見竟有條小小的街道，街上也有幾家小店鋪，賣些雜貨、香燭等物。

熊倜見這些店鋪的招字都並不大，但卻全附有一種花圖做標記，如雙錢、升斗花果等等，不禁覺得甚是新奇。

這晚，熊倜就在南天門道院的東廂宿下，夜寒人靜，孤燈熒熒，令人油然而生出世之想。

第二天，熊倜付了些香火油錢，那道院的老道說道：「一人遊山，不嫌寂寞嗎？」熊倜笑了笑，那老道又說：「施主要看日出，此刻已太晚了，只是登封台的秦皇沒字碑，卻萬萬不可錯過。」

熊倜問道：「此碑又有何異？」

那老道說：「施主有所不知，此碑高約一丈五尺，南北寬約三尺許，東西側厚二尺，壯觀已極，而且此碑靈異甚多，其中必有所藏，說不定就是金簡玉函之類，舊日有一巡方，本想撤去，但稍一異動，馬上就風雷大作，嚇得再也不提了。」

熊倜知道這不過是道家故作驚人之說，遂也就唯唯答應了。

這日熊倜遊日觀峰、玉皇頂，也去看了下秦皇沒字碑，又去瞻仰了山上唯一的大廟宇，碧霞元君祠，然後瀟灑下山。

過南天門後，他取道山徑，沿著黃西河到百丈崖，只是瀑瀉若垂紳，下匯一潭，深碧無底，氣勢壯觀，熊倜不禁暗歎泰山景物之美，與造物之奇，暗思道：「古人說『五嶽歸來不看山』，我能暢遊泰山，親見奇景，也算不虛此行了。」

熊倜回到泰安，時方黃昏，店裡的小二迎上來笑說道：「客官怎地這麼快就回來了？普通人遊泰山，總要花個三五天的。」

熊倜方待回說，忽見店裡走出三個黑衣大漢，裝束和前見的黑白八騎，完全一樣，走出店門時，狠狠盯了熊倜幾眼，內中一人，突地轉回身來，朝熊倜說：「閣下看來眼熟，可是鎮遠鏢局的英雄？」

熊倜怔了一怔，回答說：「在下熊倜，不知閣下有何見教？」

那大漢哦了一聲，答說：「原來閣下就是近來江湖傳言的熊倜，好極了，好極了，想來閣下必是前來赴敝教泰山玉皇頂之約的，現在距時還有一日，後天便是正日，閣下萬勿忘記。」

說完就抱拳走了。

熊倜這才知道這大漢原來是天陰教下的人物，怪不得這等詭異。

熊倜回到房中，正覺無聊，喚小二送來些酒菜，胡亂吃了，正想早些就寢，房門一動，突地一人走了進來，也未等回應。

熊倜見那人全身也都著黑色衣服，但卻不是勁裝，只是普通長衫，乍一看他還以為是墨龍鍾天仇，連忙驚訝地站了起來。

那人走過來卻深深一揖，笑對熊倜說：「冒昧得很，前來打擾，在下江湖小卒吳鉤劍龔天傑，現在天陰教，玄龍堂龍鬚支壇下效力，今番聽說熊大俠到泰安，急忙趕來相會，還請原諒唐突之罪。」

熊倜這才看出此人並非鍾天仇，不禁暗笑自己的緊張，但此人是天陰教下的人物，但樣子卻比那些黑衣大漢高了一級，卻不知來此何為，遂說道：「原來是天陰教下的英雄到了，不知有何見教。」

龔天傑不等招呼，便自笑嘻嘻地坐下，說道：「兄台這次在江南確實轟轟烈烈做了一番事出來，敝教非常景仰，故此特地叫小弟前來拜訪。」

原來這天陰教組織甚是嚴密，教主分為玄龍、白鳳兩堂，玄龍堂下又分龍鬚、龍爪、龍尾三個支壇，白鳳堂也有稚鳳、鳳翼、鳳隱三個支壇，這三個支壇各有所司，龍鬚壇是專司為教中吸收人才，新教徒入教等事，龍爪壇專司刑責，龍尾壇掌管教中各類計畫，鳳翼壇專司教中各種祭禮，鳳隱壇是為教中歸隱或受傷之教徒而設。

那稚鳳壇卻管的是一宗極為奇異之事，原來天陰教徒必須夫婦同教，若有新人入教，而未婚娶，那稚鳳壇在一年之內，必定要為他們找到配偶，完成婚娶，故此壇中大多俱是些未婚少女。

那吳鉤劍龔天傑既是龍鬚壇下的人物，到此不問可知是想吸收熊倜入教，皆因熊倜雖入道未久，在江湖中卻已略有名氣。

龔天傑又說道：「敝教這次自太行主壇大舉而出，便是想在江湖創一番大事，同時也是想找些真正挾有奇技的人物入教。」

他端起熊倜放在桌上的茶，呷了一口，滔滔不絕地將天陰教中的梗概，全說了出來，把個天陰教，更說成是天上少有，地下無雙，而且除暴安良，造福生民，是個救世救人的組織。

熊倜雖覺不耐，但他卻是對天陰教一無所知，也不知道龔天傑此話的真假，於是唯唯答應著，若他知道天陰教的真相，怕早已翻目相問了，哪裡會容得吳鉤劍龔天傑信口雌黃。

龔天傑歇了口氣，說道：「現在敝教中雖是奇人輩出，教主夫婦的武功，更是妙絕天下，深不可測，但像熊兄這樣前途無量的少年英雄，正是敝教中渴求的，熊兄若能加入敝教，不但熊兄從此能藉此揚名立萬，稱雄武林，便是敝教，也因能得著閣下這樣的一位人物為幸，不知熊兄意下如何？」

熊倜沉吟了一會，他雖對天陰教一無所知，但他的直覺告訴他，此教總是太過詭異，而且定要夫婦同教，聽來簡直有些荒唐，但他也不肯無端開罪於人，考慮了許久，遂說道：「閣下的好意，小弟自是知道，但小弟還要考慮幾天，等到小弟在泰山玉皇頂見到貴教教主之後，再作答覆好了。」

龔天傑把臉一沉，忽又笑著說道：「這樣也好，那麼小弟就告辭了，入教之事，還望熊兄三思，此事對熊兄來說，實是有益無損的。」說完又自是長揖到地，笑容滿面，告辭而去。

這晚上熊倜反覆不能成眠，暗道：「天陰教組織龐大，分佈更廣，我若加入了，想必與我復仇之事有利，他們教徒各省都有，尋找起薩天驥來，必定容易得多，總比我孤身一人要好……」

他轉念又想道：「只是此教，看來卻太已不正，教規更是離奇，若是個無惡不作的邪教，我加入了，卻怎生是好？」

他想來想去，總得不到一個確切的答案。

恍眼過了一天，十五日凌晨，他就起身了，拾掇好一切，就去泰山赴會，心神既緊張，又興奮，暗想道：「今日就是我決定今後的重大關鍵了，若天陰教真如吳鉤劍所說，我不妨就加入了，再有我若是見到那粉面蘇秦王智逑，倒要看看他對自己有何交待。」

他沿路毫未耽誤，走得極快，過了岱宗坊，一路上只見遊人絕少，霎時便過了經石峪，直上十八盤，便是南天門了。

到了南天門，熊倜遠遠就望見有十數個黑衣漢子佇在那裡，走到近前，一人笑著過來，卻是吳鉤劍龔天傑，熊倜忙抱拳為禮，龔天傑也抱拳笑道：「熊兄來得怎地如此之晚，小弟已恭候好久了，就請趕快上山，玉皇頂上，此刻已是群雄雲集了。」

說著拉著熊倜便走，熊倜見那十數個勁裝大漢仍然徘徊在南天門處，想是阻止遊人再上的。

熊倜走過那條小街，那些賣雜物的鋪子，此刻也是雙門緊閉，不做生意了。

快到玉皇頂時，有幾個白衣婦人走了下來，吳鉤劍忙迎了過去，低聲講了幾句話，遂叫熊倜過去，說道：「這就是我的內子，玉觀音汪淑仙，現在教中稚鳳堂下，這位就是我說的少年英雄熊倜了。」

那婦人笑著對熊倜福了一福，熊倜見她甚是碩白，身後那幾個少女也均甚嬌美，那些少女見熊倜望著她們，均掩口嬌笑起來。

龔天傑哈哈大笑道：「熊兄日後若加入敝教，小弟必叫內子替熊兄物色一個國色佳人。」

熊倜聽了此話，再想起他所說的稚鳳堂所司之事，不禁紅生滿面，玉觀音見了，也笑著打趣著：「你若要找個好太太，不先拍拍我，那怎麼成。」說完媚目橫盼，詞色更是不正。

熊倜心中不禁大忿，想道這些天陰教下的人物，果真俱都如此不正，但他到底面嫩，此刻被那少女一笑一睬，更連話都說不出來了，惹得龔天傑更是一陣大笑，但他怕熊倜臉上掛不住，旋即拖著熊倜直上玉皇頂了。

玉皇頂便是泰山絕頂，前面有一個登封台，熊倜到了玉皇頂一看，只看頂上到處都散鋪著黑白兩色的座墊，墊上已坐了幾十個人，高高矮矮，胖胖瘦瘦，都是武林人物，熊倜看了一眼，都不認得，龔天傑帶他上來後，也匆匆走了，不知去做什麼，熊倜四周探望，見穿黑衫的人只有三、五個一再來回走動，心想大概天陰教主尚且未來，正想也找個座子，隨便坐下，忽地聽見背後有人在叫著他。

他回頭一看，見有一個穿著黑衫的人向他走了過來，他原以為又是龔天傑，不想那人走將過來，卻是粉面蘇秦王智逑。

熊倜不禁心中覺得奇怪，這王智逑怎地做了虧心事後，還有臉前來招呼自己，但他也不願太過給王智逑難堪，也就走了過去。

王智逑一見到他，就緊握著他的手，說道：「這番苦了賢弟了，但愚兄也是萬不得已，才出此下策，實因為丟了此鏢，關係實在太大，愚兄也擔當不起，還希望賢弟能原諒愚兄。」

熊倜一想，也覺王智逑實有苦衷，遂也罷了，他見王智逑竟也是全身黑色衣服，宛如天陰教徒，不禁問道：「您怎地如此打扮？」

王智逑笑道：「此事說來話長，愚兄不知怎地走漏了消息，被天陰教主知道了我的計畫，剛到山東就被截住，愚兄怎是那天陰教主的敵手，但寶物被奪，人也被擒了，好在教主甚是看得起愚兄，一定要愚兄入教，愚兄考慮再三，心想寶物已丟，事已不了，就也入了天陰教了。」

說著他又問道：「我那吳詔雲二弟，怎麼沒有和你同來呢？」

熊倜道：「吳二哥已回鏢局了，他似對江湖上事，已經厭倦，說要重訪名師，再求絕技，回到鏢局後，就要撒手一走了。」

王智逑神色甚是黯然，隔了一會兒，他才說道：「這樣也好，但願他能償所願，只是那辛苦多年，才培養出的鎮遠鏢局，毀於一旦了。」說完他又自搖頭太息不已，神色難受已極。

此時忽然遠處有金鑼聲響，王智逑聽了，忙說道：「金鑼聲響，教主已快來了，愚兄還有些事，賢弟隨便坐下好了。」

說完他匆匆走了。

熊倜靠在一堵石垣坐下，竟看到勞山雙鶴、七毒書生等人俱都早已來了，散坐在前面，那藍大先生也領著幾個弟子，坐在旁邊，看到熊倜也來了，遠遠地向熊倜笑著打了個招呼。

熊倜抬首前望，見到黑衣童子白景祥，和葉清清漫步走了上來，各人手上掌了一個小鑼，金光燦然，像是純金所造。

鑼聲噹噹敲了三下，白景祥開口說道：「教主法駕已來，請各位靜肅。」

隨即是八個長衫黑衣男子，和八個白衣婦女，排隊走了上來，走到頂上後，就兩旁分開，極整齊的排列成兩行，接著又走上十數個黑白衣衫的男女，熊倜也未曾看得清楚，只覺個個都是神情詭異之人，不禁對天陰教大大起了惡感。

最後走上兩個老者，一男一女，卻不是黑白色的衫，那老者渾身杏黃袍服白髮白眉，兩眼神光充足，顯得異樣威嚴，那女子裝束卻更離奇，她竟穿著全紅色的宮裝長裙，曳地生姿，臉上卻又脂粉滿臉，在日光之下，面上皺紋隱約可辨，看上去不倫不類，不知像個什麼樣子。

熊倜心中暗暗好笑，只見眾人對此兩人俱甚恭敬，還以為此兩人就是天陰教主了，哪知眾人忽然全躬下身去，接著又走上一男一女，俱都只有三十歲左右，男的也全身黑色衣裳，但卻閃閃生光，似絲非絲，似綢非綢，不知是什麼料子，女的全身白色宮紗，亦是長裙曳地，再加上宮鬟如雲，嬌美如花，望之直如神仙中人，那男的亦是劍眉虎目，亦是雙頰瘦削，但看起來卻令人覺得更是嚴峻，望而生畏。

此兩人一走上來，熊倜不禁暗中喝彩道：「好一對璧人。」眾人也都眼睛一亮，天陰教眾更是屏著氣，連大氣都不敢出，熊倜知道，這才是教主到了。他暗自奇怪，這兩人一個看來像是文士，一個看來更是嬌弱，有什麼本事降伏得住這許多山魁鬼怪。

此二人正是天陰教主焦異行、戰璧君夫婦，他倆本是當年天陰教下的司禮童子，自幼便從教主夫婦處，學得一身絕頂武功，後來天陰教被鐵劍先生等人所滅，他倆人卻乘隙逃出的，尋得一個隱秘所在，苦練武功，將近二十年來，他們的武功實已到了出神入化的地位，這才重入江湖，尋得幾個當年天陰教中的魔頭，及一部分尚未散失的秘笈，於是又在太行山裡重振旗鼓，打算再立天陰教。

此刻焦異行、戰璧君走到頂上，戰璧君哈哈嬌笑道：「喲，你看來了這麼多位英雄好漢，真是賞我們的光，不過實在太不敢當。」

焦異行也一拱手，笑道：「敝夫婦這次重立天陰教，許多地方都全靠江湖朋友的幫助，這裡先謝了，這次敝教在此邀請各位前來，也不過是希望各位對敝派的一切加以認識，此刻敝教先處置幾個教中的叛徒，請各位稍候。」

熊倜見天陰教主夫婦，卻客氣得緊，不覺又對他們起了好感。

誰知焦異行把臉孔一板，立時又是一番面容，厲聲說道：「龍爪壇壇主黑煞魔掌尚文斌何在？」

那先來的十數個黑衫人中，端步走出一人，是個形容枯瘦的老頭，最奇的是不但衣履皆黑，就連面孔膚色，也是黑的，雙目黯然，令人望之生畏。

在場眾人除了熊倜因對武林群魔，一無所知，只覺得此人可怕還不覺怎樣之外，其餘各人，聽了黑煞魔掌的名頭，俱都頭皮發麻。

皆因這黑煞魔頭在武林中，稱得上最是心狠手辣，殺人如麻，當年與毒心神魔侯生，並稱武林雙魔，卻比侯生更是陰毒，後來也是洗手歸隱，此刻卻又在此現身，且是天陰教下的壇主，於是在場的每個人對天陰教的實力，更覺可畏。

焦異行又說道：「請龍爪壇下，將湯孝宏、陳文龍、薛光祖等叛徒帶上，靜待裁決。」

黑煞魔掌躬身稱是，走開了去。

焦異行遂又一揮手，那司禮童子白景祥、葉清清齊聲說道：「恭請玄龍堂主、白鳳堂主入壇。」那黃衣老者與紅服女子齊走了出來，對焦異行夫婦只是微一拱手，便自站住。

眾人俱知玄龍、白鳳兩堂，在天陰教中，地位極高，僅次於教主夫婦，但對此兩人，群豪卻無一人識得，各在腹中納悶不已。

片刻兩個黑衣勁裝大漢，帶來四人，熊倜一看生死判在其中，但那時驕氣，此刻半點也沒有了，面孔看去，像是懼怕已極，另外那三人，也是垂頭喪氣，而且全身發抖，怕得更是厲害。

焦異行見了這四人，更是面如秋霜，厲聲說道：「你等四人的罪狀，我也不必當著天下英雄揭露，但問你等知罪與否？」

那四人俱都跪在地上，連頭都不敢抬起來，只是連連叩首，狀甚可憐。

焦異行又說道：「你等四人既然知罪，本教主寬大為懷，必定從輕發落。」他遂又轉頭向那黃衣老者及紅服女子說道：「兩位可有意見？」那兩人齊都說道：「但憑教主發落。」

焦異行沉聲說道：「湯孝宏、陳文龍、聶重彬三人罪狀尚輕，削去左手，發在鳳隱堂下效力，如日後表現良好，再行錄用，薛光祖欺師叛教，罪無可恕，除剉去雙足外，發送回鄉。」

熊倜見焦異行說從輕發落，心裡以為還多打幾個板，或是禁閉兩年，此刻一聽居然削手剉足，嚇得渾身冷汗直冒。

然而更慘的還在後頭，焦異行話剛說完，那黑煞魔掌已走了過來，極快的在四人身旁一轉，群豪尚未看清是什麼身法，那四人卻已俱都暈倒，原來全都被黑煞魔掌點了極重的穴道。

那兩個黑衣大漢，隨即抽出鋼刀，嗖嗖幾刀，片刻只見血流滿地，那四人手足，已被剉了下來，呈到焦異行的面前。

群豪哪曾見過這等場面，熊倜更是汗流浹背，暗道：「這天陰教主，看去文秀已極，哪知卻這等殘忍，將人的性命身體，只看做糞土一樣，隨意宰割，由此可見天陰教之陰狠毒辣，幸好我那時沒有答應龔天傑，不然卻甚麼得了。」

焦異行揮手命人抬走那四個宛如屍體的人，立刻又是滿面春風，笑道：「適才的事，倒教各位見笑了，我先替各位引見兩位大大有名的人物，各位也許生得較晚，但這兩位先輩的名頭，想必一定聽到過的。」說完他遂一指那杏黃衣衫的老者及紅服女子說道：「這兩位便是三十年前天下知名的鐵面黃衫客仇不可仇老前輩及九天仙子繆天雯繆老前輩，這兩位前輩的奇人奇行，各位雖然沒有看到，但總聽到過吧。」

諸豪一聽，這一驚，比方才聽到黑煞魔掌時更要厲害十倍，有的甚至驚呼出來，這二人當時在武林中的名頭，可稱得上是皓月當空，黑煞魔掌雖也大名鼎鼎，比起他們來，只是皓月旁邊的小星罷了。

焦異行見眾人驚懼之色，溢於言表，心中更是得意，說道：「我天陰教創於太行山，遠來山東，一來是為了宣揚教威，再者便是希望武林群豪，能投入我天陰教下，我之今日邀請各位前來泰山，除了丐幫諸俠是請來觀禮不在此例外，也是為著這個緣故。這點想敝教龍鬚壇下的弟子，在各位上山之前，也俱都向各位解說了，此刻諸位已算入我天陰教下，但各位俱都創有事業，我自也不會作那不通人情之事，硬要各位放棄，故我不惜稍改教規，各位入我教中後，只要不犯教規，不作叛教之舉外，仍可隨意行事，哈、哈，我這番苦心，還不是為了愛惜各位，各位可曾明白？」

熊倜越聽越不像話，此人之強詞奪理，可謂已到頂點，他強迫入教，卻還說「很有人情」、「費了苦心」，真是令人啼笑皆非，等焦異行說完，熊倜便想抗議，方待站起身來。

誰知戰璧君又咯咯笑道：「喲，你說得可好，但是人家要是不願意呢？」

焦異行哈哈笑道：「此話正是，只是上山容易，下山卻難了，各位要是有人不願入我天陰教下，也請站出來，只要有能搪得過我夫妻十招的，敝教不但恭送他下山，而且還要將一件至寶奉送，可是各位卻要自問有沒有這個能力，不然白送了性命，卻是大大的不值得呢。」說完他又一招手，喝道：「快把那『成形首烏』取來，放在此處，看看有哪位英雄好漢，能夠取得。」說完哈哈狂笑，傲氣畢呈。

熊倜聽了再也忍耐不住，他本坐在最後，此刻站了起來，越眾走了出來，諸人俱都面現驚訝地望著，卻再也沒有一人站起來了。

焦異行見有人站起來走了過來，不禁變色冷笑道：「好，好，這是哪一位英雄，有此膽量，我焦異行真是佩服得很。」

熊倜走上前來，微微一揖，昂然說道：「小子熊倜，本是江湖末流，教主高論，我也聽過了，但是人各有志，誰也不能相強，縱然我擋不過教主十招，就算葬身此間，也是情願，若是定要強迫我作違願之事，卻是萬萬不行。」

他話尚未說完，遠處有人哈哈大笑道：「好，好，有志氣。」聲音並不大，但震得眾人耳朵嗡嗡作響，群豪不禁大驚，抬頭一看，只見一人盤膝坐在那「秦皇沒字碑」上，笑聲兀自未絕。

在場的這許多武林中一等一的好手，竟沒有一個知道此人從何而來，何時而來的。

焦異行亦是大驚，厲聲說道：「碑上的是哪路高人，請下來說話。」

那人說道：「好，好，既然教主相召，敢不從命。」話剛說完，群豪眼睛一花，那人已到了面前，仍然是盤膝而坐，竟不知他是怎麼來的。

熊倜一見，此人竟是在孔林遇到的紅面老人，心中大喜，知道救星到了。

老人衝著焦異行夫婦點首笑道：「教主賢夫婦還認得我老頭子吧，二十年不見，賢夫婦居然出落得如此英俊，真教我老頭歡喜。」

焦異行、戰璧君二人，一見此老人飄然而落，先是一驚，待仔細一看之後，臉上的倨傲之氣，頓時消失無蹤，換上了懼畏之色，但他以教主身分，雖然已知面前是何人，也絕不能露出驚惶之態。

焦異行拱手說道：「原來是飄然老前輩，晚輩久違風範，想不到老前輩還是這等矍健。」

那老人無人知他的姓名，俱稱他為飄然老人，數十年始終獨來獨往，也無人知他來處去處，人們數十年前看見他時是這樣子，數十年後他也依然不變，故此也無人知他的年齡，人們只知道他的武功深不可測，昔年鐵劍先生若不是得到飄然老人之助，獨力擊斃了天陰教主夫婦，也不能將天陰教瓦解，他一別人間二十年，此刻又重現了。

飄然老人聽焦異行說完，哈哈笑道：「想不到你還記得我這老頭子，我老頭子這番前來，並非要管教主的閒事，一個願打，一個願捱，你想要他們入教，他們願意，我老頭子怎能管得。」

他哈哈又笑了一陣，又說道：「只是有兩件事，我卻要管管，第一件事，便是姓熊的這小孩子，我看著甚是歡喜，我老頭子想帶他去做徒弟，當然他就不能加入你們的教了，第二件事，我老頭子難得收徒弟，第一次收徒弟，總要給見面禮，想來想去，這個『成形首烏』倒滿對我的胃口，你就送給我吧。」

焦異行面有難色，說道：「這第一件事當然沒有問題，只是這第二件事麼……」

飄然老人道：「怎樣？」

焦異行咬了咬牙，說道：「既然老前輩開口，此物就在此處，老前輩只管取去便是。」

熊倜走到老人面前，恭恭敬敬地跪了下來，老人笑道：「你我總是有緣，起來，起來，把那匣子拿來，我們就要走了。」

那鐵面黃衫客始終寒著臉站在旁邊，此刻突然說道：「慢來，別的都無所謂，這成形首烏卻動不得。」

飄然老人斜睨了他一眼，說道：「你還沒有死呀，不錯，不錯，只是你卻還不配來管我的事。」

仇不可怒喝道：「我管定了。」身體也未作勢，倏地拔了起來，虛空一掌，向飄然老人擊去。

老人袍袖一展，眾人只聽轟然一陣大響，仇不可已震落地上，須知這種內家真氣相撞，比有形之物還厲害得多。鐵面黃衫客聚畢生功力當頭一擊，卻被飄然老人的一揮擋了回去。

熊倜已將成形首烏取到手中，老人哈哈笑道：「各位，我們告辭了。」左手牽著熊倜，右手袍袖一展，呼地一聲風響，人已自眾人頭頂上飄了出去。

正是泰山絕頂，奇人倍出，天外有天，人上有人。

第八回 山中壯燕，怎知人間世 河邊嬌鶯，長向望城啼

熊倜之輕功，在武林中已可算是一流好手了，此刻被老人攜帶而行，只覺兩耳風生，如同御風而行。

原來飄然老人此刻所施的，是他數十年來潛修苦研而成的「潛形遁影」之法，須知所謂輕功，只是憑著一口真炁和身形之靈巧，能空中飛躍而已，輕功練至極處，最多也只是能在空中借物使力，自行變化，但真氣一散，或者無力可借，即刻就要落地，星月雙劍所使的「蒼穹十三式」以及天山冷家兄妹的「飛龍七式」就是輕功中登峰造極的功夫。

但這「潛形遁影」之術，卻是大大不同，此術練至極處，漫天的空氣、塵埃，俱是可以藉力之處，正如同人在水中一般。

是以熊倜但覺老人似是御風而行。

片刻，到了一個所在，仍然是在山上，但卻是熊倜未曾到過的，只見滿地清陰，景色幽絕，到處生著一些不知名的寄生植物，遠望像松，近看像柳，絲氈般遮蔽了多少灰色的山崖上，有一個崖洞，很深，很靜，熊倜望不見底，飄然老人將熊倜帶了進去，轉了兩轉，又到了一個所在，熊倜只覺得陰黑黑的，空氣裡有潮濕的味道，耳中可以聽到水聲。

飄然老人指著上面笑道：「這上面就是天紳瀑布，我們這裡已經快到山腹，前幾天我遍遊泰山，忽然發現這地方，又靜，又沒有人知道，練功最好不過，所以我把你帶到這裡來。」

熊倜連忙跪了下來，說道：「多謝師父救我。」說完恭恭敬敬拜了四拜。

飄然老人笑道：「先別忙叫師父，也不要老是磕頭，我最不喜多禮，你要做我的徒弟，難是不難，只要答應我一個條件，別的壞事，我知道你的天性為人，也不會去做，只是這個條件，遵守起來卻甚不易，你若答應了我，便不得違反，否則我就不要你這個徒弟了。」說完雙目凝視著熊倜。熊倜仍然不肯起來，說道：「只要師父說出來，徒弟一定遵守的。」

老人說道：「這條件卻非人人可以做到，你若做了我的徒弟，四年之內，不許出這蟹洞一步，專在此苦練，吃的，用的東西，我自會替你送來，我也不是故意難為你，因為你好勝，好浮之心太重，不是這樣，難成大器，何況我所習的武功，都是非常玄妙的，不是這樣，你也無法學得。」

熊倜看這洞裡，一無所有，既黑暗，又空洞，但他知道這是千載難逢的機緣，故此毫不猶豫地答道：「徒兒一定遵守。」

飄然老人說道：「好，你先把那『成形首烏』吃下去，不然，就算你苦練十年十二年，我那『潛形遁影』之法，你還是無法學得，我脾氣很怪，說出來的話，決不容人更改，你也不要謙讓，吃完了，就坐到那邊去練你以前所習的內功，知道了嗎？」

熊倜不敢多說，打開匣子，見裡面是支形同人參之物，已具人形，頭手俱備，宛如胎兒，他閉起眼來，囫圇吃了下去，即盤膝練起天雷行功來，不一會，他就覺得四肢通揚，真炁四達，舒服得難以形容，他將真炁又周身運行了幾遍，睜開眼來，只覺洞中光明已極，哪裡是先見的陰黑，飄然老人已自站在身前，含笑點頭。

從此熊倜就在洞中潛修，老人所教給他的，全是他以前所想過但總想不通的，他廢寢忘食地去學，也不知自己到底進步了多少，有時老人和他對手過招，他覺得老人的招式看似平淡無奇，但卻招招向你意想不到，防衛不及的地方攻來，老人也未曾說過這些招式是什麼名稱，只說：「你能將這些招式連貫運用的時候，就是你能『出山』的時候了。」

當老人外出的時候，他獨自一人也會想到許多事，尤其他感到寂寞，他想找個人來吐露心事，但他的心事又能向誰吐露呢？

他不知道這些日子來，若蘭若馨都怎麼樣了，不能忘去她們，她們又何曾能忘去他呢？

這些日子對若蘭、若馨是一連串苦難的日子，這苦難和折磨，幾乎是她們所不能抵禦的，她們所憑藉的力量，僅僅是對熊倜的期望罷了。

小山神蔣文偉被熊倜傷了後，將息了十多天，也就痊癒，他雖斷了一臂，但仍有一臂，依然是條精壯的漢子，他共生共死的弟兄，也依然擁戴著他，他威望雖大不如前，但在江寧府的下層社會裡，仍有一份勢力，登高一呼，歸附他的還是很多。

他對熊倜之仇恨，自然不會忘記，但又礙著金陵三傑，只得忍了這口氣，但是過沒多久，斷魂劍忽然回來，將鏢局悄悄解散了，誰也不知道是什麼原因，又過幾天，斷魂劍吳紹雲，帶著傷還未好的張義，也走得不知去向。

於是金陵三傑頓時卻沒有了下落，實是在江湖除名了，小山神蔣文偉心中暗暗稱快，覺得是復仇的時候了，但是熊倜已走，他也無處去尋，於是他就把所有的怨氣，遷怒於朱家姐妹的身上。

若蘭、若馨，做夢也沒想到會橫禍飛來，小山神蔣文偉卻認定了她們是仇人，他想，若不是她們，自己就不會落得殘廢，他又想，熊倜為了她們傷了自己，可見熊倜必定和她們有著不尋常的關係，打了朱家姐妹，不也等於打了熊倜一樣。

他可沒想到這做法是否合理，每晚華燈初上，他就帶著五、七個弟兄跑到若蘭的花舫上去滋事吵鬧，嚇得若蘭花舫上客人們個個面色如土，再也不敢上門。

若蘭先還以為他們的目的只不過是要錢而已，所以拿了一些銀子去給他們，哪知小山神卻將銀子丟在地上，大罵道：「你把老子們當做什麼人，快叫若蘭、若馨那兩個婊子叫出來。」說完一拍桌子，他力氣本大，這一拍差點沒把一張紅木桌子拍碎。

這一聲巨響把若蘭嚇得心直跳動，她正看著若馨在穿花，若馨也是一驚，手上的銅絲穿著的茉莉花兒，抖抖的顫動。

她們看了小山神窮凶惡極的樣子，自然不敢出來，那鴇母向小山神陪話道：「蔣大爺何必發這麼大的脾氣，若馨她們就算有什麼得罪了你家，你家大人不見小人怪，饒了她們吧。」

小山神蔣文偉自也不能將別人打傷了他，他卻拿若馨姐妹來出氣的話說出口來，直管把桌子拍得山響，罵了一會便走了。

那小山神蔣文偉卻有一個狗頭軍師，外號叫賽吳用，他對小山神說：「大哥這樣做法，真是一點也沒有用，我們又不能衝進她們的房間，把她們抓出來，如若這樣一來，官府的鷹爪爪孫又要找上門來了。」

蔣文偉便問道：「依你之見，該怎樣呢？」

賽吳用說道：「我們先不要打草驚蛇，每天派兩個弟兄遠遠地守在船邊，那兩個小娘兒們只要一出來，就叫那兩個弟兄去痛打她們一番，大哥的氣不也就出了嗎，只要事情做得秘密些，又有誰會知道呢？」

蔣文偉一聽，連忙大喜稱是。

過了幾天，若蘭姐妹見已無人前來吵，以為不過是流氓滋事，也就漸漸淡忘了，每天依然陪酒、唱曲，客人又漸漸來了。

這天若蘭要到水西門裡去買些花粉胭脂，若馨本來也要去的，後來忽然身子不舒服，若蘭就叫了個丫頭陪她一塊去，但船夫叫了半天，只叫到一頂小轎，若蘭只好獨自去了。

若蘭上了轎後，轎子抬得飛快，她揭開簾子一看，根本不是往水西門去的路，而且越走地方越偏僻，不禁嚇得叫起來，但那兩個轎夫不聞不問，原來這兩個轎夫卻是小山神的手下。

轎子到了一個荒涼所，那兩個轎夫將轎子放了下來，一把將若蘭拖了出來，若蘭大喊救命，但連鬼也聽不到，那兩人見若蘭叫得厲害，一個找了塊破布，塞住若蘭嘴巴，你一拳，我一腳，打了一會，想那兩個轎夫是什麼好東西，見若蘭那麼嬌滴滴地一個美人，一面打，一面去脫她的衣裳連打帶掐帶摸，若蘭又氣又急又痛，竟昏了過去。

若蘭醒過來的時候，那兩個轎夫已走得不知去向，她一摸身上，幸好那兩個轎夫膽子還不太大，小衣還沒有脫下來，她掙扎著起來，渾身痛得像是骨頭都要散了，她心裡奇怪得不得了，心想：「我又沒有得罪過什麼人，為何這兩人這樣打我，欺凌我呢？」

穿好衣服，她掙扎著往回走，她原是小腳，渾身又被毒打，走了半天，幸虧碰到一個趕著牛車的農夫，見她可憐，將她帶了回去。

若蘭回到家中，就發起寒熱來，渾身疼痛難忍，她一向嬌生慣養，皮嬌肉嫩，哪禁得這等痛打，身上傷痕累累，但傷的多是不可告人之處，怎敢示人，嚇得若馨膽戰心驚，趕快將鴇母叫來，若蘭只有自己咬牙忍受，她知道將這樣事告訴別人，也是無用，若是傳了出去，反而落個笑話，她日後更無法見人，偶然呻吟兩聲，也只能推說是頭痛而已。

她在河邊受那兩人痛打時，受了風寒，外加驚恐，遂使邪風入骨，有時她想起自己命薄如紙，無親無靠，一向疼愛的熊倜，一走至今，音信全無，這些身體上的痛苦，再加以心靈上的創傷，不消兩日，已使這一個絕代美人，形銷骨立了。

若蘭臥病在床，不能起來，這可苦壞了若馨，急壞了鴇母，她的搖錢樹病倒了，不免令她慌了手腳，如果真有個三長兩短，那便如何是好，趕快延請江寧府中的名醫，來替若蘭醫治。

這時江寧府最有名的醫生，是黃岐秋大夫，今年七十年歲，曾在北京太醫院做過御醫，後來告老還鄉，江寧府的紳士殷富，卻不肯讓他休息，有什麼病痛，即使是傷風鼻塞，也要找他來把脈，黃岐秋人雖已是古稀，卻最貪財，見了如此，就把診例定得高高的，人家只收三錢銀子，他卻要三兩，雖然如此，請他診治的，依然川流不息，戶限為穿。

黃岐秋有個兒子，叫黃少川，才二十歲，是黃老大夫在五十歲上生他的，身體荏弱，面目姣好，外表雖然秀緻，卻是個浪蕩成性的花花太歲，成日與些豪富公子在外花天酒地，江寧府尹的二公子，也是他的莫逆之交，這些人仗著勢，更是胡做非為起來。

黃岐秋看見自己的獨子如此，鬧得實在不像樣子，但寵愛已久，也無法管束，無可奈何，只有每次替人診病，都帶了他去，加緊訓練他的醫術，希望日後接替自己的醫務。

那鴇母為了醫治若蘭，就把黃岐秋請來，黃老大夫只要有銀子可拿，居然帶著少川同到秦淮河的花舫裡去，草草把了下脈，黃岐秋竟看不出病源來，胡亂開了些草藥得了三兩診金銀子便走。

那黃少川卻是識得若蘭，一向貪戀她的美貌，卻苦無機會下手，現在見有機可乘，賴著不肯走，黃岐秋馬上發覺，狠狠地盯了他一眼，他才垂頭喪氣地跟了他的父親回家。

那若蘭服了黃岐秋的藥後，病勢非但不減，而且發起高燒來，整日昏昏迷迷的，燒得兩頰緋紅，並且還說些囈語，有時不斷叫著：「打煞我了，打煞我了。」有時又在夢中叫著熊倜的名字，若馨急得暗自流淚，只得抱著姐姐，輕輕拍著，突然她見若蘭零亂的衣襟裡露出一塊青痕，仔細一看，只看她渾身全是青色的傷痕，縱橫錯亂，慘不忍睹。

若馨見了，嚇得面白唇青，她再也想不出為什麼姐姐會被人打成這般樣子，知道事情已不對，趕緊去把鴇母請來，那老婦人看了也是驚惶得不得了，趕快又去把黃岐秋請來。

這次，她才將若蘭受了驚悸的病源對他說了，黃岐秋怒道：「為何不早告訴我！」連脈也不把，提起筆便開方子，倒是隨來的黃少川一見有機可乘，自告奮勇，上去替她把脈，又叫她張開嘴來，仔細地驗舌苔，他是名醫之後，醫理自然也還可以，自擬了一張方子，黃岐秋不知究竟，還以為兒子改了性子，居然也搶著開方子，看了看，竟採用了。

哪知若蘭服了黃少川的藥後，頓覺得寧貼起來，神智已清了，但熱度卻還沒有全退。

自此那黃少川竟每天都來，細心替若蘭把脈，作出十分殷勤體貼的樣子，又問了若蘭被打的經過，若蘭不能再瞞，唯有把事情全說了出來，黃少川聽了大怒道：「光天化日之下，怎能容得這類匪徒橫行，你放心，我一定替你查出來，替你出這口氣。」

次日，他果然跑去找那府尹的二公子，如此這般，把事情全說了，他們本是死黨，二公子聽了，趕快叫師爺傳來差役，叫他去細細查訪。

那江寧府尹的二公子，叫金祖齡，也是個好事之徒，知道黃少川對若蘭有意，自是熱心幫忙，那天下午，居然同了黃少川一齊去到秦淮河邊，朱若蘭的花舫上去，那鴇母見了府尹的二公子，自然恭維，殷勤得無所不至。

金祖齡久歷歡場，倒是和和氣氣的，黃少川又進去為若蘭把脈，他也跟了進去，這一進去不打緊，卻鬧出許多事故來。

原來金祖齡雖然來過此地，但若馨本不出來接待客人，故他也從未見過，今日一見若馨竟然驚為天人，滿腔熱情，卻飛到若馨身上去了，兩隻眼睛，直勾勾地盯住她，再也不肯放鬆。

黃少川為若蘭把過脈，見她已日好了，不禁甚是高興，又和她閒談了一會，若蘭飄零孤苦，看見黃少川對她如此，卻以為是一番真情，遂也不禁暗暗感激，心中對黃少川，已有些活動了。

黃少川見了，知道事情已成了六分，與金祖齡告辭出來的時候，不禁向金祖齡吹噓道：「祖齡兄，你看小弟的手段如何，不消費得什麼功夫，管教那美人自己送上門來。」

金祖齡說道：「少川兄獵豔的功夫，小弟早就領教，只是小弟現也有一事相托，少川兄好事如成了，切不可一箭雙雕，那妹妹千萬要留給小弟，不瞞你說，我一見了她，便已情根深種了呀，哈哈。」

黃少川拍胸脯道：「這個包在小弟身上。」

從此不但黃少川天天往秦淮河跑，金祖齡也是跟在後面一同前去，兩人不但不收診金，還常常留下成錠的銀子給那老鴇，金祖齡更是成日對若馨大獻殷勤，只是若馨心目中早已有了熊倜，饒是你金祖齡再是位高多金，殷勤體貼，也是無用，始終是冷言相待，不時還給他些難堪，希望他知難而退，但金祖齡卻不理會，依然每天和黃少川前來，一坐就是一個多時辰。

這邊金祖齡雖然失意，那邊黃少川卻甚得意，這麼多天來的水磨功夫，他已經使得若蘭對他生出一絲情意，他本來是年少翩翩，花言巧語功夫又好，乘著一天房裡沒人，他一把捉住若蘭的手，裝出極懇切的樣子說：「若蘭，這麼多天來我對你的意思，你當然也知道，現在你病已痊癒，我卻不願再讓你去拋頭露面了，我已跟家父商量好了，撥出一棟房子，把你接到我家去，從此你就可以安安心心地跟我在一起了。」

若蘭此次大病，全是黃少川一手調理好的，她就以為他定必是個有前途的少年大夫，再加黃少川人既英俊，又懂得女子心理，若蘭在風塵裡困溷多年，也實在想得到個歸宿，聽了輕輕將手掙開，紅著臉輕輕說道：「你跟我養母去說吧，只要她肯了，我……」

黃少川聽了知道魚兒已經入鉤，連忙跑去找那老鴇，老鴇一想，這麼多年來已在若蘭身上賺了不少銀子，現在若蘭韶華將逝，既有這等好戶頭來，也就肯了，談明身價一千五百兩銀子，什麼時候黃少川送銀子來，什麼時候就可以接走。

其實黃少川說的全是鬼話，黃岐秋治家素嚴，怎肯讓兒子娶一個秦淮河的妓女做太太，但黃少川知道如不這樣說，若蘭是絕不會肯的。

到了外面，黃少川就對金祖齡道：「祖齡兄，小弟現有一事相求。」金祖齡問說是什麼事，黃少川如此如此，說給金祖齡聽了，又說：「只是家父對小弟的銀兩用途，一向管得極緊，這點祖齡兄想也知道，小弟最多只能張羅個七、八百兩銀子，其餘千萬請祖齡兄幫個忙，還有我素知祖齡兄外面的房地甚多，也請你撥一間給小弟，日後家父千秋之後，小弟必定加倍歸還，何況若蘭要一上我手，若馨還不容易嗎？」

金祖齡原也不在乎這些須銀兩房子，他父親是江寧府的知府，隨便撥個幾棟都不成問題，一口答應了，黃少川連忙大喜稱謝。

金祖齡回到家裡，心中悶悶不樂，心想黃少川都已事成了，自己卻毫無希望，他叫了個平日與他最是莫逆的府中師爺來，說道：「你隨便找棟房子，交給黃岐秋的公子少川，就說是我送的。」

那師爺答應了，一看金祖齡甚是不樂，就問是何緣故，金祖齡搖頭歎氣道：「我最近看上了個秦淮河的歌妓，還是個清倌人，不料她對我毫無情意，想不到我堂堂知府公子，連個妓女都弄不到。」

師爺聽了，哈哈大笑道：「公子也是太癡了，想那秦淮歌女，多是有身價的，只要公子肯花個幾千銀子，什麼人弄不到，為何要白花些功夫，此事包在晚生身上，三天之內，定有回音。」

金祖齡聽了，喜道：「銀子儘管你用，只要事成，我自會重重地謝你。」

師爺問得了名字後，就跑到秦淮河去，找著那老鴇，說道：「聽說你這裡有個倌人，叫做若馨，我家知府的少爺甚為喜歡，想買她回去作妾，身價多少兩銀子，你只管開口好了。」

那老鴇作難道：「其實既是府尹大人的公子歡喜她，銀子倒不成問題，只是這若馨卻非是我買下的，她從小跟著姐姐若蘭過來，是個自由的身子，我也做不得一點兒主。何況她姐姐已被黃家的公子黃少川聘了回去，她也要跟著走的。」

師爺一聽，知道她說的也是實情，只得走了，但他已向金祖齡誇下海口，路上思索了許久，忽然眉頭一皺，計上心來。

這邊黃少川既有了房子，又張羅得銀子，喜孜孜地跑到舫上，將銀子交給老鴇，又和若蘭私談了一會，雇了幾個下人，把房子上上下下打掃一清，又懸紅掛綠，很像是那麼個樣子。

又跑去謝了金祖齡，金祖齡和他嘀咕了許久，他只是點頭。

第二天晚上金祖齡叫了幾個人跑去幫忙黃少川，抬了花轎，吹吹打打地將若蘭、若馨接到新房子。那裡早已賓客滿門，俱是平日和黃少川、金祖齡混在一起的花花公子，又吵又鬧，若蘭羞人答答的，心裡卻是喜歡得很。

晚間喜宴大張，擺了五桌，都是些歡場裡的好手，硬要新娘子出來陪酒，說是新娘子若不出來，他們就衝進去了。

若蘭無法，只得叫若馨陪著一同出去，大家一見新娘子和小姨子出來了，都拚命地向她們敬酒，不喝不行，若馨看著姐姐有了個歸宿，她可不知道黃少川是這樣的一個角色，心裡一高興，再加上眾人的強迫敬酒，不覺多喝了幾杯，她本不會喝酒，幾杯下肚，登時迷迷糊糊，別人敬她酒，她就喝得更快，不一會，已是玉山顛倒，醉得一塌糊塗了。

卻不知這些都是那師爺想出的圈套，那些賓客，金祖齡也全打過招呼，那些慘綠少年，聽了知府公子的關照，還有什麼說話，於是，左一杯，右一杯，才大灌起若馨的酒來。

這一夜，月白風清，本不是盜賊活動的時候，但黃少川和金祖齡，卻各以不同的方法，盜取了朱家姐妹最寶貴的東西。

一覺醒來，若馨已是落紅斑斑了。

她且是痛不欲生，恨不得馬上死去，她想自殺，又想殺人，和金祖齡同歸於盡，一個人在房中哭了許久，金祖齡已帶著滿足的笑容溜了。

她想了許久，最使她傷心的就是熊倜，她覺得她對不起熊倜，已經沒有面目再見他了，又想到，自己絕不能就這樣死去，無論如何，也要再見熊倜一面，告訴他她是多麼地想念他，又是多麼地命苦，然後再死在熊倜的面前，讓他知道她對他的心意。

若蘭知道了，也是氣得淚下，不禁大罵黃少川，黃少川卻推得一乾二淨，說是毫不知情，若蘭又去安慰若馨，暗暗替她妹妹的不幸流淚，她不知道，她的遭遇卻也和若馨完全一樣呢，只是黃少川和金祖齡所用的方式不同罷了。

日子很快地過去了。

金祖齡和黃少川的心也一天天向外移，整日在外仍是花天酒地，到她們那裡去的時候，也一天比一天少了，若蘭和若馨也一天比一天憔悴。

當她們流淚的時候，她們就想起熊倜，她們所希望的，就是快些見到熊倜，她們雖然不知道熊倜現在究竟如何，但她們相信，他是一天比一天更強壯的。

第九回

清秋飄冷雨，一抔黃土佳人歸宿
武林傳飛東，飛靈堡裡快聚英豪

四年。

日子雖然過得很慢，但畢竟是一天，一天地過去。

江湖上的風雲變化，往是瞬息間的事，何況是長長的四年呢。

新生的一代，接替了老朽的一代，堅強的，他生存得也久些，孱弱的，頃刻間就會滅亡了。

這五年來，江湖上的變幻，確是太大了，人們傳說的：首先是有江南第一的江寧府鎮遠鏢局瓦解了，金陵三傑中的斷魂劍與神力霸王不知去向。

峨嵋的孤峰一劍邊浩，自峨嵋絕峰，巧得失傳已久的「玄女劍法」秘笈，成了江湖上數一二的劍客，他和江蘇虎丘，飛靈堡的出塵劍客東方靈，被武林中稱為「雙絕劍」。

粉蝶東方瑛，多次地拒絕了許多年青豪傑的婚議，不知她在等待著什麼。

兩河綠林道的總瓢把子，笑面人屠申一平忽然中毒而死，河北綠林道群龍無首，登時大亂，一個名叫鐵膽尚未明的青年豪客，在兩河綠林大會上，技壓當場，取代了申一平生前的位置。

白山黑水之間，出了個販馬大豪。他的「落日馬場」占地千頃，此人別人只知稱他為「虬鬚客」，不知來歷姓名，他有個女兒，叫做「雪地飄風」夏芸，更是東三省新近崛起的成名女俠。

北京著名的老鏢頭，銀鉤孟仲超，在走鏢山西的時候，得罪了天陰教下，被天陰教新扎起的龍鬚壇主單掌追魂單飛，一掌擊斷雙腿，亡命天涯，不明下落。

最令江湖中人談之變色的是，天陰教的勢力日益龐大，天陰教徒充斥江湖，黑白兩道，都有他們的勢力，江湖中較有名氣的好漢，如七毒書生唐羽，金陵三傑之首粉面蘇秦王智逑，海上稱尊的海龍王趙佩俠，山西臨汾的吳鉤劍龔天傑，洛陽大豪五虎斷門刀彭天壽，以及勞山雙鶴，洞庭四蛟，黃河一怪，和一些武林中久已歸隱的魔頭，都被收羅教下，不是真有絕大來頭的武林人物，根本無法在江湖立足。

這些都不過是這些年來江湖中所發生的較為引人注意的事罷了，其實在武林中每一個角落裡，每天都有類似的事情發生，只是那些事所關係到的範圍，沒有這樣大，而其本身的價值，也沒有那麼高而已。

此時又是秋天，八、九月的驕陽，曬得人仍然熱烘烘的，江寧府水西門內外的街市擁擠著一些為名祿而辛忙的人們，他們所想的，只是些於他們生活有關的事，誰也不會注意到別人。

從城裡緩步走來一人，穿著深藍色的文士衣衫，臉色不正常的蒼白，像是多年沒有見過陽光。雙目炯炯，臉上的輪廓線條，清俊而顯明，瘦削得很，也瀟灑得很，只是看上去卻彷彿沒有什麼情感，像是任何事都不會影響到他那堅強的意志似的。

沒有馬，沒有行李，除了身上的衣裳外，他只帶了個狹長的包袱，望著熙來攘去的人群，眼中有一種無法形容的冷漠。

他沿著大街，直往前走，走到莫愁湖邊，對著湖水癡癡地望了一會，是在想著湖水仍舊，而人面全非吧？

越往外走，他就也越走得快，只是你若不仔細去看，是不會發覺的，他的步伐，仍然是那麼的從容，像是三家村裡緩步的學究似的，但稍一霎眼，他已離開你很遠很遠了。

他，就是熊倜。

經過四年艱苦的鍛煉，他比以前更成熟，更懂事了，但他對朱家姐妹的懷念，經過這漫長的四年，非但沒有減少，反卻增多了，是以他一下泰山，第一件事，就是趕回江寧，到秦淮河邊去尋找他所喜愛的人。

他暗自喜悅地想著：「若蘭姐和若馨看見我，該是多麼的高興呀，這許多日子來，若蘭姐一定比以前更憔悴了，若馨呢，她卻該更美麗了，我多希望此刻路上沒有行人，那麼何須一會兒工夫，就可以見到她們了。」

他一到秦淮河邊，即刻感到一切是這樣的熟悉，就像他四年來所一步未離的山洞一樣，每一樣東西，他即使閉著眼，也可以分辨出來。

他深深呼吸了一口，他想：「這溫暖而潮濕的空氣，也是我許久沒有呼吸過的了。」他像個遠離的遊子，在回到故鄉時的喜悅，但他卻不知道，他所寄望的一切，已不再是他能寄望的了。

沿著河走，很快地就到了那畫舫，他急切地走了上去，一個滿頭珠翠的老婦走了出來，殷勤地問道：「大爺這麼早就來了，先喝點茶吧。」

熊倜仔細地看著她，卻不是他所熟知的人了，於是他問道：「請問這裡的朱家姐妹，我是說若蘭和若馨，此刻在嗎？」

那老婦說道：「噢，大爺大約是許久沒有來了吧，朱家姐妹早就嫁人啦，現在這裡的是鄭家的雲娜和雲華，我想她們又比朱家姐妹標緻多啦，你家先到裡面坐，我馬上就叫她們進來。」

雖然熊倜已不再是當年那樣的衝動和幼嫩，但是這老婦人的話卻使他回復到以前了，他一把抓住那老婦人，慌亂地問道：「此話可真？」

那老婦哎喲一聲叫了出來，說道：「你這人怎麼回事，我騙你做什麼，她們早不知嫁到哪兒去了，你還找她們幹嗎？」

熊倜茫然放開了手，一種他所從未曾有過的失望和悲傷，湧到他的心頭，他像在萬丈江心，突然失足，四顧俱是洪流，找不著一點可以依附的地方，剎那間，他腦海中閃過許多事，他想起飄然老人對他所說的話：「你是一個極有前途的孩子，但是記著，世上最不可信任的，就是人類，有時你寧可相信一條狗，也比相信人類好，至少狗是沒有狡計的。」

他想著：「四年來，我最思念的，就是她們，我臨走時，若馨對我講過的每一句話，我都沒有忘記，可是她現在卻已嫁了別人，我真是愚蠢，為什麼會相信別人，自我出世以來，值得我信任的人比欺騙過我的人，多得太多了。」

那老婦人驚嚇地望著他，不知道他究竟為了什麼，變成這副失魂落魄的樣子。

熊倜茫然了一回轉身走了開去，此刻他腦中彷彿成了一片空白，什麼也沒有想到，過去的，未來的，甚至現在這一剎那，在他都失去意義，他信步走著，不知該何去何從。

回到水西門時，已將近上燈時候了，酒樓飯館，刀勺亂響，酒菜之香四溢，熊倜信步走著，忽然感到非常需要一些酒來幫助他麻痹自己，於是他選了個較大的酒樓，走了上去，那酒樓叫做「老正興」，是江寧府頗著盛名的酒館，分做樓上、樓下兩層，樓下較為普遍，隨意賣些吃食，樓上是雅座，真正喝酒吃菜，都在樓上，此刻雖然還早，但「老正興」的吃客已有不少了，熊倜走上樓去，隨便坐了下來，叫了幾樣小菜，一壺花雕，不過是想以酒澆愁而已。

他忽然聽到後面座上有人在說：「講起來女人也是可憐，昨天江寧府知府的二公子大喜，我也去了，當初他千方百計，騙了秦淮河的朱若馨上手，現在卻又輕輕易易將人家丟了。」

熊倜聽到朱若馨三字，全身就突然緊張起來，忙留意聽著，另有一人說道：「金祖齡還好些呢，那黃少川去年就又娶了，朱家姐妹也不知道哪輩子造的孽，碰上這兩個人，若是她嫁給我，我擔保真心去對待她們。」說完一陣笑聲。

接著有個第三者的口音說道：「難怪我聽說朱家姐妹前幾年突然一齊走了，原來是嫁了人，想不到我離開江寧府才幾年，當時那些紅極一時的倌人，現在不是嫁了人，就是不作了，真是美人自古如名將，不許人間見白頭呀，」他歎了口氣，又接著說：「我知道那朱若蘭是個很講操守的歌妓，她妹妹我確不太清楚，卻怎地會被人騙了去的？」

那第一個帶著點誇味的口音說道：「哈哈，講起這事來，我最清楚了，當黃少川結婚，我還是座上客之一呢。」

他一五一十，源源本本，將黃少川、金祖齡騙婚、灌酒的事，繪聲繪形說了出來，只把個熊倜聽得手足冰涼。暗想：「我險些錯怪若馨了，許是老天有眼，讓我聽到這番話，不然豈不鑄成大錯，只是那黃少川、金祖齡兩人卻太已可惡，我若不懲戒懲戒他們，日後不知還有多少婦女毀在他二人手上。」

接著又聽得那人極低聲說道：「朱家姐妹現在就住在太平街第二條巷子裡，想來寂寞得很，那黃少川的老頭子黃岐秋七十多歲了，精神一天比一天好。知道他兒子在外面有了人，管得筆筆直直的，黃少川除了陪他老子去出診外一步都不敢離開家門，金祖齡新婚燕爾，更不會到朱家姐妹那裡，老兄若有意，倒可以去安慰她們。」說完三人嘻嘻哈哈笑了起來。

熊倜把這些話暗暗記在心裡，酒菜早就送來，放在那裡都快涼了，熊倜也無心吃喝，接著那三人可說了些極猥褻的話，熊倜聽了半天，見他們不再提起有關朱家姐妹的話，就站起來結帳走了。

他下樓時，叫住一個跑堂的問道：「這裡可有個黃岐秋黃老大夫，他住在什麼地方？」

那店伙道：「那黃老大夫是江寧府的名醫，真說得上是活神仙了，再大的病，只要他老人家開個方子，馬上藥到病除，你家要找他的住處，到了南大街一問就知了。」

熊倜暗自感歎，只可惜這樣的父親，卻生出個敗類兒子。

這天晚上，江寧府公館，和黃岐秋黃老大夫家裡出了怪事，他們家裡的家丁們只見一條似人非人的影子，極快地一閃，頓時失了蹤跡。

於是第二天江寧府轟傳出了狐仙，知府的二少爺和名醫黃大夫的公子遇著了狐仙，便突然全身癱瘓了，連黃岐秋那樣的醫道，都束手無策。

朱家姐妹那裡，早上老媽子去買菜的時候，也聽了這消息，連忙跑回來告訴她們，若蘭到底和黃少川有些情份，聽了不免暗暗掉淚，若馨卻不禁喜樂得要命，說是他們遭了報應。

她們兩姐妹正自暗中各有感懷的時候，忽然老媽子說有人來訪，她們在這裡四年來，除了黃少川和金祖齡之外，再也無人來過，聽了不免吃驚，以為又是有人前來滋事，忙叫老媽子去問姓名。

那老媽子顫著小腳跑出去，又跑了進來，說：「那人姓熊，說告訴太太便知道了。」

這一個熊字，倒把若蘭、若馨說怔住了，這些年來，熊倜已成了她們的幻夢，她們以為今生再也無望相見了，此刻突然有姓熊的來訪，不是熊倜還有誰人，怎地不叫

去替太太倒杯水來。」說著，自跑出去了。

若馨聽了那老媽子只管叫她太太，越發更是難過，哭得更是傷心，熊倜縱是鐵石心腸，見了此情此景，也不免掉下淚來，愣愣地站在兩人的中間，不知該說些什麼才好。

若蘭哭了一會，反去安慰若馨道：「妹妹快不要哭了，我們不是一天到晚盼望他回來嗎，只要他回來，什麼事都可以解決的，這麼多年沒見，我們正該好好談談，哭有什麼用呢？」

熊倜走到若馨身旁，輕輕地撫著她的秀髮，若馨突地撲到他的身上，哭著說：「你既然全知道了，我死也心甘，這些年來，我什麼苦都忍受住了，為的就是想再見你一面，讓你知道我對你的心，只要你知道，我什麼全不在乎了。」

熊倜也緊緊地抱著她，什麼事都顧不得了，世間的一切事物，此刻對他們全都失去了意義，他說道：「我知道，我知道，你受夠了別人的欺辱，我再也不會讓你受到了。」

若馨突地掙開熊倜的懷抱，忍著悲痛，強笑道：「你在外面陪姐姐一會，我進去一下就出來，你看，我的頭髮都亂了。」

若蘭見了這一對，經過不知多少辛酸，現在終於又在一起，但自己呢，人海茫茫，何處是自己歸宿，難道真跟他們過一輩子嗎，她固然替妹妹高興，又何嘗不替自己難受呢。

熊倜眼看著若馨走了進去，多年來的相思，在此一瞬間獲得了代價，生命也在這一瞬間變得更燦爛，和更充實了。

他沉醉在幸福的憧憬裡，許久，才發現若蘭的悲痛，忙又走過去安慰她，讓她也能分享一份幸福，他覺得除了他自己，世上不再有更幸福的人了，他已得到了他渴望的東西。

若馨回到房裡，強忍住的淚，又不住地簌簌落下來，她想：「我心裡的痛苦，又能對誰去說呢，他回來了，知道了一切，而且什麼都不怪我，但我能無愧地對著他嗎，我已不再是純潔的了，我的身子裡，已經有了金祖齡的孽種，我能怎麼做呢，除了死，我又有什麼更好的方法來解決一切呢……」

於是她打開箱子，取出一包她久已準備著的東西，吃了下去，就這樣，一個聰明而貌美的女子，離開了人世，離開了她愛著也愛著她的人，從此，她不會再流淚了，也不會再受欺凌了，她得到了永久的安息，但這為著什麼，是值得的嗎？

等到熊倜和若蘭發現的時候，世上的一切，對她都無關了。她也無法看到若蘭的痛哭，熊倜的悲傷，熊倜的失望，熊倜的喜悅，現在他卻是絕望了，整整三天，他像是已經完全麻木了，不吃，不睡，只坐在若馨的屍體旁，碰也不許人碰一下，幸虧有深湛的內功和成形首烏的功力支持著他。

但是人總要安葬的呀，他眼看著若馨的屍身被抬進棺木，悲痛地想著自己一生的許多悲痛遭遇，一幕幕在心頭閃過，他想起了太多的事：

「這是我一生中第三個最親近的人死去了，最初，當我很小的時候，記得是在莫愁湖畔，戴叔叔抱著我跑到湖邊，對我說了許多話，這些話我直到現在還記在心裡，然後他揮著手叫我走，我不肯，他大聲罵著我，我只得走了。」

「但是我知道戴叔叔是要死了，他中了那惡賊寶馬神鞭薩天驥一掌，我看見他痛苦得很，但我那時還不知道得這麼多，我雖然難過，但戴叔叔叫我走，我就走了。」

「自此，我經過了許多許多的事，也練成了武功，但是我知道我的武功還差得遠，在天陰教裡，我差點送了性命，多虧我那師傅飄然老人將我救了出來，並且還收我做了徒弟。」

「在泰山壑洞裡，我耽了許久，許久，我忍受著酷熱、寒冷，苦練著一切，最可怕的還是寂寞，有許多次，我受不住那種寂寞和空洞，但是我都忍住了，終於，我學會了一切，先前我不能瞭解，不能連貫的招式，我都懂得了，即使閉著眼，我也能點著人的穴道，分毫不差，而且我的眼力，和聽力，出奇的靈敏，而且我不再畏懼寒冷，和酷熱了，這一半固然是我的苦練和師傅的教導，另一半卻是因著我服了『成形首烏』的緣故。」

「有一天，師父告訴我，我已學成了，並且還告訴了我一件令我悲痛的事情，原來師父二十多年前和天陰教主蒼虛上人夫婦的一番決鬥，雖然將他們兩人全擊斃，但是身上也中了他們一掌，他老人家沒有告訴任何人，二十年來，他老人家試用最高深的內功去治癒這內傷，誰知道蒼虛上人的掌力太過厲害，師父這才重出江湖，想找一個弟子來傳授武功，於是師父選中了我，他老人家還對我說：『我因為自知最多再能活四年了，所以我才逼著你在這石洞裡用功，我怕你一出走擾亂了心思，那麼我的武功你就無法學成了。』」

「接著他老人家又告訴我許多世間的詭惡之事，我聽了才知道他老人家的苦心，悲痛得不得了，果然過沒有幾天，師父就死了。我親手將他老人家的屍體葬在那山洞裡，於是我開始憎恨起人世來，但是，若馨、若蘭，卻仍然是我最愛的人。」

「若馨現在又死了，她是被惡人欺凌，損害而死的，這世上對我有恩的人都死了，除了若蘭姐之外，剩下的，我還有什麼親近的人呢，唉，老天對我未免太殘酷了，人類也未免太卑惡了。」

這時若蘭的哭聲，又隱約傳進他的耳鼓，他又想：「若蘭姐真是太可憐了，我怎麼能拋下她一走呢，她對我的恩情，我永遠也報答不完，但是我也是孤苦一人，我該怎麼辦呢。」

若馨的棺木，隨即釘好了，抬了出去，若蘭淒淒切切，全身著素，跟在後面。熊倜也默默地走了出去，一陣涼風吹來，吹得樹上落葉片片飛落。院子裡因為幾天沒有打掃，已薄薄地鋪了一層落葉。天氣本極陰暗，這時竟淅瀝下起小雨來了，熊倜走在雨中，雨點打在他身上，他也不覺得，只是他所練成的「潛形遁影」之法，卻自然地使他走在落葉上，絲毫沒有半點聲響。

他跟在後面，也不知走了許久，只覺天色漸漸更暗了，雨也停了。棺木被安放在泥土裡。

一個掘墓的一翻鏟子，飛出一塊泥塊，打在熊倜身上，卻又颼地反振出去，遠遠地落在地上，發出一聲輕微的響聲。

又靜默了許久。

若蘭走過來牽著他的衣袖，悲聲說道：「該回去了。」

熊倜又默然地走著，心想：「回去，回到何處去呢？」

若蘭將他拉上一輛馬車，車聲隆隆地響著，他突然想起：「我記得人說出塵劍客東方靈，最是仗義，若蘭姐孤苦伶仃，又不能將她留在江寧，我還有許多事未了，勢又不能陪著她，何不將她送至飛靈堡安住，我雖和出塵劍客僅僅一面之交，但見他對我甚是投緣，想來不會拒絕我，若蘭姐若能依附於他，我也甚是放心，從此我就要走遍天涯，去了卻怨仇。」

他又想到：「然後呢，我就要為那些受欺凌與損害的人，去做一番事業，這樣，我熊倜的一生，也就能算是無愧於心了。」

心結一解，他覺得鬆快了許多，回頭望著若蘭，將這番意思說了。

若蘭雖然不太願意，但自己飄零一人，除此又有何法呢，何況她也知道，這也是熊倜所苦心籌畫的，她怎忍拂了他的好意。

過了幾天，若蘭和熊倜悲切的情緒稍稍安定了些，若蘭便收拾了些細軟，雇了輛車，又花了些銀子為熊倜買了匹馬，打點好一切，便隨著熊倜走了。

出了光華門，留戀地回望著她生長於茲的地方，從此一別，不知何時重來，何況此行是喜是悲，她也不知道呢！

出湯山，經丹陽，而至武進，再由無錫到蘇州，一路上熊倜沉默地跨在馬上，隨著若蘭的車子走，心情落寞已極。

過了無錫，熊倜見一路上武林人物往蘇州去的很多，多是疾裝勁服的大漢，三三兩兩而去，見到熊倜，也多好奇的望了一眼。

只因熊倜雖是文士裝束，但雙目神光滿充，腰懸長劍，一望而知亦是武林中人。

熊倜暗自奇怪，為何道路上江湖豪客如此之多，但大家又俱是意氣揚飛，面上俱是高興的神色，又不似有什麼事情發生。

到了望亭，距離蘇州已經不遠了，熊倜找了間客棧住下，見這客棧中，武林人物亦是很多，不禁暗中警惕，以免發生事故。

第二天清晨，若蘭尚未起床，那些人便匆匆飛騎而下。

熊倜獨自出來張望，有兩個青年武士出來搭訕道：「兄台也是去虎丘飛靈堡的吧？」

熊倜奇道：「正是！」

他難以瞭解這兩個少年武士何以知道他的去處。

其中一個圓臉的又說道：「要去就得趕快，去晚了，錯過豈不可惜。」

熊倜更奇，問：「錯過什麼？」

那人也奇怪地說道：「怎地你不知道，那飛靈堡的東方大爺柬邀江南武林同道，同赴英雄大會，聽說像是替妹妹找女婿呢。」

說完便笑將起來。

另一人接口說道：「這次若能在飛靈堡揚眉吐氣，不但人前顯耀，立即成名立萬，而且還可以娶個文武雙全的老婆呢！」

那圓臉的又笑道：「其實，像我們這樣的，不是我瞧不起這位兄台，連他也算上，再多去幾個也不行，聽說天山飛龍，武當的四儀劍客也全要去，您想，像我們這樣的成嗎？」

熊倜聽了，不禁皺眉想道：「怎麼恁地湊巧，那飛靈堡卻在開什麼英雄大會，天山飛龍既然全去，那墨龍鍾天仇見了我，豈不又是麻煩。」

那圓臉的又說道：「要想人前揚名，不但要武功高，還得膽量大才成，像前些年我們江寧府的英雄熊倜，在泰山天陰教大會上，就算他一個人最有種，連七毒書生全給他比下去，現在那熊倜又跟個聽說是天下第一高人去學武去了，這下子，他再回到江湖上，呵，我擔保又得幹一番驚天動地的事出來。」

熊倜聽說有人稱賞自己，心裡不覺也很受用，那人又笑著說：「這位兄台，你家別看我不行，其實那熊倜，還是我的磕頭弟兄呢。」

另一人笑罵道：「你別盡往自己臉上點金了，人家許連你貴姓大名都不知道呢？趕快走吧，去晚了，連熱鬧都沒得看了。」

於是那二人拱手向熊倜告辭，熊倜心中好笑，也微笑著點頭。

過了墅關，再走幾個時辰便到了蘇州，熊倜見天色已晚，心想不如先找個客棧住下，明天再到虎丘去，大黑夜去拜訪，總要不大好。

他隨意走著，見有一家客棧，叫做俠義居，心想這客棧名字倒是取得古怪，遂叫車夫停下，自己也下了馬，走出扶著若蘭下車。

這時店中走出十餘個漢子，都帶著刀劍，看樣子也是武林豪客，見了熊倜這個樣，笑道：「你看這小倆口子多親熱。」

若蘭聽了，臉上一紅，熊倜也是大怒，但當著若蘭也不想多事，遂忍下這口氣去，走到店中，小二走了過來，接下了車夫手上的箱子等物，答道：「您是要住文屋還是武屋？」

熊倜奇道：「這是怎麼說法！」

那小二道：「文屋就是普通客人住的，住店照算房錢，武屋是專為接待江湖朋友的，不但不算店錢，另外還送吃喝，只是有一樣，要住武屋的，得先要露個兩手給大家看看。」

熊倜想了一想，他不願太過招搖，便道：「我們住文屋好了，你先替我們找兩個單間，送上點吃的，再到外面去打發那車夫的車錢，把牲口牽進來。」

那小二一聽是住文屋的，態度就不如先前那麼殷勤了，答應了一聲，便領著熊倜他們到房裡，好像住店不花錢的，比花錢還受歡迎。

熊倜陪著若蘭吃過飯，信步走了出來，見有些人正在院裡打拳踢腿，舉個石鎖什麼的，想著這些必定就是想住武屋的人了，覺得有點好笑，心想：「這店倒真的奇怪，立下這等規矩。」

那小二見熊倜站在那裡觀看，走過來說：「看你家身上佩著劍，想必也會兩手，何不走到院子去玩兩下，住店還不要錢，多合算。」

熊倜隨口道：「我這劍是避邪的。」

那小二失望的哦了一聲。

熊倜又說道：「有件事倒要麻煩你，明天一早替我們雇車，到虎丘的飛靈堡去。」

那小二聽了，突然陪笑打躬道：「原來你老是東方大爺的朋友，怎不早說，我先前看著你老，就像個有本事的，我們這店就是東方大爺開的，你老想也是去英雄會的，車子我一早就替你老準備，你老千萬不要見怪我不知之罪。」

熊倜見他前倨後恭，心想這出塵劍客在這裡倒真是人傑，說道：「我倒不是去英雄會的，只不過去找東方堡主有些事罷了。」

小二連聲說是。

第二天一清早，就給預備了輛大車，極恭敬地伺候熊倜、若蘭上路，熊倜要給店錢，小二怎麼樣也不肯要，說：「你老既是東方大爺的朋友，怎麼能收您老的店錢。」熊倜給了些須賞錢，小二才千恩萬謝地收了，還再三再四道著歉。

虎丘山本是蘇州的名勝，林木蔥蘢，景色甚美，那飛靈堡就在虎丘山下，依山傍水建著一大片院落，外面建著圍牆，三五莊丁，此刻正站在堡門外，看見有車來了，便迎了上來。

熊倜策馬走上去，那莊丁躬身道：「這位可是來英雄會的？」

熊倜翻身下了馬，說道：「不是的，我特來求見堡主，麻煩你入內通報，就說江寧熊倜，遠道求見堡主。」

那莊丁走了進去，片刻，一個長衫漢子飛步而出，老遠便抱拳說道：「來的可是江寧府的熊倜大俠，快請先進去，堡主就來恭迎大駕。」

須知熊倜名震江寧，泰山一會後，更是武林中大大有名的人物，那長衫漢子乃是飛靈堡裡的管事的，聽得熊倜來了，連忙迎了出來。

過不了一會兒，出塵劍客東方靈帶著幾個壯丁大步而出，見了熊倜大笑道：「今天是哪陣風把大駕給吹來了，想得小弟好苦呀。」

熊倜也忙拱手為禮，說道：「久違堡主風範，小弟也是想念得很，久想前來問候，卻苦不得便，今番慚愧得很，卻是有事要相煩堡主了。」

東方靈上下打量著熊倜，像是越看越高興，握著熊倜的手道：「快不要說客氣的話，這樣說未免見外了，你來得倒真是湊巧，江南的豪傑，差不多已盡在我堡中了。」說完哈哈大笑。

又看了那車子一眼，疑惑地說道：「快請進去說話，那車中的可是寶眷？」

熊倜說道：「車中的是小弟的家姐，小弟浪跡無定，然不能照顧家姐，忽然想起堡主高義，故此不嫌冒昧，想將家姐寄居在此，家姐若能得到堡主照顧，小弟就可放心了。」

東方靈疑惑頓解，忙說道：「原來是令姐，快請進去，令姐不就等於小弟的姐姐一樣，這些須小事，千萬不要放在心上。」

說著就叫莊丁將車子迎進堡去。

熊倜與東方靈並步進得堡來，只見房宇櫛比，氣派甚大。

轉過兩排房子，是個極大極大的廣場，此刻四旁俱用巨竹搭起棚子，正中是一大台，四周圍以欄杆，這時棚裡高朋滿坐，俱是豪士。

熊倜遠遠地看見了，說道：「這裡看來，想必就是堡主的英雄大會，小弟在道路上已聽人說過，只是小弟卻不想進去，不知堡主可否先帶小弟入內，安頓了家姐再說。」

東方靈道：「那個自然，我先帶熊兄到敝舍去，舍妹對熊兄，也是想念得很呢！」笑了幾聲，又說道：「只是這個英雄大會，熊兄卻一定要參加的，江湖朋友，誰不希望能一見閣下風采呢！」

熊倜聽了，也覺得有些得意，卻不好答話。

東方靈帶著他三轉兩轉，走到一個門前，指著說：「這就是寒舍了。」

熊倜跟著他走了進去，只見那是個極大的花園，前面是三間倒軒，被樹影遮得暗層層的，沿牆的假山石，種著各式的花木，只是已進深秋，只有菊花，仍然在盛開著，被斜陽照得一片金黃。

東方靈又指著那三間倒軒說：「這是小弟夏日讀書的所在，正廳還在前面呢。」轉過倒軒，忽見十畝荷池，雖然荷花全部謝了，望去彷彿仍有縷縷清香。荷池旁架著重疊迴廊，是座極精緻，又寬敞的屋子，被一座大假山，向西擋住，假山上梧、榆相接，替房子擋住了西曬的陽光。

熊倜和東方靈走進房裡，見東方瑛正陪著朱若蘭在廳裡說話呢。

東方瑛紅著臉對熊倜笑了一下，就拉起若蘭來，對東方靈說道：「這個就是我哥哥。」

朱若蘭紅著臉福了下去。

東方靈也躬身說道：「熊……」

他竟不知該怎麼稱呼才好，說了個熊字，就接不下去了。

熊倜忙笑著說：「此是小弟的義姐，姓朱，卻是從小帶著小弟長大的。」

東方靈尷尬地笑道：「朱姑娘千萬不要客氣，熊兄和我不是外人，朱姑娘在此，就請像在家裡一樣好了。」

熊倜說道：「堡主的高義，小弟也和家姐說過，家姐也敬佩得不得了，是以小弟才不嫌冒昧地跑來。」

東方瑛嬌笑著說道：「你們別堡主，小弟，熊兄的稱呼著好吧，聽得人怪不舒服的。」

東方靈笑道：「正是應該如此，我們還是免了這些虛套最好。」

此刻忽有一個小僮過來說道：「外面有個莊丁，進來說英雄會上的英雄們卻等急了，問堡主怎麼還不出去呢。」

東方靈笑道：「我儘管著和你們說話，卻把外面的客人都忘了。」

東方瑛嬌笑道：「讓他們等等好了。」

熊倜說道：「你們自去無妨，我陪家姐在這裡坐好了。」

東方靈道：「賢弟卻是一定也要去的，朱姑娘若是有興，能一齊去更好。」

若蘭剛想推辭，東方瑛卻一把拉住她說：「一齊去看看有什麼關係，我陪著你就是了。」

熊倜見自己推辭不了，現又饒上一個若蘭，勢又不能不去，只得苦笑點了點頭，盤算著若是見了墨龍鍾天仇，該怎樣應付。

東方兄妹見了大喜，忙一個拉了一個，走了出去。

那廣場裡的竹棚分四面搭起，甚為寬敞，每一棚裡擺著十餘桌酒筵，只要有人坐著，便立即擺上酒菜，此刻三間敞棚，都得近坐滿了。

正中朝外的那一棚，是留做主座，和招待些較為知名之士，此刻卻只疏落地坐了幾個人，其中有武當的四儀劍客凌雲子、丹陽子、玄機子、飄塵子，武林中稱之為武當四子，此四人行俠江湖，甚為正派，此外尚有太湖三十六舵的總舵主展翅金鵬上官予，四川峨嵋孤峰一劍邊浩的兩個師妹，峨嵋雙小徐小蘭、谷小靜，但孤峰一劍，天山三龍卻未見來到。

東方兄妹來到後，先和主棚諸俠客套了幾句，說：「小弟來遲，萬望恕罪。」諸俠自是也連聲說道：「不敢當。」

接著東方靈向四周抱拳說道：「小弟這次請各位來，實在也沒有什麼事，只是小弟想著與江南諸俠，近日甚少連絡，特地請各位來聚一聚。」

「想不到的是，居然驚動了武當、峨嵋兩派的劍客，和太湖的總舵主上官老英雄，小弟既是高興，又是惶恐。」

「此外，還有一位大大有名的英雄，想不到他也湊巧適逢此會，那就是昔年泰山絕頂，群英大會上獨抗天陰教，名傳江湖的星月雙劍和飄然老人的衣缽傳人熊倜，小弟更是高興得很。」

「此次盛會群豪，實是我飛靈堡建堡以來，最大的快事，各位若是有興，不妨在正中的英雄台上試試身手，文人騷客們，擊鼓行令以助酒興，我輩武林中人只好擊劍行拳了。」說著，群豪哄然稱好。

「但此會只是歡敘之會，過招也是點到為止，各位之中若有什麼揭不開的樑子，卻不可在此煞了大家的風景，」他又道：「小弟話已說完，請各位盡可能歡飲，飛靈堡雖無長物，但水酒卻還能供應得起。」說罷，朝四周羅圍一揖。

四棚諸豪，一陣鼓掌歡呼，便痛飲起來。

他們俱都是些大塊吃肉，大碗喝酒的豪客，不一會便自熱鬧非凡。

主棚諸俠，卻只坐了一桌，其中還有四人是女客，自是文雅得多。

若蘭哪曾見過這等場面，她剛才聽東方靈說起，才知道熊倜竟成了江湖上大名鼎鼎的英雄，心中自是高興，但卻也不免暗暗埋怨熊倜不告訴自己。

熊倜彬彬有禮和沉默寡言的性格，引起武當四子極大的好感，堅持著要熊倜日後到武當山去一遊，熊倜見能得武當四子的邀請，也是高興，何況武當派，久為中原內家劍派正宗，武當山更是武林中人人景仰的所在，便一口答應了。

峨嵋雙小徐小蘭、谷小靜，和粉蝶東方瑛本是好友，這次她們前來飛靈堡，也是東方瑛邀來的，此刻笑語風生，席上只有她們講話的份兒。

過了一會，英雄台上居然有幾個人上去打了兩趟拳，練了一段劍，但俱都是些普通武功，哪能入得了這些人的眼裡。

原來出塵劍客東方靈此次柬邀英雄會，還真個是為了他的妹妹。

他雖知道東方瑛心目中有了熊倜，但熊倜自泰山大會後，江湖中從此沒有消息，而自己的妹子的年齡卻一天大似一天，來求婚的人，她又多不中意，他想總不能這樣耽誤下去呀。

他只好聚諸雄於飛靈堡，想在其中物色一個年少英俊的人物，來做自己的妹夫，此刻一看，卻俱是些第三流的角色。

但他反而高興，這原因是熊倜居然突然來了，他本是最好的人選，自然不必再去挑選了，只是熊倜心裡如何，他卻沒有想到，他以為妹妹允文允武，人又美貌，熊倜豈有不肯之理。

此刻英雄台上，有兩個人正在過招，一個使的是「劈掛掌」，一個使的是「少林拳」，一招一式，倒也有幾分功力。

東方瑛嬌笑道：「你看這些人，倒還真上台去打呢，谷姐姐，徐姐姐，我們也上去練一段好不好？」

谷小靜哎喲了一聲，說道：「你可別找我，我可不行，你要真有本事，不會去找別人去，怎麼就會欺侮我呀。」

說著她眼睛瞅著熊倜，意思是叫東方瑛去找熊倜，原來東方瑛曾經已將心事，悄悄地告訴過她們了。

東方瑛粉面緋紅，伸手就要打她。

朱若蘭久歷風塵，什麼不懂，此刻一看，便知道這位小姐對熊倜早有意思，她也甚是喜歡東方瑛的天真，倒希望熊倜能和她結合。

於是朱若蘭說道：「我這個弟弟，什麼都好，就是嘴嚴的厲害，什麼都不肯說，我跟他在一起這麼久，連他會武功都不知道，今天非罰他練給我們看看，他要是不練，我第一個就不答應。」

徐小蘭答道：「這樣敢情好，我們東方大妹子也正手癢得緊，就讓他們兩個上去練給我們看看，你們可贊成不？」

東方靈正有此意，一來是撮合他們二人，二來也是看看熊倜的武功，聞言喜道：「好，好，我也贊成，我還出個主意，三十招之內，要是誰也不能贏了誰，就算不分勝負好了。」

原來他知道熊倜是當代第一奇人之徒，怕妹子不是對手，若敗了面子上不好看，這才想出這個主意，他想妹子三十招總可以應付的。

熊倜聽了，實是一萬個不願意，望著武當四子，希望他們阻止，哪知武當四子也是笑嘻嘻的撫掌贊成，原來他們也想見見熊倜的武功。

此時比武台上，動著手的兩人，已分出了勝負，那使「少林拳」的，一招「黑虎掏心」被對方避開，招式用老，肩著著實實地被劈了一掌，倒在台上，幸虧他身體結實，爬了起來，含羞帶愧地走下台去。

那使「劈掛掌」的，一招得手，向四周一拱拳，算是回答了四周疏落的掌聲，仍不肯走下台去，意思是還想接個兩場。

東方瑛緊了緊衣服，躍躍欲試。

熊倜見了暗暗叫苦，他實不願出手，尤其對方是個女子，又是東方靈之妹，勝了固是不好，敗了卻又算個什麼。

哪知台上又跳上個直眉楞眼的漢子，和那使「劈掛掌」的動起手來，熊倜鬆了口氣，暫時總算有人替他解了圍。

他見上去這人，也是個尋常把式，心裡有些失望，暗忖：「江南偌大個地方，難道其中竟沒有藏龍臥虎……」

他一眼望去，見那使「劈掛掌」的又以一招「牽緣手」勝了一場，他目光如炬，見這漢子的這一招「牽緣手」用得甚是巧妙，而且含勁未放，似乎此人武功遠不止此，只不過沒有使出來罷了。

這時比武台下，也有人輕輕「咦」了一聲，雖然聲音極為輕微，但熊倜耳目異於常人，在這喧鬧的聲音中，卻聽得清清楚楚。

這次東方瑛又要上台時，卻被東方靈一把拉住，朝她做了個眼色，東方瑛心中納悶，又不好問出來。

轉眼又有兩人被那使「劈掛掌」的人擊下台來。

最怪的是，那使「劈掛掌」的漢子，武功固似因人而異，對手的武功只有一成，他就使出一成半來，對手的武功若有三成，他就使出四成來，打了幾場，仍然是氣定神足，滿不當一回事。

各棚中的豪客，此刻已多數發現，有的竟竊竊私議了起來。

凌雲子沉不住氣，低聲向丹陽子說道：「此人看來有些古怪，我倒想去接他一場試試。」

丹陽子搖了搖頭，卻未說話。

坐在旁邊的展翅金鵬一捋長鬚，低笑道：「道長別著急，依我看，好戲還在後頭呢！」

東方靈亦在低頭沉吟。

東方瑛嘟著嘴，怪哥哥怎麼不讓她上台一試身手，峨嵋雙小見了，偷偷向她取笑著。

恍眼，那使「劈掛掌」的又勝了兩場，前後算起來，已有六個豪客敗在他手底下。

那六人雖說武功全不甚高，但此人連敗六人，仍然若無其事，功力的深厚，使得大家更驚異了。東方靈側首向展翅金鵬問道：「上官老英雄見多識廣，可曾看出此人是什麼來路嗎？」

展翅金鵬搖頭回道：「不瞞堡主說，我也在揣摸此人的來路，此人使的『劈掛掌』，本是極為普通的掌法，只是到了他手裡，卻像不一樣了。」

丹陽子接口說道：「依貧道之見，這『劈掛掌』似乎不是他本門武功，若有個高手下去逼他使出本門武功來，他的來歷就知道了。」

展翅金鵬上官予捋鬚一笑，忖道：「這老道倒滑頭得緊，一點是非也不肯惹，方才你師弟要上去，你阻止了，此刻卻想別人去頂缸。」

熊倜一聲不響，卻看出一宗異事來。

原來凡是被那使「劈掛掌」的打下台去的漢子，一下台就有一個黑衣漢子接過去，走到一旁講話。

熊倜眉頭一皺，忖道：「難道此人又與天陰教有什麼關連嗎？」

展翅金鵬忽地笑道：「好，居然武勝文也上台了，這一下總可以試出他的功夫來了吧。」

東方靈道：「怎地子母金梭武大俠來了，我都不知道，真是……」

熊倜一望台上，上去個中年的瘦削漢子，步履沉穩，兩眼神光頗足，看來內功已具火候。

那瘦削漢子一上台，便抱拳說道：「朋友端的好身手，我武勝文不自量力，想來領教領教朋友的高招，只是朋友能否亮個『萬兒』，使天下好漢也知道朋友哪一路的英雄。」

棚中的上官予低笑道：「果然還是他厲害，一上去就想抖露人家的來歷。」

哪知那使「劈掛掌」的漢子哈哈一笑，說道：「在下江湖小卒，哪有什麼『萬兒』，只是子母金梭的大名，在下卻久已聞得，今日有幸，能在鼎鼎大名的英雄掌下討教，真是幸何之如。」

丹陽子微一皺眉，說道：「此人說話的聲音，中氣強勁已極，看樣子內功已有了十分火候，只是貧道想來想去，卻想不到此人的來路。」

東方靈也沉吟道：「此人必是內家高手，隱名來此，只是他如此又有何用意呢？」

台上的武勝文卻已動怒，喝道：「好朋友既然不肯亮萬兒，武某人只得放肆了。」

話未說完，身形一錯，「踏洪門，走中宮」一拳打去，竟是少林的「伏虎拳」。

哪知「劈掛掌」的漢子右肩一沉，右掌從武勝文肘下穿出，一招「撥雲見日」直取左脅，卻仍是「劈掛掌」的招式。

武勝文微一坐馬，雙掌一交，化開了來勢，右肘一彎，一個「肘拳」，那漢子微微一笑，腳步一錯，避開此招，武勝文身軀一扭，右手刷地直點「鎖喉穴」，那漢子喝道：「好拳法。」一錯掌，刷，刷，刷，一連三掌，雖亦是「劈掛掌」裡普通招式，但他掌力帶風，風聲呼呼，哪裡還是什麼「莊稼把式」。

東方靈正自無話可答，哪知西棚群豪，突然飛起一條人影，輕功之妙，身手之疾，顯見得又是個高手。

那人影輕飄飄地一落在台上，便哈哈笑道：「你要急著娶老婆，先接我老叫化子幾手。」

棚中諸人，也一齊大驚，上官予拍著桌子，道：「咦，想不到，想不到，居然連藍大先生也出手了。」

原來這人影正是丐幫的龍頭幫主，武林中大大有名的藍大先生。

那使「劈掛掌」的漢子也是一驚，但隨即平靜下來，抱拳笑道：「原來藍大先生也來了，難道閣下也想要個媳婦嗎？」

藍大先生哈哈一陣狂笑，突地目中射出精光，說道：「我媳婦倒不想娶，不過想來見見老朋友而已，順便也討教討教高招。」

那漢子笑道：「想不到藍大先生居然還記得在下，真是教在下有點受寵若驚了。」

藍大先生這一出現，正是所謂人的名兒，樹的影兒，西棚群豪誰不暗暗稱怪。

展翅金鵬上官予捋鬚道：「此人居然和藍大先生還是素識，這一看來，此人更是大有來歷了。」

哪知此刻又極快地掠起一條身影嗖地竄到台上，卻原來又是子母金梭武勝文去而復返。

子母金梭武勝文這一現身，群豪更是咄咄稱怪，須知無論任何場合比武，哪有敗了的人重又上台的道理，何況是子母金梭這樣成名的人物呢。

那使「劈掛掌」的漢子也大出意外，說道：「難道武大俠已休息夠了，還要再賜教嗎？」

他這話明雖客氣，骨子裡卻又陰又損，子母金梭哪有聽不出來的道理。

展翅金鵬上官予也忖道：「今天武勝文怎麼搞的，忽然又跑上台去了，難道還想露一露他那手『子母金梭』嗎？唉，這回就算是能夠勝了人家，可是也不見得是露臉的呀。」

哪知武勝文面不改色，冷冷地說：「不錯，我武勝文是敗在閣下的掌下，怎會再忝顏上來跟閣下比武。」

群豪一齊更奇，暗忖道：「你不上來比武，跑上台來又為是什麼呢？」

武勝文仰天一聲長笑，笑聲中卻沒有一點「笑」的味道，聽起來只覺得如梟鳥夜啼，淒厲已極。

子母金梭武勝文說道：「可是我這次上來，卻為的是替我的一個好朋友報削足之仇。」

他此話一出，群豪齊都哄然，那漢子也自面上變色。

下的人了。

但他知道若先說出自己的行藏，絕對不能成事，是以隱著身分，想到了已成事實的時候，再說自己的身分。

哪知道子母金梭武勝文一聽他手下的人拉他入教，又說出他的來歷，他可不同於先前被他打倒的幾人，大怒之下，竟不顧一切地又上了台來。

單掌斷魂盛怒中，施展出「崆峒」絕學「斷魂掌」，將子母金梭逼得沒有回手之力，眼看就要喪在他的掌下了。

哪知道主棚上，飛掠而去一條極快的身影，曼妙在空中微一轉折，頭下腳上，刷地一掌，硬生生地將兩人分開。

四座群豪見了這絕頂輕功，轟然喝起彩來，單飛被他先聲所奪，倏地停手一看，卻原來是個文質彬彬的年青人。

單掌斷魂不由大怒，喝道：「這算什麼意思，閣下硬架橫樑，是哪一路的英雄好漢。」

那人微微一笑：「在下熊倜，原是無名小卒，怎能和閣下，名揚四海的單掌斷魂單壇主相比。」

單飛一聽「熊倜」兩字，已然色變，再聽他一語喝破自己的所藏，更是面色如土。

熊倜這一亮輕功，一報萬兒，四座群豪，卻高聲喝起彩來，先前在客棧中跟熊倜吹牛的那個圓臉漢子，一伸舌頭，說：「好傢伙，原來熊倜就是他呀，可真有兩下子。」可是一聽另外一個竟是天陰教下新扎起的單掌斷魂，頭一縮，又說不出話來了。

熊倜朗聲道：「在下原不擬來蹚這淌渾水，只不過見不得天陰教下在飛靈堡撒野，也想領教閣下的斷魂掌罷了，正如閣下所說的『要動手就動手』，我們也不必多廢話，就請閣下賜招吧。」

單飛生性本也極傲，但熊倜比他更傲，三句沒說完，就要動手，單飛氣往上撞，喝道：「好極了，我單某人倒要看看閣下有什麼功夫。」

兩人劍拔弩張，展翅金鵬歎道：「真是英雄出少年，這位熊少俠不說別的，單只這份輕功和膽氣，就叫我老頭子佩服得很。」

峨嵋雙小裡的徐小蘭朝東方瑛一挾眼，嬌笑著道：「虧好你沒有和人家動手，要是真動上手，今天你的苦頭就算吃定了。」

東方瑛也反唇道：「我打不過人家就算了，不像你，打不過人家的時候，就賴著要你那位好師哥幫忙。」

原來這徐小蘭和她師兄孤峰一劍邊浩，已生情愫，是以東方瑛才這樣說來笑她，谷小靜聽了笑得前仰後合。徐小蘭卻老到得很，一點也不動聲色，連臉都不紅一紅，原來她早被人家取笑慣了。

子母金梭自問藝不如人，黯然走下台去，熊倜微一拱手，便要動手，突地「噹，噹」遠處傳來幾下極奇異的鑼聲，單掌斷魂單飛聽了面色驟變，拱手說道：「在下今日突有要事，不能領教閣下的高招，青山不改，只好改日再奉陪了。」

話未說完，腳尖一頓，三起三落竟使出「蜻蜓三抄水」的絕頂輕功，如飛而去。

他這一走，群豪俱都愕然。

熊倜也是一愣，但似隨即會過意來，他怕惹出別的是非，微一作勢，身形如長虹經空，掠回主棚，群豪又哄然叫起好來。

朱若蘭見熊倜如此身手，笑得嘴都合不攏來，東方靈也笑道：「想不到你輕功如此好，只怕……」

展翅金鵬一伸拇指，接口說道：「只怕今日武林中輕功能勝得過熊少俠的，沒有幾個人了。」

展翅金鵬亦以輕功聞名江湖，此時看見了熊倜之輕功，亦不禁自歎不如。

東方靈忽似想起一事，走出棚去轉了一轉，回來笑道：「那位藍大先生真是個奇人，行事如神龍見首不見尾，飄然一現影蹤，此刻已走到不知去向了，小弟在西棚找了半天，也沒有找到。」

有了方才的幾場比鬥，四座群豪，一個也沒有再出手的了，但是大家笑語共飲，多半都是以這二次出現江湖的熊倜為話題。

那圓臉漢子此刻又指手劃腳地吹起牛來。

夜色漸滿，好戲已散，酒足飯飽，這些江湖上的豪客，雖是動不動就玩命的朋友，但是在飛靈堡裡，卻也不敢滋事，而且經過方才那一番陣仗，誰也沒有再提「招親」的事了。

這一場群雄快聚，總算沒有出什麼太大的岔子，但是熊倜心中卻生起幾個問題，那藍大先生如何匆匆一現？那單掌斷魂為何一聽鑼聲便走了？那鑼聲是不是代表著天陰教主夫婦已到蘇州？若真是他們前來蘇州，又為的何事？這些問題一時卻也得不到答案。

東方瑛笑語歡然，徐小蘭、谷小靜不時打著趣，熊倜垂頭沉思著，抬起頭來，卻見棚中已空蕩蕩地沒有多少人了。

群豪陸續散盡，東方靈親自送到莊門，最後四儀劍客和太湖的展翅金鵬上官予也要走了，出塵劍客再三地挽留他們在飛靈堡歇個兩天，但上官予急於回去，四儀劍客也另有事，都要連夜趕著回去，東方靈見挽留不住，只得罷了。

此時雖剛剛起更，但夜色已是甚濃，東方靈站在堡前的小橋上，望著群豪身影逐漸消失，終於仍然是一片黑暗。

他默然佇立在那裡，心中生出許多感慨，一種歡聚後突生的寂寞，使他生出了莫名的惆悵，他暗自在感懷著。

許多年來，他以他忠誠和慷慨的個性，以及過人的武功，在江湖上建立了威名，「出塵劍客東方靈」，在武林中幾乎已取代了昔年的武當掌教「妙一真人」的地位，但仍然是寂寞的。

跟隨在他後面的，永遠是一群附和他的，甚至阿諛他的人們，使他有了一種高高在上的感覺，但這感覺是空虛的。

他渴望著友誼，但甚至是一份最普通的人都能得到的那種純真的友誼，在他卻是那麼地困難，漸漸地，他變得孤獨了，人們也在說著，出塵劍客是孤傲的人，於是人們離他更遠了。

他並未十分長成的時候，他父母就都去世了，他的親人，只有他的妹妹，他以他的全心、全力去愛她，去維護她，但這份情感，並不能填補他心靈上的空虛，他渴望著一份能愛與被愛的情感。

小橋下的流水，細碎而緩慢的流過，發出一種悅耳的淙淙之聲，他想：「這多麼像她說話的聲音呀，那麼地輕巧而緩慢……」

他想著：「這難道就是我多年來渴望的情感嗎，當她的目光，輕輕地掠過我時，我就會覺得有一種說不出的充實，是多麼溫柔的目光呀，為什麼我在別的女人身上，就覺不到這種溫柔呢？」

人類的感情，永遠是難以解釋的，千百年來，有許多人試著去瞭解，但又有誰能解釋呢，這永遠是個無法知道的謎。

東方靈多年來所見到的女性，已經很多了，在他心裡，從未曾激起過一片漣漪，但今天，他見到了若蘭，這經受了無數摧殘和磨難的女子，那一份幽怨的溫柔，卻使得東方靈傾倒不已。

他慢慢走進堡裡，這一份情感使得他既喜悅，也憂鬱，他不知道該怎樣去應付它，他自思著：「我對她知道的是那麼少，甚至連她是不是已經嫁了人都不知道。熊倜和我道義相交，將她託付給我，我又怎能將這份心意向他說出呢，他又怎能相信我對一個第一次相見的女子，會有這樣的情感，若然他誤會了，豈非將我當成一個乘人於危的惡徒。」

他想著想著，已走進園裡，這晚雖無月色，但星星極亮，房子裡的燈光仍然通明，而且隱隱有笑語之聲，他知道他們已早回來了。

他走上台階，東方瑛迎了出來，嬌笑著說：「你怎麼在外面耽了這麼久，我們都等得急死了，那些人都走了吧。」

東方靈笑著說：「其實他們早走了，只不過我在外面想著一件事……」

他說到這裡，一望若蘭，恰恰若蘭此時也在看著他，那種成熟的婦人所特有的溫柔目光，使得東方靈的心頭激然的起了一陣波浪，他納納地呆著了，目光再也捨不得移向他處。

此時房裡的人，每人心頭都有一份心事，東方靈是恍然如在夢中。若蘭被他的目光這麼一看，她久歷風塵，男人心中的事，任如何看不出來，此刻只覺心頭鹿撞，不知是喜是驚。

熊倜本就沉默，此時他在想著日後打算，對若蘭和東方靈的情景，根本沒有理會，東方瑛全神望著熊倜，心裡只盼望著熊倜能對她一言一笑，別的事都不在她心上。

只是房中卻另有兩人，她們旁觀者清，看了心中卻另有滋味。

原來峨嵋雙小卻未曾回去，她們雖然全是一身武功，但終究是個女子，晚上行路甚是不便，東方瑛就留她們住下了。

徐小蘭還不大怎樣，那谷小靜卻恨不得永遠在飛靈堡住下才對心思，原來她對東方靈，早已一往情深，她和東方瑛本是手帕之交，兩人時相過從，東方靈也將她當妹子般看待，雖然她貌美如花，但心中卻未生過絲毫邪念，谷小靜雖然如此，但她到底是個女兒家，怎能將心事告訴別人。

她見到東方靈此刻如癡如呆的情形，心裡也自有數，不禁暗暗為自己傷心，但她素性倔強，面上卻不肯露出來。

在這一瞬間，各人都在自己想著心事，誰也沒有出聲，徐小蘭看得清清楚楚，噗嗤一聲，笑了出來。

這一笑，只把房中的五人，都笑得臉紅起來，東方瑛只當她在笑自己，紅著臉不依道：「你笑什麼，看我等會可饒你。」

徐小蘭聽了，更是笑得彎下了腰去，說道：「哎呦！你們看這個人，人家又不是笑她，她自己做賊心虛起來了。」

東方瑛頓著腳說道：「你還講，你不是笑我，是笑誰呀！」

徐小蘭道：「你只當這房子裡就只有你一個才好笑呀。」

東方瑛臉上更是飛紅，乾咳了兩聲，說道：「你笑什麼，說出來讓大家聽聽。」

徐小蘭喘著氣說：「好，我說給你們聽，從前有一個人呀……」熊倜始終都在愕地想著，他突然想起他的妹妹（**他始終認為那跟著寶馬神鞭薩天驥及奶媽夏蓮貞而去的女孩子是他妹妹**），他想著：「為什麼我始終沒有想起過她，可憐她此刻落在那惡徒手上，不知被折磨成什麼樣子了！」

他越想越氣，猛地一拍桌子站了起來。

他這一拍桌子，把房中的人，全驚得呆住了，徐小蘭口中的話，也被驚回腹裡，大家都驚異地望著熊倜，不知他為何突然生氣了。

東方瑛嬌嗔道：「你這人怎麼搞的，一會兒拍桌子，一會兒又笑了。」

熊倜又覺失態，一時不知該怎麼說才好，徐小蘭卻又笑道：「人家在想著你呢。」

東方瑛做著要打徐小蘭的樣子，說：「你這丫頭，又在嚼舌頭。」心裡卻高興已極，忍不住笑了出來，眼角一飄熊倜。

熊倜低下頭去。

徐小蘭又說：「喂，你別怕難為情呀，這有什麼關係，我們這位大妹子，還不是一天到晚想著你，都快想瘋了。」

東方瑛再是臉厚，也經不住徐小蘭這樣的打趣，嚶嚀一聲，跑到後面去了。

熊倜這一驚，卻非同小可，東方瑛對他的情意，他絲毫不知，此刻知道了，卻不知怎生才好，他暗中思索著：「這真是出乎我意料之外，早知如此，我就不會將若蘭姐送到此間，我現在心情如此，怎麼消受得了她這番情意，一個應付不好，豈不又是麻煩，我和她相見僅僅兩面，她又怎會對我如此呢，我雖然對她也沒有惡感，但是經過若馨的變故，情感上的事，我已終生不想牽纏了。」

各人坐了一會，心中各有心事，哪有心情談話，各都安歇了。

熊倜回到東方靈為他安排的房裡，想了許久，覺得事已至此，惟有一走了之，本想留個字柬，但又苦無紙筆，只得罷了。

他推開窗子，窗外星光仍亮，他知道這房子裡所睡的，俱是身負絕藝的高人，只要稍有響動，便會被人知曉，但他自負「潛形遁影」輕功妙絕天下，全未任何作勢，人已飄了出去。

他施展起身法，極快的離開了飛靈堡，別說沒有人看見，即使有人見了，也只是見得一條輕淡的影子，恍眼便無蹤跡。

第十回 成仇因片語，一劍傲然突遇強敵 傾心為一笑，孤鴻北來得伴同行

此刻夜正深，四野一片靜寂，他突然想起，此刻浪跡天涯，他身上的銀兩，還是當年若馨和吳紹雲在離別時所贈的，現已所存無幾，而且飄泊江湖，也定要有匹坐騎才行。

他本想再返回堡裡，取出他所騎來的馬，但又怕驚動了人，他自思道：「反正此後我是真正的無所牽掛了，天下之大，何處沒有容身之處，只要我能尋著薩天驥，再尋得我的妹妹，就是再大的苦，我也能去忍受它，我又何必為了貪圖旅途上的舒適，而去招惹煩惱呢！」

他回頭望了在黑暗中顯得異常靜寂的飛靈堡一眼，心中卻在想著此刻怕已熟睡了的若蘭，他想道：「現在一別，我不知何時再能見你，出塵劍客東方靈，俠聲傳頌江

湖，我相信他會好好看顧你的，日後若有機緣，我必再來看你。」

他仰天長長歎了一口氣，像是覺得無比的輕鬆，又像是失落了什麼，許多年來，情感上的紛纏，雖已了卻，但卻絕非他所願意了卻的。

此刻四野無人，正是可以施展輕身之術的時候，但他並無目的之地，施然沿著大路走著，心中空蕩蕩的，一無所念。

他穿著的原是儒生裝束，隨身的衣物，他已用布包起，走進蘇州城時，天已快亮了，他將身後的長劍撤下，也用布包好了，隨意去街上閒蕩著。

他蹓躂了一會，路上行人漸多，店鋪也紛紛開門，他自服了「成形首烏」之後，饑寒兩字，已不放在心上，是以他雖行走了一夜，也不覺得疲勞、饑餓，他久聞蘇州乃魚米之鄉，此刻一見，果然市面繁榮，行人滿嘴吳儂軟語，聽來別有醉人之處。

突然路邊的茶館裡，衝出來一人，一把拉住熊倜，說道：「我找得你好苦呀。」熊倜一驚，轉臉一看，卻原來是日前在客棧中所遇到的那個圓臉漢子，想起他的自吹自擂，不禁笑道：「呀，又遇到了你。」

那人遇到了熊倜，彷彿甚喜，笑道：「真是人生何處不相逢，我再也想不到兄台就是熊倜熊大俠，你我一見如故，也真算是有緣了。」

說著他就將熊倜推進茶館，熊倜見他自言自語，心想此人倒是天真有趣，既被他拉著，反正無事，就隨他走進茶館。

哪知那人一進茶館，就大聲嚷著：「我給大家介紹一個驚天動地的英雄，各位看著，這位是我的好朋友，名揚四海的熊倜，各位，不是我剛才吹牛，我小蜜蜂陳豐雖然不行，但交的卻全都是響噹噹的好漢。」說完得意地大笑。

熊倜眉頭一皺，知道他必定又在茶館中吹了牛，惹了禍，拿自己來當擋箭牌了。

果然不出所料，有人重重地哼了一聲，熊倜一望，只見臨街的桌上，坐了兩個黑衣大漢，哼聲的就是此二人。

小蜜蜂陳豐見這兩人一哼，像是有點害怕，忙又拉著熊倜坐到位上，叫堂倌送來許多吃食，熊倜見事已至此，也說不上不來算了。

熊倜見那兩個黑衣大漢，雖也是坐在那裡喝茶，卻是與眾不同的喝法，他們兩人喝茶的茶杯，竟是兩個茶杯疊在一起，心中不禁怪道：「哪有人喝茶是這等喝法的。」

那兩人正在惡狠狠地望著熊倜，其中一人忽地站了起來，匆匆向外走去。

小蜜蜂陳豐神色大變，雖然仍和熊倜談天說地，聲音卻微微發顫了。

不一會，先前走出的黑衣大漢，又領了一人回來，那人淡金色的面孔，像是大病初癒似的，也是一身黑衣，神色倨傲已極。

熊倜念頭一轉，忖道：「難道又是那話兒……」

茶館中喝茶的茶客，見到此人來了，俱都突然悶聲不響，那人卻更奇怪，叫堂倌送來五只茶杯，疊在一起，在最上面的一杯倒滿了茶，旁若無人的喝起茶來，喝來嘖嘖有聲。

小蜜蜂陳豐慌忙地站了起來，拉著熊倜說：「熊大哥，我們茶喝完了，坐著也沒意思，還是走了吧。」他愈來愈親熱，居然叫起大哥來了。

他話剛講完，那人陰惻惻地說：「別走，你過來，我問你幾句話。」

小蜜蜂陳豐嚇得兩腿發軟，尤自嘴硬道：「我不認識你，你問我什麼話。」

那人一拍桌子，厲聲說道：「你過來不過來？」小蜜蜂求助地望了熊倜一眼，熊倜也覺此人太已橫蠻，冷冷說道：「不過去又怎樣。」

那人陰惻惻地乾笑了幾聲，說道：「好極了，好極了，想不到蘇州城裡，還有敢向我金面韋陀于明叫陣的人物。」

熊倜俊目一瞪，怒道：「管你是什麼玩意，小爺今天就要教訓教訓你。」

金面韋陀于明一拍桌子，站了起來，那茶館的桌子本不結實，嘩啦一聲，塌了下來，于明也不管，怒喝道：「小子你倒真狂。」

熊倜道：「狂又怎地？」

茶館裡的茶客，一見苗頭不對，一個個腳底揩油，溜之大吉。

于明一墊步，竄出茶館，說道：「來來，我倒要看看你是什麼變的。」

熊倜見他不但全身黑衣，連鞋也全都是黑色的，更斷定了自己的想法，說道：

「相好的，瞧你這身打扮，一定又是天陰教下的三流角色，爺倒要看看天陰教裡的人物，究竟是怎樣地的身手，光天化日之下，就敢隨便欺負人。」

于明仰天打了個哈哈，說道：「小子倒有幾分眼力，太爺就是天陰教蘇州舵的舵主，相好的也報個萬兒吧。」

那兩個黑衣大漢在旁說道：「舵主，這個就是叫熊倜的小子。」

于明道：「哦！怪不得你這麼狂，原來你就是熊倜，當年你雖然在我天陰教下漏網，今天可容不得你撒野了。」

熊倜微一沉吟：「看這樣子，那天陰教主卻似未在蘇州，不然想必不會生出此事。」

他四周一望，街上空蕩蕩地，行人都繞路而行，那小蜜蜂陳豐也乘機溜了，心中不禁又是好氣，又是好笑，自己為他平白無故地，又惹了一場糾紛，他卻甩手一溜了之。

金面韋陀于明，伸手一探腰間，撤出一件極奇怪的外門兵刃，似鞭非鞭，似劍非劍，迎風一抖，伸得筆直，竟是用百煉精鋼打造的，原來金面韋陀于明，在武林中本也是一等一的角色，當初在江湖中，頗享盛名，自被天陰教收羅後，卻鬱鬱不甚得志，只被派到蘇州分舵，做個小小的舵主。

此人行走江湖時，為人尚還正派，與俠義道中之人，也多有交往，只因生性孤僻，獨斷獨行，結下許多極厲害的仇家，被迫得無處容身，這才托庇於天陰教下，以求避禍。

他將手中的奇形鞭劍一幌，說：「朋友，動手吧，這兒就很空僻，我們也不必再揀地方啦。」

熊倜俊目含嗔，朗聲說道：「小爺跟你們這種下三流的角色動手，向例先讓三招，你廢話少說，只管招呼就是了。」

于明亦是大怒，鞭劍一點，筆直地點向喉頭胸腹兩個要穴，熊倜見此人居然擅能打穴，而且一招兩式，顯見功力，也知不可輕敵，身形滴溜溜一轉，輕悄的避開此招。

于明一挫腕時，鞭劍倏地劃起一道光芒，「長鯨吸水」，避開熊倜的一招。

熊倜微一繞步，劍光恰恰自身邊掠過，那于明久經大敵，武功亦是不凡，掌中鞭劍眼看力量已失，手腕一挫，又猛地反挑上來，疾點熊倜腰間的「鎖腰穴」，熊倜不避反迎，身軀一扭，直欺上來，又極巧妙的躲開此招。

金面韋陀雙腳用力，往後猛退，卻見熊倜帶著一絲冷笑，仍然站在那裡，他見熊倜身法太快，心懷戒心，大喝一聲，展開獨門的陰陽鞭劍連環式，點、削、挑、扎、截、打、敲，捲起青光如練，招招式式，不離熊倜的要害。

熊倜卻佇立如山，毫不移動，雙手或抓或格，都從意想不到的部位，去化解對方的劍式，那于明的劍光雖如千重浪濤，到了熊倜跟前，卻如遇見了中流之砥柱，向四邊分了開去。

于明自是暗裡吃驚，他發覺熊倜的武功，遠在他意料之外，自己今日，只怕必然討不了好去，熊倜卻也心頭打鼓，暗思天陰教下一個小小分舵的舵主，已是如此不凡，看武功竟似在那吳詔雲之上，那天陰教中的堂主、壇主，武功當更驚人了，怪不得天陰教雄視江湖，自有其道理的。

又是十幾個照面，他心中有事，只管留意于明的身手，並不進擊。

突地街的盡頭，一騎奔來，馬上的人大聲喝道：「是什麼人這等張狂，光天化日之下，在大街上就動起手來，快給我住手。」

于明聞言，正好下台，他忙停下招式，熊倜也放下了手，冷眼打量馬上的騎士，只見他全身錦繡，穿張打扮，像個貴介公子，背上的劍，金光燦然，劍鞘竟是用黃金打造的，氣勢桀傲，不可一世，坐在馬上用鞭梢指著于明說：「你大概又是天陰教下的人物，怪不得竟敢在飛靈堡附近的蘇州地面上，就敢隨街撒野、動武，只是東方堡主不管，我卻要替他管管。」

他馬鞭一歪，又指著熊倜道：「你又是什麼人，看你斯斯文文的，怎麼也這樣不懂事，大街之上，豈是動手之處。」

熊倜雖覺此人太已倨傲，但他提到東方堡主，想必是東方靈的朋友，再者他所講的話亦非無理，是以並未如何不忿。

那金面韋陀生性卻也最是桀傲，哪裡受得了這樣教訓的口吻，怒喝一聲：「憑你也配管大爺的閒事，你也跟我下來吧。」手中鞭劍「陰陽窄分」，不取人身，而取馬腿。

哪知此人騎術精絕，所騎的又是千中選一良駒，手一緊韁繩，那馬竟人立起來，于明一招走空，馬蹄已朝他頭頂踹了下來，猛一撤身，劍式上挑，直點馬首，他是成心叫馬上的人下來。

那人雙腿一挾，硬生生地將馬向左一偏，冷笑道：「你這算哪門子的英雄，竟和畜生一般，我若不教訓你，你也不知道我是什麼人。」說著，手中的馬鞭刷地掠下，帶著尖銳的風聲，直取于明。

熊倜一見他出手，就知此人內功造詣很深，而且聽他說話的口氣，彷彿在武林中享有盛名，心中暗忖道：「這人年紀也和我差不多，武功已是如此，看來武林中確是人材輩出，只是此人太過倨傲，不然，我倒真想交交這個朋友。」

此時那人已和于明動起手來，但卻仍不下馬，憑著騎術精絕和內力深厚，雖然騎在馬上沒有于明靈便，但于明也占不了半點好去。

那茶館隔壁原是一家客棧，裡面本有些人在遠遠觀望著，此時人叢裡忽地發出一聲冷笑，一個少年女子極快的竄了出來，伸手向那錦衣騎士的馬一點，那馬突地人立而起，竟被制得定在那裡，兩腿前立，形象甚是可怖。

馬上的騎士和于明俱是未想到有這等變化，各各一驚，馬上的騎士見坐騎竟如中魔，動也不動，飄身落到地上，兩眼直瞪著那少年女子，像是在驚異著這少女的身手，又像是在驚異著這少女的美貌。

于明也被這手震住，一拱雙手，說道：「這位姑娘請了，在下和姑娘素昧生平，姑娘竟插手相助，在下確是感激……」

那少女輕啐了一口，說道：「誰在幫你呀，不過我看這個人太無理，他叫別人不要在街上動手，自己卻跟人打起來了，我也來教訓教訓他。」

熊倜噗嗤一聲笑了出來，也暗笑道：「今天的事實在太已離奇，而且越來越亂了，動手的人全是管閒事的，那正主兒小蜜蜂陳豐卻溜了，而且不但這馬上少年身懷絕技，這少女武功也自可觀，看那制馬的手法，卻極像我師傅曾對我說及的關外馬賊的手法，這女子年紀輕輕，不知怎地竟會這手。」

那少女聽到有人在笑，目光斜斜一掠，飄向熊倜，卻見熊倜正在望著她發愣，兩人目光一觸，不知怎的，那少女竟也對著熊倜甜甜一笑。

熊倜只覺那少女的冷峭之氣，被這一笑，笑得無影無蹤，他只覺這一笑對他所代表的意義，是他有生以來所從未感受到的。

他渾身一熱，如沐春風。

此時街頭上的情形，甚是怪異，三男一女，俱都呆呆站著，那馬更如廟中泥塑，兩腿前支，動也動不了一下。

金面韋陀于明見熊倜與那少女相對一笑，以為他二人原是素識，心中自一打算，暗想今日這三人武功俱在我之上，若不乘早下台，定必鬧得灰頭土臉，討不了好去。於是他沉聲說道：「今日之事，看在這位姑娘面上，暫且放過，青山不改，綠水長流，他日我金面韋陀若能再見兩位，卻要得罪了。」

他說的原是場面話，接著他又向那錦衣少年說道：「朋友好一身武術，也請亮個萬兒。」

那錦衣少年冷冷一笑，說道：「虧你還在江湖上行走，連我孤峰一劍邊浩俱不認得，你也不用多說廢話，明的暗的，我邊某人總接著你的。」

于明一聽此人竟是武林中傳聞的「雙絕劍」之一，面色一變，話也沒說，掉頭帶著那兩個黑衣大漢自管走了。

孤峰一劍邊浩，斜睨熊倜一眼，他的坐騎雖被那少女制住，但對那少女非但毫無惡感，而且心中油然生出一種愛慕之意，異性相吸，本是血氣方剛的年青漢子的常態，但方才熊倜和那少女相對一笑，他在旁冷眼旁觀，卻覺甚為不是滋味，他平日自視最高，把別人都不看在眼裡，此刻暗自思忖道：「這小子愣頭愣腦，卻不料他竟有如此佳人相伴……」

此刻那少女之目光，又有意無意間飄向熊倜，孤峰一劍鼻孔裡重重地哼了一聲，冷冷說：「怪不得閣下隨便就敢在蘇州街頭上動武，原來有個這麼好的女幫手，而且還會對付畜生，哈，哈，這真教我邊某人開了眼了。」

那少女起先聽得邊浩竟將她和熊倜認做一路，眼角掃了熊倜一眼，卻也並不否認，但後來邊浩話帶譏諷，她卻忍不住了，當時杏目圓睜，嬌叱道：「姓邊的，你說話可得放清楚點，姑娘不但會對付畜生，對付對付你，可也並不含糊。」

她出語輕脆，而且是一口北方口音，雖是罵人的話，聽起來，仍然是又甜又俏，但孤峰一劍自成名江湖以來，哪裡有人對他說過這樣的話，不覺大怒，厲聲說道：「好，好，想不到今日竟然有向我孤峰一劍邊某人叫陣的人，而且居然是個女子，我邊浩行走江湖多年，真還沒有和女子交過手，可是今日麼……」他目光一瞪，說道：「倒說不得要落個以男欺女的話頭，向姑娘領教領教了。」

那少女俏目一張，正想變臉，忽地目光一轉，說道：「你願意，我可不願意在這大街上和你動手，看你斯斯文文地，怎麼也這麼不懂事，大街之上，怎麼會是動手之地呢。」

這話正是邊浩先前對熊倜說的，現在這少女竟拿它來回敬邊浩，熊倜聽了，又是一笑，那少女也得意的看了熊倜一眼。

孤峰一劍臉上倏地飛紅，他到底是江湖上的知名人物，自己說出的話，豈有咽回腹中之理，他愕了許久，話也沒說一句，掉頭走到馬上，想扳鞍上馬，但是那馬已然不再像一匹能騎的馬了。

那少女看了，嘴角一撇，像是想笑的樣子，但是並沒有笑出來，走到那馬旁，伸掌極快地拍了三掌，那馬仰首一聲長嘶，竟能活動了。

邊浩臉又一紅，要知道，紅臉是心中有些羞愧的意思，而素性狂傲的孤峰一劍，能心中覺得羞愧，簡直有些近於不可能了，他強自做出尊嚴之色，說道：「這位姑娘，真是位高人，我邊某人今日總算認栽了，青山不改，綠水長流，我邊某人日後能碰著二位，必有補報之處，今日就此別過了。」

他狠狠地看了熊倜一眼，跨上馬背，反手一鞭，急馳而去。

熊倜見那少女三言兩語，就把邊浩憋了回去，不禁又想一笑，那少女也轉過頭來，對熊倜微微一笑，說道：「喂！你這人還站在這兒幹啥，快走呀。」

熊倜一抱拳，想說句什麼，卻不知怎地說法，那少女已婦婦婷婷走了過來，俏說道：「喂，你叫什麼名字呀？」

熊倜連忙說：「小生熊倜。」說完了又覺小生這兩個字用得甚是不妥，臉紅著低下頭去。

那少女呱呱笑了起來，說：「喲，你倒真文縐縐的，喂，我說，你怎麼還不走呀？」

熊倜抬起頭來，和她的目光又一相對，囁嚅著說：「不敢請教姑娘芳名。」

那少女笑得如同百合初放，說道：「瞧你這人，在大街上就問起人家的名字來了，我偏不告訴你。」熊倜愣了一愣，他本不善言詞，此刻面對著這少女，如百轉黃鶯，說起話來，又俏又脆，更是無言可答，紅著臉說：「那麼……在下告辭了。」

那少女說道：「別忙走，我告訴你，我呀，叫夏芸，喂，你說這名字好不好？」

熊倜連聲說：「好，好！」

夏芸呆呆地看了熊倜許久，突然說道：「我說熊倜呀，你要到哪兒去呀？」

熊倜本想隨處飄泊，也沒有什麼固定去處，被她一問，竟答不出話來。

夏芸嘴一鼓，俏嗔道：「好，我知道你不告訴我。」

熊倜慌說道：「不是我不肯告訴姑娘，只是我現在還不知道該到什麼地方去，不過隨處走走就是了。」

那夏芸自幼被極溺愛地長大，她家裡又是家財鉅萬，「落日馬場」在塞外可稱是首屈一指，長大後更是養尊處優，一呼百諾，心裡想做什麼，馬上就去做，從來不曾有人拂過她意，這次她從塞外出來，也是素仰江南風物，到各處玩玩的，此刻聽到熊倜這樣說，大喜道：「那好極了，我也是到各地去走走，我一個女孩子家，好不方便呀，你肯陪著我一塊兒嗎？」

熊倜一驚，他萬萬想不到她會這樣說法，為難道：「這樣……恐怕不太方便吧！」

夏芸一見熊倜，不知怎地就覺得這人甚是投緣，彷彿覺得他是極老的朋友，又彷彿有一種說不出的滋味，這種滋味是她有生以來從未感受過的，她本不知道什麼男女之防，只是率真而行，所以她毫不考慮地要熊倜和她結伴。

熊倜話還沒有說完，她就搶著說：「什麼方便不方便，你到底肯不肯？」

熊倜心裡未嘗不願意，只是他幼遭孤露，生性拘謹得很，心裡想做的事，常常自己壓制自己而不去做，此刻夏芸這樣問他，「是」或是「否」，這是他從未答覆過的問題，他想了許久，還沒有回答。

夏芸一跺腳，氣苦的說：「好，你不肯就算了，我才不稀罕呢。」眼圈一紅，很快地跑到客棧進去了。

站在街頭，熊倜愣了許久，心中溺起一種奇異的滋味。

然後他回轉身，漫步走回茶館，想取回他放在桌上的包袱和劍，茶館被他們這一鬧，裡面早已空空的沒有客人，他遊目一看，自己放在桌上的包袱，竟不知去向了，急得馬上泛起一身冷汗。

茶館裡的堂倌一見他又走進來，如同見了兇神惡煞，連忙跑了過去，帶著一臉勉強的笑容，說道：「大爺還有什麼吩咐？」

熊倜急道：「我剛才放在桌上的兩個包袱，你可見到？」

店伙慌忙搖手道：「沒有，沒有。」他又手指著牆上的一張字條說：「我們店裡的規矩，一向是銀錢物品，貴客自理，遺失了我們也不能負責，這個還請大爺莫怪。」

熊倜面容一橫，那店伙嚇得一打哆嗦，熊倜想道：「這卻如何是好，銀錢掉了，尚是小事，那劍掉了，卻是非同小可，這茶館中確非善良之地，我已在茶館裡，掉過兩次東西了。」

他轉意又想道：「我身上只帶了些須散碎銀子，銀錠也全在包袱中，此番竟然遺失，日後卻如何是好呢，江湖上一行一食，莫不需銀子，唉，我真是時去運蹩，竟遇到這種事。」

他知道這種事亦無法向店中追問，空自著急了一會，茫然走出店去，此刻他除了一身衣服之外，真是身無長物，他百感交集，愁懷湧生，只是在想到夏芸時，心頭不禁掠過一陣溫馨。

他漫無目的地向前走著，真是孤身飄零，出了蘇州城，他不再沿著官道，只是隨意而行，晚間無錢，也不能住店，遇著荒祠廢廟，便胡亂歇下，有時化個幾文錢，買些果餅充饑，好在他內功深湛，又服過了「成形首烏」，倒挨了不少時候。

往常他都是沿著官道而行，這次他隨意行走，經過了許多荒村小鎮，田野中秋收已畢，農村夫婦，閒散地坐著，嘻笑著，牧牛童子牽牛高歌，都是自得其樂，熊倜不禁暗暗羡慕著他們。

江南風物，本就勝絕，荒村野店，小橋流水，在在都是極美的圖畫，有時村裡的農夫，看到熊倜斯文一脈，雖然樣子甚是落拓，但那時最是敬重斯文，俱都以禮相待，甚而有的還邀請熊倜吃些菜飯，農村的少女，雖都是布衣淡裝，江南女子的風味，卻是最美的，見了熊倜，也都竊竊相望。

熊倜走了也不知多少天，心裡泛起許多感慨，他覺得這些與世無爭的小民，卻要比城鎮中的人善良多了，有時他真想拋開一切，隨便找個村落，挽起袖子來耕田種地，跟他們一樣地度過安閒的一生，日出而作，日入而息，但心胸裡的雄心壯志，以及他無一刻忘懷的復仇之念，卻阻止了他。

漸漸地，他衣衫又髒又破，鞋子也穿洞了，有時二、三天不曾梳洗過，有時整日不吃東西，他也不管，遇著曠野之處，他就引吭長歌一泄心中的鬱積，頭髮亂了，他就任它散落下來，衣鈕掉了，他就任它散著衣襟，他一切全變了。

有時他想著自己以前實是太傻，人生一世，彈指即過，為甚麼不求有生之年，自自然地去做一些事，而去受著一些不必要的拘束，他又想起夏芸，暗說：「現在我若再遇到她，她再要我陪伴，我一定要好好陪著她，去玩個痛快，別人眼中的看法，與我何關，只要我問心無愧就是了。」

他又想道：「只是她現在恐怕已不認識我了，唉，其實連我自己，現在又何曾認

了一句極難聽的粗話，跑到腳伕堆中，嘰嘰咕咕說了兩句，就叉著兩手站在渡船的頭上。

那兩個老實的客商，等船上的人將近都走完了，第一人搬起一口箱子，走下船來，不料剛走到船口的時候，那滿臉麻子的稍長大漢，突起一個踉蹌倒在他兩人身上。

那兩人搬著卻似十分沉重的箱子，已是擺擺晃晃的，哪裡禁得起這大漢一撞，一聲驚呼，連人帶箱子，朝船外跌去。

且說熊倜正蹲在江岸，極有興趣的望著，突然看見此事，心急救人之下，也就不再顧忌，猛一長身，便已竄到船頭，左手橫掠那只箱子，右手擋住那客商已跌倒的身軀，他無意中竟使出「蒼穹十三式」中的一記妙著，「日月雙分」了。

哪知他這一出手，卻出了一宗奇事，他左右雙手，本是一齊出手，而且所用的力量也完全相同，因為他認為一個快要跌倒的相當結實的軀體，和一個箱子，所需的力道必是極為相近的。

哪知他橫掠箱子的左手，所抓的箱子，竟是意外地沉重，若不是他內功已到極深的火候，潛在的內力，隨著突然而來的驚奇，猛地加強，那箱子便要落入水中，兀是這樣，那箱子的重量仍是他生平未遇的。

而他的右手，竟覺得彷彿是橫擋在一團飄蕩的棉絮上，是那麼地輕飄和柔軟，他心中極快的一轉，便知道這看來老實的中年客商，實是個有著非常武功的商人，而且從他和這箱子中的種種跡象，可看出此人非但武功高強，而且實是詭秘得很。

熊倜這突一出手，非但驚震了那許多圍住著的腳伕，也驚震了那兩行動詭異，看似迂呆，而實是大有來頭的中年客商。

他們所料想不到的是，在這道荒僻的渡頭，竟會有這樣的內家高手，「行家一伸手，便知有沒有」，須知那些腳伕驚異的，不過僅是熊倜身手之速而已，而那兩個中年客商，不僅如此，而且還知道熊倜此一出手，是用了武林中一種罕見的招式，而且內力深湛，因為他們深知自己箱子的重量，若非內力驚人，怎能人懸空中，便能抄住這口箱子。

但是他們並不露出些須鋒芒，仍然裝做出老實而遲緩的樣子，極為小心地站直了將要跌倒的身軀，瞇著眼，掩飾著那眼中一種內家高手所特具的神光，訥訥說道：「真謝謝這位老哥了，若不是這位老哥，今天我們非跌死不可。」

熊倜眼珠一轉，他知道這類武林高手，這樣地掩飾行藏，必是有著些不可告人的事，若是以前，他必要將這些事探個清楚，但在他獨自飄泊的這許多日子來，他已養成一種與人無爭的陶然性格，哈哈一笑，說道：「不用客氣，這算不了什麼。」

那客商露出感激的笑音，像是感激熊倜的出手相助，又像是感激熊倜的不揭破他們的行藏，其中一人伸手入懷，想掏些什麼，忽又止住了，謹慎地抱起那兩口箱子，緩慢的走下船去。

那些腳伕，都是些眼裡不揉沙子的光棍，看見熊倜的身手，他們雖不甚清楚其中的奧妙，但也知道那是一種高深的武功，遂都在旁眼睜睜地看著，沒有一個人出來向熊倜尋事。

熊倜看著那兩個人沉重的腳步走了一段，他們裝作得非常好，完全不像是一個身懷絕技的人，熊倜笑了笑，他笑自己這回倒真是「多管閒事」了，其實此兩人，又何須自己出手呢？

他站了一會，知道那群腳伕已被自己震住，便施然走下船去。

那已漸行漸遠的客商，忽地回過頭來，走了幾步，一齊伸手招呼熊倜過去。

熊倜知道必定有事，便大步走到那兩人的身旁，拱手道：「兩位有何吩咐？」

那兩人其中一個面色赤紅，略帶微鬚的也拱手說道：「兄台仗義出手，我兄弟感激得很，看兄台如此身手，必定是位高人，大家心照不宣之處，還望兄台能多包涵。」

他說著伸手掏出一個奇式甚古的制錢，用一根淡黃的絲帶串住，伸手遞給熊倜，說道：「這是我弟兄一件小小的信物，兄台在皖、浙、湘、贛一帶，若有些什麼不能解決之事，走到門面較大的店家，隨便一提，就說是葉家兄弟的好友，兄台無論要什麼幫助，必定有個照應，我弟兄雖知兄台身懷絕技，不屑求人，但這卻是我弟兄的一番心意，兄台大名，我等雖不知道，但萍水相交，只要投緣也就罷了。」

熊倜一見此兩人雖是行蹤詭異，但望上去倒也不似壞人，便笑著稱謝道：「兩位既然如此，小弟便就此謝過了。」

那兩人便又一拱手，說道：「日後有緣，若能再遇兄台，必當謀一快聚，今日就此別過了。」說完便轉身走了，熊倜見事已了，隨手將那古錢揣入懷中，也未曾在意，此渡頭既經此事，他也不願再留，瀟灑向前行去。

走了多日，他見前面竟是個大城，他也只管踱了進去，見城內冠蓋雲集，來往之人，俱是衣冠楚楚，看到熊倜又髒又臭，個個蹙眉而過，熊倜也不管它，逛了許久，覺得城內甚是熟悉，像是來過，想了半天，突的一拍腦袋，暗笑道：「對了，這裡原來是鎮江，四年前我隨著斷魂劍吳詔雲曾經此地渡江的，唉，想起那時，雖宛如昨日，但事物的變化，卻是太多太多了，那吳詔雲一怒而去，現在也不知怎樣了。」

他穿過城市，又往前走，天氣一天比一天冷了，但他自從吃了「成形首烏」後，對寒暑全無甚感覺，雖然只穿了件單衫，也不覺冷，只是看見別人的衣服一天天厚了，他知道已是冬天。

這一段路，他卻是熟悉的，他知道前面就是江寧府了，那是他最不能忘懷的地方，那裡的地下，躺著曾經是他最愛的人，在那裡，他經過了苦難，磨折，也享受過歡樂，溫馨。

他不敢再回去，他怕太多的回憶刺傷，經過江寧府時，他乘著黑夜，施展起「潛形遁影」的輕功，極快地繞城而過，他想當年自己在此曾經揚名一時，但此時，又有誰認得他呢？

走到前面，他見即是最荒僻的村落，也都是人人喜氣洋洋，忙來忙去，他一計算時日，知道快過年了，天上也飄著雪花，有人看他衣衫單薄，撿件破棉襖與他，他也不要。

過了江蘇，便是安徽，這日清晨，他來到一個所在，只見臨江一塊大石，寫著「采石磯」三字，他知道此地就是詩仙李白的葬處了，詠懷先賢，不禁懷古之情，油然而生。

他在這塊臨江的石頭上，坐了下來，這時已是隆冬，雪花飄飄飛落，把大地染得一片銀白，江水也結起些冰塊，他獨自坐在雪地裡，望著長江流水，及漫天雪花，想著腳下所躺的，雖是千古留芳的人物，但也不過僅餘得黃土一抔而已。

他暗歎著人生的短促，又想到自己身世的淒涼，正是暗自唏噓。

忽然他聽到身後有蹄聲傳來，心中奇怪道：「這倒怪了，在這冰天雪地裡，怎麼還會有人也到此處來，難道此人也是個無家可歸的浪子？」

但他也不回頭觀望，他想，別人的事，我去管他做什麼，也許他是個自命風雅的詩人，到這裡來賞雪吟詩的，我又怎能比得。

蹄聲在他身後停了，接著他聽得一人下馬的聲音，落地之聲甚是輕微，竟像也是一身武功，熊倜忽聽那人呀地一聲，叫了出來。

接著停了一會，一個輕俏的女子口音說道：「這麼冷天，你一個人坐在這裡幹嗎？大年初一，可別想自殺呀。」

熊倜聽得這口音，彷彿非常熟，正想回頭，那女子又說道：「你要有什麼困難，可以說給我聽，你別看我是個女子，可也幫得了你忙，你衣服穿得這麼少，小心凍死了。」

說著那女子已走到身旁，熊倜本是低著頭，只看到這女子穿著一雙白皮的靴子，一身緊身的衣褲，外面罩雪白的兔皮風蓬，抬頭一看，面色一變，原來這女子竟是夏芸。

那女子見他望著她，就說：「你別看著我，有什麼事儘管說好了。」

熊倜突地大笑起來，在這空曠之地，笑聲顯得那麼地清越。

他站了起來，朝夏芸笑道：「你不認識我了，可是我卻認識你呢。」

夏芸朝他上下看了半天，再望著他的眼睛，突地呀的一聲，又叫了出來，喜道：「原來是你呀，真想不到在這裡碰到你。」

她又看著熊倜說：「怎麼才兩、三個月不見，你變成這個樣子，差點我都不認識你了，喂！我說你大年初一的清早就跑到這裡來，一個人坐著，又不怕冷，是不是想自殺呀？」

熊倜笑道：「那麼你大年初一的清早，不也跑到這裡來了嗎。」

夏芸臉一紅，笑道：「我是嫌店裡太吵，我又是一個人，看著人家都是一家人團聚著，有點想家了，再加上我也聽說這裡是詩仙李白的墓地，就隨便來看看，想不到卻碰見了你。」

她說完了，又嫣然一笑，低下頭去，熊倜不覺看得癡了。

夏芸看到熊倜的一雙鞋子，破得七零八落，白襪子卻變成黑的了，抬起頭來，關切地問道：「你到底是怎麼回事，弄得這個樣子？」

熊倜微微一笑，說道：「這樣子有什麼不好，我倒覺得滿不在乎的。」

夏芸道：「只是……只是你穿得這麼少，豈不要凍壞了？」

熊倜道：「我一點也不冷呀。」

兩人相對站著，都覺得有一份無法形容的親切之感，在大年初一的早上，碰到你想見到的人，還有什麼更可喜的事呢。

呆了一會，熊倜說：「我真的不冷，你不信摸摸我的手，還是熱的呢。」

夏芸低著頭，悄悄地脫下手套，熊倜伸手過去，輕輕地握著她的手，只覺滿手溫馨，再也不肯放下，反而緊緊地握住了。

夏芸的手輕輕地掙扎了一下，也就讓他握住了，她覺得一種男性的熱力，透過她的手，直到心底深處，使她也沉醉了。

雪花仍在飄著，大地顯得寒冷而寂靜，但他們的心卻像火一般的熱。

夏芸悄悄地偎向熊倜，柔聲說道：「告訴我，這些日子你有沒有想過我？」

熊倜點了點頭。

夏芸道：「有時我真恨你，那時我叫你陪著我，你為什麼不肯。」

熊倜將握著她的手，握得更緊了些，說道：「這次你再叫我，我就不會不肯了。」

夏芸幸福地笑了，抬頭望著熊倜，忽又顰眉笑道：「只是你和我在一塊，卻不准還是這付樣子，你看你，弄得髒死了。」

熊倜苦笑道：「其實我也不想弄得這樣，不過我的衣服東西全丟了，我又不能去偷去搶，只好變成了這副樣子了。」

夏芸張口想說什麼，忽又轉口道：「要是我呀，我就去搶了。」

說完噗嗤一笑，拉著熊倜走了幾步，指著她的馬說：「你看我這匹馬好不好？」

熊倜見那是匹白馬，渾身毫無雜色，站在雪地裡，顯得更是神駿。

夏芸又說：「那時候我騎著這匹馬，像風一樣地跑來跑去，這馬真快極了，在雪地裡走得更快，所以人家都叫我雪地飄風呢。」

熊倜微笑地看著她，心裡想道：「我自若馨死後，本來已覺得心如死灰了，可是不知怎麼回事，我看到了她只覺得高興得很，只想跟她在一塊兒，別的事全想不起了……」

夏芸輕輕一扭，不依道：「喂，你在想什麼呀，人家在跟你講話呢。」

熊倜說道：「我在想著你，我看到了你，心裡就高興得很。」

夏芸道：「真的嗎？」

熊倜點了點頭。

夏芸偎依在熊倜胸前，柔聲說道：「我也是一看到了你就覺得快樂。」

熊倜只覺得他已是世上最幸福的人，任何不如意的事他都不在乎了。

夏芸突地拉著熊倜的手說道：「我帶你到當塗去，你不知道，那裡今天好玩極了，本來我一個人覺得沒意思，現在有你陪我，我就要好好玩一玩了。」

她揮開熊倜的手，騎到馬上，說：「你也上來呀，我們兩人騎在馬上，一會兒就到了，你也可以試試我的大白的腳力。」

熊倜擰身也上了馬，伸手扶著夏芸的腰，夏芸呼哨了一聲，那馬便放開蹄跑了，熊倜只覺馬行愈來愈快，路旁的樹木，飛快地倒退，但卻又平穩已極，不禁讚道：「馬真好。」

夏芸聽他也喜歡大白，心裡更高興，說：「你也喜歡牠嗎？」

熊倜說：「當然喜歡啦。」

夏芸說：「以後你要是能到我的馬場去，我一定揀一匹最好的馬送你。」

熊倜問道：「你有個馬場呀？」

夏芸說：「你不知道呀，我那個馬場可真大，一眼望過去，連邊都看不到，我爸爸媽媽最疼我，你也一定會喜歡他們的。」

熊倜幸福地說道：「只要你喜歡的，我都會喜歡。」

夏芸開心地笑了。

第十一回 名已動江湖，三秀並起獨稱神劍 情生難自抑，鴛鴦同命本是連心

馬一進了當塗，就走得慢了，熊倜只見家家戶戶，都貼著大紅的春聯，店鋪雖都關起了門，不做生意，但門口都站著些大人小孩，在放鞭炮，吃著春餅，穿的是新做的衣裳。

大家都是喜氣滿面，看見熟人，老遠地就拱手打招呼，說著「恭喜，發財」之類吉祥話，碰到小孩子，還掏出一小串用紅繩子串著的錢，給小孩子買糖吃，大家都高興得很。

即使有什麼困難的人，在過年的時候，也將心事拋開，痛痛快快的玩幾天，吃幾天，這幾天欠人錢的不怕被人逼債，別人欠的錢也不會去要，天大的事都放在旁邊，過了十五再講。

熊倜和夏芸騎在馬上，夏芸指東指西，嘰嘰咕咕地講個不停，又說又笑，引著路上的人都駐足而望，奇怪這美貌少女怎會和這像叫化子似的人同乘一騎，而又那麼親熱。

須知清初禮教甚嚴，男女之防更看得很重，一男一女，同乘一騎，在街上行走，已是件了不得的大事，何況他們兩人的裝束又是這樣地懸殊，自是難怪旁人注意。

但熊倜的個性，已與從前大不相同，別人看他，他仍然行所無事。

夏芸嬌嗔道：「這些人壞死了，死盯著我們看，我真恨不得打他們一頓。」

熊倜笑道：「他看他們的，關我們什麼事，他們要看，只管看好了。」

夏芸說：「喂，我說你換件衣服好不好，總不要老是這樣呀。」

熊倜笑道：「好，好，你說什麼就什麼，只是你看，人家店都上了門，我們到哪裡去買衣服呀，只好過兩天再說了。」

夏芸道：「人家上了門，我們不會去敲他們的門嗎？」

兩人騎著馬在街上轉了一周，找著一家賣成衣的估衣店，那門口也正有三兩個年輕的伙計站在那裡放著鞭炮，看見夏芸跳下了馬，都被她的美貌驚住了，接著又看見熊倜也跳下了馬，一個個都瞪大了眼睛，奇怪他們是何來路。

夏芸走過去說道：「我們想買幾件衣服，要特別好的。」

其中一個年紀較大的伙計說道：「今天大年初一，我們店裡不做生意，你家過兩天再來光顧吧。」說著他先打量著熊倜。

夏芸說道：「不賣也得賣，我出雙倍的價錢，還不行嗎？」

那伙計眼睛一瞪，說道：「你這人怎麼這樣不講理，不賣就是不賣，你出八倍的價錢，今天我們這裡就是不賣定了，你怎麼樣。」

夏芸的口氣本已夠橫了，哪知這伙計比她更橫，完全不是買賣人那種和氣生財的口氣，熊倜心中一動，暗忖道：「這家店好生奇怪，而且這幾個店伙下盤極穩，步履矯健，竟像是個個都身懷武功，看來這當塗縣，倒是個藏龍臥虎之地。」

他正要勸阻住夏芸，叫她不要為了些須之事，惹些無謂的麻煩，哪知已來不及了。

夏芸早已一個箭步，竄了上去，揚手就給那店伙一記耳光，那店伙再也想不到這樣一位千嬌百媚的姑娘，會動手打人，「巴」地一聲，臉上著了清脆的一掌，打得臉上火辣辣的生痛。

那些店伙便一湧圍了上來，高聲道：「好傢伙，青天白日之下，就敢伸手打人，你仗著什麼勢力，就敢這樣猖狂。」

說著，說著，有的就動起手來，但這些人到底不是夏芸的對手，熊倜一看，街上的人越圍越多，他暗忖：「這樣一來，她倒在地頭上和人動起手來了，這裡人地生疏，若驚動了官府，豈不真是惹火上身了。」但他已知夏芸的性格，人家越勸她，她反越打得厲害。

動了一會手，那些店伙已被夏芸打得七暈八素，圍觀的人越來越多，有的竟然拍手叫起來，正當此時，忽店中走出一個肥胖的人，滿臉油光光地，手裡拿著兩個核桃，搓得格格發響。

那人重重地咳嗽了幾聲，那店伙一聽，便都住了手，態倜便知道這胖子定不是個尋常人物。

夏芸見那些店伙突地一齊停手，驚異地朝四周略一張望，便看見那胖子站在門口，她也是玲瓏心竅的人，當然也猜出那胖子是個首腦人物，便走上前去，說道：「喂，你們的店伙都是些什麼人物，怎麼這樣子對待主顧的呀。」

那胖子笑嘻嘻地說：「這也不怪他們，今天大年初一，小號本來就不賣東西的。」

夏芸見這個胖子也是這樣說法，氣往上沖，說：「今天姑娘是買定了。」

那胖子仍然笑嘻嘻地說：「買不買是你的事，賣不賣可就是我的事了。」

夏芸厲聲道：「想不到當塗縣的生意人，都像強盜一樣，今天姑娘倒要教訓教訓你們。」

那胖子聽夏芸說他是強盜，笑容一斂雙目立刻射出凌人的光芒，突又哈哈狂笑道：「就憑你那兩手，要教訓我葉老三，只怕沒有那麼容易。」

他的笑聲是那麼響澈，使人有一種刺耳的感覺，但熊倜覺得刺耳的，倒不是他的笑聲，而是他口中的「葉老三」三字，熊倜暗忖道：「這胖子莫非是長江渡頭那兩個詭異客商的兄弟……」

他一念至此，便走上前去，朗聲說道：「這位掌櫃的，可是姓葉？」

那葉老三突見一個衣衫襤褸的漢子，走過來說話，他久歷江湖，目光自是銳利，一眼便看出熊倜身懷武功，便也不敢待慢，說道：「不敢當，兄弟是姓葉，兄台有何見教？」

夏芸看見熊倜突然上來和人拉友情，便一拉熊倜，嬌嗔道：「你和他嚕嗦什麼。」熊倜也不理她，他倒並非怕事，而是不願在武林中多樹強仇，須知他所計畫的一切，在在都要武林中人的聯絡，而且感覺到這葉氏兄弟在江湖雖無大名，然而必有很大的潛伏力量，是以他才出來答話。

熊倜自管從懷中掏出那枚古錢，向那胖子說：「掌櫃的可認得此物？」

那胖子見了此物，定睛注視了一會，哈哈笑道：「原來兄台是家兄的好友，這真是大水沖了龍王廟，連自家人都不認得了。」他又朝夏芸一拱手，笑道：「姑娘也別生氣了，快請裡面坐，兩位既是家兄好友，別說買衣服，就是拆了這店，也沒得話說。」

葉老三又笑又勸，把熊倜和夏芸拉進店裡，那些圍觀的人見一個花子上去三言兩語，便化解了這糾紛，雖覺奇怪，但事不關己，也沒有好戲看了，就陸續地散去，夏芸見人家這樣客氣，氣也消了一大半。

那胖子卻絕口不再提他的兄長和熊倜是何交情，一問知道是熊倜要選衣服，便選了幾套精美華麗的，還帶著內衣褲一齊送給熊倜，怎麼樣也不肯收錢，熊倜心中卻更奇怪，忖道：「這葉家兄弟的是奇怪，不知究竟是何來路，日後有機會，我倒要弄個清楚。」但這些他僅僅悶在心裡而已，並沒有說出口來。

坐了一會，葉胖子絕口不談江湖之事，夏芸便拉著熊倜要走了，葉胖子再三挽留不住，便悄聲對熊倜說：「家兄既然將此物交給兄台，兄台便是我葉家兄弟的好友，日後無論什麼事，只要用得著我葉老三的，只管到這兒來，千萬不要見外。」

熊倜也唯唯答應了。

兩人走出店來，夏芸便對熊倜說道：「你怎麼會認識這般人物的，我真奇怪。」熊倜只管笑，也不答覆，夏芸鼓起嘴，生了半天的氣，忽又噗地一笑，說道：「好，以後你不願意告訴我的事，我也不問你，只是有件事，你卻一定要聽我的話，不然我就不理你了。」

熊倜笑著問道：「什麼事呀？」

夏芸說道：「這件事，就是趕緊回到店去，換上衣服，把你身上的這套，扔到遠遠的。」說著她鼻子一皺，又說：「還要洗個澡。」

熊倜看看自己的身上，實在髒得不像樣子，數月來他雖安之若素，此刻對著夏芸，卻也不好意思起來，笑道：「確實也該洗個澡了，我算算看，已經有三個月沒有洗澡了。」

夏芸吃吃笑出聲來，一摸額角，作暈倒狀說：「天呀，你身上的泥，該有十斤了。」

兩人說說笑笑，不一會就到了夏芸所住的客棧，此時大家都回家過年了，只有少數一些人，或是趕不及回家的，或是根本無家可歸的，仍住在店裡，大家雖是萍水相逢，但都聚在一起，倒也可稍慰思鄉之情，解去了不少寂寞。

店裡的小二也穿著新衣服，看到夏芸帶了個窮漢子回來，也是奇怪得很，伸手接過夏芸的馬，說：「你家回來了。」兩眼卻直勾勾看著熊倜。

夏芸說道：「在我的房間旁邊，再找間上房，燒些熱水，他要先洗個澡。」

小二連聲說著是，臉上的樣子，卻甚滑稽，夏芸不好意思地又加上一句：「他是我的哥哥。」

小二忍著笑走了，夏芸轉臉對熊倜嬌嗔道：「都是你。」

熊倜只覺心頭甜甜的，笑著說：「原來我是你哥哥，以後你要叫我哥哥了。」

夏芸故意做出生氣的樣子，一跺腳，跑到裡面自己的房裡去了。

熊倜痛痛快快地洗了個澡，將頭髮也洗了洗，梳好，只覺得人像是輕了十斤，舒服極了，穿好衣服，才想起鞋子卻忘了買。

他將換下的衣服捲成一包，只穿著布襪子走出來，叫過店小二道：「麻煩你，替我買雙鞋來，大小差不多就行了。」

店小二一看熊倜，竟完全變了一個人，心想：「真是人要衣裝，佛要金裝，剛才我還在奇怪那麼個漂亮的姑娘，怎麼找了個骯髒漢子來，現在這一看，喝，真也是個漂亮小伙子。」

店小二陪笑道：「哎呀，年初一可買不到鞋子呢，這麼著，我剛買了雙新鞋，大小也合適，你家就將就著先穿吧。」

熊倜說：「這樣也好。」

熊倜以前所穿的，俱是極為樸素的衣衫，此刻換上了夏芸所購的衣服，更顯得英俊挺拔，飄逸出群，夏芸見了，開心地說道：「你瞧這樣多好，以後我可不准你再弄得髒兮兮的了。」

過了一會，店伙送來些年菜，江南舊俗，每家每戶，過年時，都要準備年菜，家裡本來只是十個人，也要準備一百個人的菜，客棧裡自然更是如此，他們也知道外面無處去吃，店伙送來時，他收下了，又給了店小二些銀子。

生長在北方的人，大多平日都會喝個兩杯，禦禦寒氣，熊倜雖然會喝，卻不善飲，那夏芸的酒量卻好，熊倜笑說：「想不到你還會喝酒。」

夏芸把酒杯放下，說：「我平常也不喝的，今天心裡高興，才陪你喝一點，你還要笑我，那我就不喝了好不好。」

熊倜趕緊說：「你喝嘛，我又沒有笑你，只不過有點奇怪你會喝酒就是了。」

夏芸說：「我十歲的時候，就會喝酒了，那時我陪著父親吃飯，我爹每頓飯都要喝酒，喝了酒之後，就歎氣，難受，我媽看了也不管。」她說著眼圈都紅了，又說：「我爹常說一個人一生不能做錯一件事，只要他做錯了一次，他的一輩子都會痛苦的。」

熊倜說：「這個倒不然，人非聖賢，焉能無過，只要做錯事後知道不對，也就算了。」

夏芸說：「是呀，我也不知道我爹為什麼常這樣說，我也像你的說法，他老人家就說我年紀小，還不懂，以後就會知道，我爹說他就是以前做了些錯事，弄成一輩子，心裡都不舒服。」

她低下了頭，像是在為那老人難受，熊倜伸手過去，溫柔地握住她的手。

夏芸低低地說：「我也不知道為什麼，把什麼話都告訴你了。」

忽地她又抬起頭來，展顏笑道：「我們不談這些，還是談談別的高興的事，我告訴你這麼多，你也該對我說說你的了。」

熊倜歎了口氣，說：「我的身世，說起來更難受，還是以後再說吧。」

夏芸道：「好，今天我們不說掃興的話，我要今天成為我最快樂的一天。」

她舉起酒杯來，和熊倜喝了一杯，又說：「你到底怎麼會在路上跟人打起來的呀，我聽人說路上有人打架，走出來你已經站在旁邊看了，那個騎馬的人正在那耀武揚威地指著你說話，你也不回嘴，我只在替你生氣，接著他自己也在街上打起架來了，那人武功倒不錯，其實我也不見得打得過他。」

原來她久居塞外，中原的豪傑，她根本一個也不知道，是以孤峰一劍雖然享有盛名，她也沒有聽說過。

夏芸又說：「看你的樣子，大概連我也打不過，以後你要陪我回家去，我就叫我爹爹教教你的功夫，以後就不會給別人欺負了。」

她以為熊倜那天受了別人的氣，吃了虧，她也不知道熊倜的武功，連她爹爹也不行，嘰嘰呱呱說了半天，熊倜微笑聽著，也不道破，心想：「以後她見了我的武功，一定要更歡喜了。」

說著說著，夏芸臉上露出春花般的笑容，眼光輕輕掠過熊倜寬大而強壯的胸膛，停留在他的臉上，輕輕的說：「不過我現在可不要回家，我要你陪著我，高高興興地玩一段時候。」

她臉上現出幸福的憧憬，說：「我們順著長江走，走到哪兒，玩到哪兒，你也要買匹好馬，我們可以在原野上一起奔馳，累了，我們就歇下來聊天，我真喜歡江南，這裡的一切，都像是這麼美，無論是春，夏，秋，冬都可愛極了。」

熊倜握著她的手，沒有說話，但從他的眼光裡，可以看出他也是那麼的幸福，人們在幸福的時候，說話反是多餘的了。

他們在當塗，一耽就是好幾天，當塗附近之采石磯，本盛產鐵，熊倜的倚天劍丟了，就在當塗選了口劍，倒也甚是鋒利。

他的武功，在江湖上，雖說不上是天下第一，也算是頂兒尖了，本不需用劍，但夏芸強著他，定要他買一柄。

她又在當塗的馬市裡，替熊倜選了匹馬，配上鮮明的鞍子，雖非良駒，但看上去也蠻神駿的，這樣一來，熊倜竟像是出來遊歷的富家公子了，熊倜心中暗自好笑，這幾個月來，他的身分變得是多快呀，像演戲一樣，其實人生，不也就是演戲嗎！

他們從當塗，到蕪湖，過魯港、荻港，到銅陵，一路上，人們不再以驚奇的眼光看著他們，而是以羨慕的神色，男的宛如凌風的玉樹，女的也是嬌美如花，再加上良駒輕裘，衣履鮮明，怎的不叫人羨煞。

他們的情感，也隨著時日，一天濃似一天，年輕的男女，在一起相處的日子久了，誰能控制著情感，他們雖尚未及亂，但心裡卻已情根深種了。

這一段日子，可說是熊倜有生以來，最幸福的了，他雖幼遭孤露，秦淮河畔，朱家姐妹對他雖然宛如親人，但他在那種情況之下，心情甚乏愉快，接著又是一連串困苦的日子，又有那麼多次挫折和打擊，現在，他才真的享受著人生。

冬天到了，春天也就快了，他們走得極慢，到湖北的時候，已是春天了。

路上枯禿的樹枝，漸漸抽出新芽，地上的，河裡的，冰雪也都溶化了，溶化了的冰雪，把路上弄成泥濘濘的，馬匹稍一奔馳，就會帶著一大把泥漿，所以他們走得更慢。

路上有些佩著劍的勁裝騎士，揚鞭而過，濺起一片泥水來，夏芸幾次要發脾氣，都被熊倜止住了，她還以為熊倜膽小怕事，也一笑罷了，只說：「要不是你，我早就對他們不客氣了。」

湖北本為古雲夢驛舊跡，湖泊極多，這也是塞外所沒有的，夏芸一路上指指點點，高興得很，春天，他們的心裡也染上了春的氣息了。

走過鄂城的時候，他們看到一隊鏢車，鏢頭是個中年的胖子，騎在馬上，顧盼自雄，倒也神氣得很，鏢車很多，看樣子保的是一趟重鏢，但鏢局裡的連鏢頭，帶伙計，一個個樣子都輕鬆得很，像是明知不會有人來奪鏢的樣子。

熊倜斜眼望著那鏢頭，只見他目光鬆散，身上的肉，也胖得發鬆了，心想：「此人就是有武功，也好不到哪裡去，鏢行裡怎會要他來保這趟重鏢，難道湖北武林中，沒有能人嗎？」

那鏢隊和熊倜及夏芸，同宿在一個客棧裡，晚上，鏢伙們一個個放懷痛飲，又賭又鬧，那鏢頭也不去管，熊倜更是奇怪。

那夏芸見了鏢隊，卻高興得很，跟熊倜說：「你看，替人保鏢也挺好玩的，還可以乘此到各處去遊玩，可惜我是個女的，鏢局裡又沒有女鏢頭，不然，我也要去保鏢了。」

她望了熊倜一眼，又說：「我爹爹說當年他也是保鏢的呢。」

熊倜心裡正在想著心事，聞言淡淡地應了一聲，也沒有在意。

吃完了飯，夏芸拖著熊倜到店門口去，看那插在門口的鏢旗。

只見那鏢旗繡得甚是粗劣，品質也不好，上面有「武威」兩個大字，旁邊繡著九把小劍，每把的頭尾，都連在一起。

熊倜心想：「這鏢旗比起鎮遠的也差多了，不知道這又是哪個鏢行，居然敢接這樣的重鏢。」

那鏢局有個伙計站在門口，看見有人在注意著鏢旗，再一看只是兩個年輕男女，樣子又文氣得很，膽子立刻就大了起來，大模大樣地，走了過來，大聲叫喝道：「喂，你們看什麼？」

夏芸說：「看看有什麼關係？」

那鏢伙說：「什麼東西都可以看，就是這鏢旗，卻隨便看不得。」熊倜也知道，鏢行對自己的鏢旗，看得最重，有人來觀望，本是犯忌的，聞言也不怪那鏢伙，正想走開也就算了。

夏芸卻生氣道：「我偏非看不可！」

那鏢伙粗吆了一聲，說：「看不出你這個小妞兒，氣倒是滿壯的，我勸你乘早跟你的老公跑走，不然大爺一生氣，把你們兩個娃娃都打扁了。」

夏芸氣往上撞，正要變臉，熊倜一想，在鬧市之中，何必為了小事，跟這等人鬧氣，硬拉著夏芸，往裡面走了。

夏芸低聲氣道：「你不要拉我，我一定要教訓教訓那傢伙。」

熊倜勸道：「算了，算了，我們又何必跟那種人一般見識。」

夏芸道：「那鏢伙真是可恨極了，想不到鏢局裡的人，這樣不是玩意兒。」

這時那胖子鏢頭正好走出來，剛好聽到了夏芸的話，他看了兩人一眼，見是兩個衣履華美的少年，但他畢竟久走江湖，眼光厲害，見這兩青年雖然文秀，但卻帶著一股英氣，尤其男的更是神氣內蘊，雙目帶采，兩太陽穴高高鼓起，顯見是內功已有極厚根底，若然被鏢伙無心得罪了，總是不好。

於是他笑嘻嘻的走過去，拱手說道：「兩位請了，不知道敝鏢行的哪個蠢才，惹了兩位的氣，在下一定要好好告誡告誡他們。」

熊倜見他甚是客氣，也說道：「沒有什麼，只是一點小事罷了。」

夏芸卻搶著說：「你們鏢行的伙計怎麼那麼凶，人家看看鏢旗都不行。」

那胖子鏢頭笑呵呵地說：「這倒要怪我了，只因那鏢旗是武當山上傳下來的，敝鏢局就仗著那鏢旗，行走各省都沒有出過事兒，所以在下才叫鏢伙們特別守著那旗子。」

他哈哈笑了聲，說：「不過我沒想到那鏢伙怎地不懂事，像兩位這樣的人物，不要說看上兩眼，就是要將鏢旗拿去，我史老三也只有拱手奉送的。」

夏芸一聽這人講話客氣得很，她不知道他話中也帶刺的，反而氣平了。

熊倜一聽這鏢旗是武當山上的，便留了意，說道：「不知原來貴鏢頭是武當山上的，不知閣下與武當四子是怎個稱呼？」

那史胖子還是滿面帶笑，說道：「在下哪裡高攀得上四儀劍客，只不過敝鏢局的總鏢頭九宮連環劍王錫九，是武當四子的小師弟罷了。」

熊倜噢了一聲，心想怪不得我看這鏢隊人人都很自在，絲毫不怕有人奪鏢，原來卻是仗著武當四子做他們的靠山。

熊倜說：「原來貴鏢局的總鏢頭乃武當四子的師弟，小弟與武當四位道長也是素識，日後還請替小弟向貴總鏢頭問好。」

史胖子呵呵笑道：「這樣說來大家原都是一家人了，不知兄台高姓大名，還望見告。」

熊倜說：「在下熊倜。」

史胖子眼睛立刻瞪得老大，說：「我史老三總算眼睛沒瞎，看出閣下是個高人，可是不瞞你說，我可沒看出閣下竟是近月來武林轟傳的江湖三秀之一，熊倜熊大俠。」

熊倜聽了一愣，心想自己怎麼成了江湖三秀了，忙說：「小弟怎麼名列江湖三秀了，這個連小弟自己卻未聽到過。」

史胖子笑道：「這個倒奇怪了，江湖中人，誰沒有聽到過：武林群豪，代有新人，江湖三秀，秀出群倫。」

又說道：「『武林得異才，各各俱有奇，一異並雙絕，三秀加四儀。』閣下在武林中，已是大大有名的人物，小弟如何不知道。」

夏芸側臉狠狠地瞪了熊倜一眼，問道：「這些都是些什麼人呀？」

史胖子如數家珍地說道：「這些人都是近年來在武林中赫赫一時的人物，『一異』就是天陰教主焦異行夫婦，『雙絕』是峨嵋的孤峰一劍邊浩和江蘇虎丘的出塵劍客，飛靈堡主東方靈……」

夏芸冷笑了一聲，說道：「那個什麼孤峰一劍我倒領教過，也未見得如何出色。」

史胖子愣了一下，接著說：「三秀就是兩河綠林道的總瓢把子鐵膽尚未明，天陰教下的護法黑衣摩勒、白衣龍女，和這位熊大俠，四儀就是我們武當山的四儀劍客了。」

史胖子說得口沫橫飛，有聲有色，又說道：「這些位不但武功高強，而且年紀也輕，都是些了不起的人物呀，哈哈。」

夏芸卻冷笑地說：「我看也不見得，據我所知，就有許多人比他們強得多。」

原來她好勝心極重，一聽這裡面竟沒有她的名字，生起氣來了。

熊倜和她相處這麼久，心意已通，聞言已知她的心意，便點頭說：「比如說近年白山黑水間，出了個女俠，雪地飄風夏芸，武功就出色得很，不說比別人，比我熊倜就強得多。」

史胖子奇道：「真的嗎，這個我倒不知道，不過我想這些都是傳說，不足為信的，想那雪地飄風即使有些武功，卻怎比得了熊大俠，飛靈堡一會，江湖群豪都說熊大俠武功蓋世，閣下也不必太謙虛了。」

夏芸哼了一聲，也不理他們兩人，一扭面，走進去了。

史胖子察言觀色，也猜著了，說道：「難道這位便是雪地飄風嗎？」

熊倜笑著點了點頭，說道：「小弟還有些事情，少陪了。」

史胖子朝他做了個鬼臉，笑說道：「當然，當然，敝鏢局就設在武昌，小弟這次保著一批鹽款到江南，日後有緣，還望能一睹風采，敝局的王總鏢頭，對閣下也仰慕得很。」

熊倜一拱手，也連忙跟著夏芸走進房去，他知道夏芸一定生氣了。果然夏芸知道他進了房間，掉過頭去，也不理他，熊倜便拚命地咳嗽。夏芸忍不住，噗嗤笑了出來，說：「你咳什麼嗽，再咳我也不理你。」隨又生氣道：「像你這樣大英雄，理我幹什麼，喂，我說熊大英雄，你可真是真人不露相呀，要不是那胖子一恭維，到今天我還在鼓裡呢。」說著小嘴一嘟，又掉過頭去。

熊倜暗笑思道：「真被我猜中了，她真是小孩子脾氣。」他走過去，用手撫著夏芸的肩膀，說道：「你聽那胖子的瞎恭維我幹什麼，其實我的武功比起你來，真差得遠呢。」

夏芸肩膀搖了一搖，說：「你別騙我，下次我再也不受你的騙了。」

熊倜笑道：「我真的不騙你，你看連孤峰一劍都怕你，我更不行啦，你也別生氣，你在江南武林中又沒露過臉，也難怪史胖子他們不知道你，要是他們看到你的武功，我擔保他們更要佩服得不得了。」

夏芸高興地說：「真的嗎？」

熊倜笑著說：「當然啦。」

夏芸又不好意思起來，說：「其實我也不是氣他們，我只恨你，明明有一身好武功，還騙我，裝出一副書生樣子。」

熊倜笑著說：「我又沒有跟你說過我不會武功，是你自己說我不行的呀。」

夏芸想了一想，埋頭到桌子上，說：「我睏死了，只想睡，你回房去吧。」

熊倜說：「你不怪我啦。」

夏芸哼了一聲，伏在桌上，也不再說話了，熊倜當她真要睡了，也回到房裡睡了。

第二天早上，史胖子一早就氣呼呼地跑到熊倜的房裡來，熊倜見他這麼冷的天氣，額上的汗珠卻一顆顆往下直掉。

史胖子一進門，就說：「熊兄千萬救我一救，敝鏢局的九宮連環旗，昨夜竟被人拔了去，這事關係太大，小弟實在擔當不起。」

熊倜也驚道：「真的嗎？」

史胖子說：「熊兄別開玩笑了，熊兄若不知道，還有誰人知道？」

熊倜一聽，沉下臉來說道：「史兄這話卻怎的講法？」

史胖子從懷裡拿出張紙條來，熊倜接過一看，只見上面寫道：

「要找鏢旗，去問熊倜。」

字跡清秀得很，熊倜沉吟了半晌，說道：「這鏢旗的事，我是實在不知道，不過我想，大約是我那朋友夏姑娘一時氣憤之下，才去拿的，史兄請放心，你我一起去她房裡，史兄只要稍為恭維她兩句，我擔保鏢旗一定拿得回來。」

史胖子伸手拭去額上的汗，連聲說：「這可真嚇死我了。」

兩人走到夏芸房裡，只見夏芸正對著鏡子在理頭髮，看見兩人進來，理也不理，熊倜朝史胖子做了個眼色，史胖子點了點頭。

他走到夏芸身旁，一揖到地，說：「昨天史某人該死，不知道姑娘是位高人，言談中無意得罪了，還請姑娘莫怪。」

夏芸眼角也不飄一下，冷著臉說：「哼，史大鏢頭，這可不敢當，一大清早跑到我房裡來，又是作揖，又是賠罪，幹什麼呀。」

史胖子說：「不知者不罪，還請姑娘高抬貴手，把那鏢旗還給我們，不但我史胖子感激不盡，就連我們王總鏢頭也會親來道謝的。」

夏芸故意噢了一聲，若無其事的說：「原來你說那旗子呀，昨天我還沒看清楚，就被貴鏢局的伙計教訓了一頓，晚上我就到你那兒去，想借來看看，哪知道你們全睡得熟得很，我只好自己拿回來了，看了半天，實在喜歡得很，真不想還給你們，不過史大鏢頭既然親自來了，我也不得不賣個面子。」

她頓了一頓，史胖子連忙說：「那真太好了，我先謝謝姑娘。」

但熊倜也是個倔強的脾氣，他跑出夏芸的房裡，本想一走了之，但他到底是個情種，對夏芸仍是放心不下，又怕那九宮連環劍王錫九來時，夏芸抵擋不住，一定要吃大虧。

他悶坐在房裡，想了許久，忽地房門一動，他還以為是夏芸來了，喜得趕快跑去開門，哪知進來的，卻是史胖子。

史胖子朝熊倜說：「令友夏姑娘這樣做，實在太任性了，她不知道鏢旗被拔，乃是鏢局的奇恥大辱，尤其是這九宮連環旗乃是當年武當掌門玄化真人未出家前的憑信，此後代代相傳，武林中都恭敬得很，此番生出這樣的事來，後果實是嚴重得很，小弟也無法處理，只得遣人飛馬回報敝鏢行的王總鏢頭去了，小弟只希望熊兄能夠不要插足此事，不然日後熊兄見了武當四子，也定必不好相見。」

熊倜沉吟了半晌，歎氣說：「她既然這樣，我也管不得了，只是她實是小孩脾氣，還望史兄能看在小弟的薄面，轉告王總鏢頭，凡事都請高抬貴手，不要太給她難看。」

史胖子說：「這樣當然，王總鏢頭大約日內就能趕到了，他對熊兄也是仰慕得很，你們兩位都是了不起的人物，我倒希望日後能多親近，親近，只要夏姑娘不認真，我想凡事都好商量。」

他停了停又皺眉道：「不過萬一這事被武當山的人知道了，那些道爺雖是出家人，但一個個性如烈火，對那鏢旗更是恭敬得很，若是知道鏢旗被盜，一定不肯善罷甘休的。」

熊倜道：「這個只有到時候再算了。」

這天晚上，武威鏢局的總鏢頭還沒有趕來，熊倜在房裡轉來轉去，幾次想跑到夏芸房裡去，勸她拿出鏢旗，然後兩人言歸於好，但幾次都被他男子的自尊所阻止了，雖然想做，而沒有做。

夏芸也是如此，他們兩人在房中各有心事，心裡都被對方的影子，整個盤踞了，對即將發生的後果，反而不去想了。

時約三更，客棧裡的人都睡了，客棧外忽有八騎急馳而來，每匹馬都跑得口角白沫橫飛，想是馬主因有急事趕路，也顧不得牲口了。

馬到客棧便倏地停住，其中一人說道：「便是這家了。」

另一人說道：「客棧裡燈火俱無，想必都睡了，老趙，你去敲門吧。」

又有一個女子說道：「還敲什麼門，大家一起越牆而入好了。」

那人便道：「這樣也好，反正小弟現在心急得很，也顧不得這些了，老趙，你在這裡看守著牲口，我們走吧。」

原來熊倜這夜也沒睡，王錫九等人在房上盤旋之際，雖然絕無腳步之聲，但熊倜聽覺異於常人，他們衣袂帶風之聲，已被熊倜聽見，而且還聽出不止一人，並還俱是武林中極佳的身手。

熊倜心裡：「這幾人的輕功，都已登堂入室，想這鄂城小小的地方，怎會有許多好手，一定是武威鏢局的總鏢頭帶人來了。」

於是他也穿上衣服，果然，史胖子沉重的腳步聲便走來了，熊倜推門而出，說道：「是貴鏢局的王總鏢頭了嗎，怎麼還有別人呢？」

史胖子心忖：「這熊倜果然厲害，竟已知道了。」便說：「除了王總鏢頭之外，還有武當四子，和出塵劍客東方靈兄妹，果然不出我所料，此事鬧得大了，只怕不可收拾呢。」

熊倜聽說東方靈兄妹來了，也吃了一驚，他心想：「這麼卻難辦了，我若管這事也不好，不管，又怎放心得下夏芸。」

他們這裡的說話之聲，和史胖子沉重的腳步聲，卻也被房中的夏芸聽到，她本未脫衣就寢，此時走了出來，眼角朝熊倜一瞪，衝史胖子冷冷地說：「王總鏢頭，來得倒真快呀。」

熊倜走上一步，剛想說話，夏芸又說道：「聽說還有別人同來，那樣更好，反正不論多少人，我總一個人接住便是了。」

史胖子說道：「夏姑娘真是快人快語，那麼就請姑娘跟著我來吧。」

夏芸望也不望熊倜一眼，跟著史胖子便走，其實她是多麼希望熊倜能跟著她，保護著她，她倒不是懼怕，只是渴望著那一份溫暖的力量罷了。

但是她回頭一望，熊倜並沒有跟來，她強忍住眼淚，想道：「好，這樣也好，他不來就算了，以後我永遠不要見他了。」

走到院中，王錫九及東方兄妹，武當四子已站在院中，王錫九一見史胖子帶著一個女子同來，就知是正主兒到了，越前幾步，朗聲說道：「在下便是武威鏢局的王錫九，姑娘想必是雪地飄風了，只是敝鏢局和姑娘井水不犯河水，不知姑娘為何拔了敝鏢局的鏢旗，還請姑娘指教。」

夏芸一看竟有那麼多人站在院中，心裡一橫，說道：「什麼也不為，我就是看不順眼，想領教領教你的武當劍法。」

院中諸人，聞言俱都大怒，心想這姑娘怎地不講理，武當四子裡，凌雲子年紀最輕，才三十出頭，脾氣也最躁，輕飄飄一閃身，已掠在王錫九前面，冷笑道：「原來你是想見識我們的武當劍法，那容易得很，只管動手便是了。」

夏芸冷冷地說道：「你是什麼人，姑娘找的可不是你，你要動手，也容易得很，不過要等我先領教了姓王的高招，再來收拾你。」

章吧。」

夏芸更不答話，伸手向身邊掛著的袋子一摸，摸出一團銀色的圓球，她隨手一抖，竟是條極長的銀鞭，原來她是個女孩子，人又愛美，軟兵刃不便纏在腰上，便放在身旁的鏢袋裡。

王錫九見她兵器已亮出，便說道：「快動手吧，看你是個姑娘，先讓你三招。」

夏芸嬌喝道：「誰要你讓，你若不動手，我也不動手。」

王錫九喝一聲：「那麼小心了。」長劍一抖，挽起斗大個劍花，劍勢忽地一偏，斜斜地刺向夏芸的左肩，這招是武當劍法裡，最基本的一式，劍式本應直點前胸，王錫九到底是正派出身，怎能向女孩子前胸點去，故此稍稍一偏，刺向左肩。

夏芸微一傾身，掌中的銀鞭，宛若靈蛇反噬，倏地活了起來，鞭頭一拋一點，一招「龍捲風飛」連消帶打，帶起一法銀芒，直找王錫九的鎖腰穴，竟是「狂飈鞭法」裡的絕招。

王錫九咦了一聲，喝道：「你是寶馬神鞭薩天驥的什麼人？」

夏芸道：「誰認識薩天驥呀。」

王錫九口中說話，手裡不閑著，劍式一吞一吐，隨即使出武當山的鎮山劍法「九宮連環八十一式」，只見劍光如虹，招招俱是連消帶打的妙著。

夏芸手底也自不弱，長鞭風聲虎虎，直如同狂飈龍卷，聲勢驚人。

兵經所云，兵刃中劍雖為百兵之祖，但武林中人動招過手，講的是「一寸長，一寸強。」王錫九碰著這種外門兵器，便吃虧在兵器太短，常遇險招，只得全神貫注，憑著精妙的招式，以及豐富的經驗，來補其不足，才不致吃虧。

兩人身形都極快，幌眼便已走了二十餘個照面，王錫九心裡不禁急躁道：「怎地這女子如此了得，我成名江湖多年，今夜若不能勝得這無名的小姑娘，豈不要被人笑死。」

他心神一分，便落敗象，夏芸一連幾下絕招，逼得王錫九步步後退，她得理不讓人，輕嘯一聲，「海拔山搖」、「雲湧如山」，鞭影漫天，帶著遍地耀眼的光芒，直取王錫九。

王錫九連遇險招，逼不得已，劍式一挺，想從鞭影中欺身進去，夏芸冷笑一聲，手腕一用力，長鞭回帶，平掃頭頂，王錫九退步仰身，饒是這樣，右耳仍被鞭梢帶著一點，火辣辣的生痛。

夏芸長鞭一收，冷笑說道：「武當的劍法，我也領教了，也不過如此。」她又自身旁袋中，掏出一物，卻是那「九宮連環旗」，她隨手拋在地上，說：「這玩意你們拿去，我才不要呢。」

王錫九滿臉通紅，羞愧地站在那兒，東方靈心中暗自吃驚，想不到這女子竟勝得了在鄂中久負盛名的王錫九。

武當四子亦是又驚又怒，凌雲子閃身出來，說道：「姑娘端的好鞭法，只是武當派的劍法，要看在誰手中使，若在貧道的手上，二十招內，我若不叫姑娘認輸，我就跪下磕頭。」

原來凌雲子天份極高，武當諸子裡，以他的劍法最是厲害，再加上他剛才在旁邊留心夏芸的鞭法，覺得雄厚有餘，細膩卻不足，看上去聲勢甚是驚人，但破綻仍多，而且夏芸內力不足，更是使用這種鞭法的大忌，所以他才說二十招裡叫夏芸落敗。

夏芸聽了，心裡卻不服氣，冷笑：「打車輪戰不要找藉口，要上就上吧。」

凌雲子說：「我是教訓教訓你，讓你知道人外有人，不要賣狂。」

夏芸喝道：「你少囉嗦。」長鞭原式而起，又是一招「雲如山湧」。

凌雲子側身一欺，左手伸指如戟，直點夏芸的「肩井穴」，右手反撤長劍。

他避招、側身、進擊、撤劍，幾乎是同一動作，乾淨俐落，漂亮已極。

東方靈在旁暗暗喝采，心想這凌雲子果然名不虛傳，身法實是驚人。

凌雲子鶴衣玄冠，衣襟飄飄，長劍隨意揮出，瀟瀟灑灑，頎長的身形圍著夏芸直轉，夏芸的長鞭攻遠不攻近，竟使不出招來，威力大大地減弱了。

夏芸的武功，本也是一等一的身手，但此刻被凌雲子一招制先，只覺得縛手縛腳，她心裡暗自吃驚，想道：「怎地同一劍法，到了他手裡，卻是如此不同，只怕二十招裡，真要落敗了。」

她極快地挪動著身子，想挽出凌雲子的圈子，幌眼十幾招過去，她想道：「只要我二十招裡不落敗，便算勝了，想他有言在先，總不好意思還打下去吧。」

忽地凌雲子橫著一劍，劍身平著拍來，夏芸一愣，心想哪有這樣進招的，但仍然腳下變步，「倒踩七星」，往後猛退，哪知凌雲子如影附隨，長劍仍然橫在面前，她一急，鞭身回帶，左手變掌為抓，伸手想去奪劍，凌雲子厲喝一聲：「躺下。」忽地左手捏著劍尖，劍把當做劍尖，直點「筋麻穴」。

夏芸再也想不到他會施出這等怪招，避無可避，右脅一麻，長鞭噹地掉在地上，人也倒了下去。

這一剎那，她腦海裡想起許多事，她想自己真是求榮反辱，自己以為以自己武功已是少有敵手了，哪知二十招內就敗在別人手裡。

熊倜的話，又在她耳邊響了起來：「像你這樣的脾氣，早晚要吃大虧……」

她現在多想熊倜能在她身邊，保護著她，她覺得熊倜是她所唯一能依靠的人了。

凌雲子慢慢地將劍收回劍鞘裡，轉眼一望東方靈，東方靈也自含笑望著他。

東方瑛見夏芸負傷倒地，到底同是女子，物傷其類，而且她聽說夏芸和熊倜中間實無瓜葛，氣已消了大半，此時她走上前去，俯身問臥在地上的夏芸：「你傷的不要緊吧？」

夏芸淒惋地搖了搖頭，此時她又悲又憐，滿腔豪氣，走得無影無蹤。

凌雲子回頭向丹陽子問道：「這位姑娘應該怎麼發落？」

丹陽子道：「這個女子冒犯『九宮連環旗』，照理講該將她廢了。」

夏芸聽了，機伶伶打了一個冷戰，她此刻生死傷廢，都握在別人手裡。

丹陽子又接著說：「不過姑念她年幼無知，現又負了極重的內傷，權將她帶回武當山去，罰她在祖師神像前，當眾叩頭認錯。」

東方靈心中暗思道：「人言武當四子最是難纏，此事果真不虛，人家已經受了傷，還要帶人家到山上去磕頭。」

凌雲子見夏芸含淚仍然半臥在地上，心中也覺不忍，他火氣雖大，心腸卻軟，搖了搖頭，歎氣說道：「其實我也不願傷你，只是我那招『陽滅陰生』威力太大，對方越是閃避，越見威力，你不明其中訣要，便妄自閃避，故此受了內傷。」

夏芸只覺脅間陣陣作痛，掙扎著想爬起來，又渾身無力。

凌雲子又道：「你跟我們回武當山去，內傷也可速癒，不然普天之下，能醫得了這種撞穴之傷的人，恐怕甚少之又少。」

夏芸眼含痛淚，呻吟道：「我就是死了，也不跟你們一起去。」

東方瑛心裡看得難受，也幫著說：「各位就饒了她吧！」

丹陽子正色說道：「這等事關係著武當威名，貧道也作不得主，還得要回山去，請掌門師尊親自發落，不過我保證不會難為她就是了。」

東方瑛見他不答應，小嘴一嘟，氣得只管站到旁邊去了。

這時已近五鼓，曉色已起，眾人正想結束這件事，忽地眼前一花，一條鬼魅似的影子，輕飄飄地自眼前飛過，倏然而滅。

大家再一看，地上的夏芸卻已不知去向了，他們俱是武林中頂尖兒的腳色，此刻竟然當著他們面前，丟了個活人，各各心中俱是又驚又怒。

丹陽子乾咳了一聲，說道：「這人身法之快，我走遍江湖，實還未曾見過，只不知道此是何人，有這樣玄妙的身法，而又和武當為敵。」

東方瑛緊顰黛眉，說：「看他的身法影子，我想一定是熊倜。」

丹陽子低低地念了兩聲：「熊倜，熊倜……」

現在人家急得要死，你還要教訓人。」

哪知她一跺腳，屋簷上的積塵，落在仰著面的夏芸臉上，她下意識地唔了一聲。

這一聲把熊倜唔出一身冷汗，他知道這絕瞞不過東方兄妹的耳目。

果然，東方瑛急速地轉了個身，向東方靈說道：「好像他們還在這裡。」

東方靈何嘗不聽得更清楚，但卻因近日情感上的訓練，知道情之一字，最是不能勉強，即使追上熊倜，又何苦去破壞別人呢。

於是他一拉東方瑛的手臂，說道：「你真是有點過份緊張了，人家此刻怕不早已走得遠遠的，還會耽在這裡等你。」

說完微一作勢，拉著東方瑛飛身而去。

熊倜在下面鬆了一口氣，心裡暗中感激著東方靈，他當然瞭解這是東方靈暗助他，不然憑東方靈的耳目，還會聽不出這聲音。

夏芸卻忍不住說道：「這女子是誰呀，好像對你關心得很，剛才我就看出來了。」

熊倜笑了一笑，他暗忖道：「女子的心境真是奇怪得很，在這種情況下，居然還會吃醋。」但是他自然不敢將這意思說出來。

遠處已有雞啼，轉瞬天就亮了，熊倜不禁更是著急，他總不能抱著個受傷的女子，在大街上走呀，若是投店的話，一來怕武當四子查出，二來自己這樣，行跡也太是可疑，若是驚動了官面上的人，豈非更又惹些不必要的麻煩。

他想前思後，突然想起一處可以容身的地方來，他心中打算：「那葉家兄弟，行蹤雖是詭異，但卻是個義氣為先的好漢，他等有言在先，說如果有事需要幫助，可到各大城市的商鋪求助，只要取出那枚古錢，便可以得到幫助。」

他轉念又忖道：「但這城中商鋪如此之多，我又怎知哪一家與葉氏兄弟是有關的呢。」

於是他又茫然了，他四周打量街道，他不能在路上亂闖呀。

夏芸見他久不說話，悄悄地扭動了下腰，唔了一聲，說道：「喂，你在看什麼呀，我問你的話，你也不回答。」

熊倜說道：「我是在想我們該到何處去，我又想起我們在此處人地生疏，又要躲開武當四子的追蹤，想來想去，似乎只有那葉氏兄弟之處，可以得到幫忙，但此處商店如此多，我又怎麼去找呢？」

夏芸想了一下，說道：「他不是曾經給你一枚古錢為記嗎？」

熊倜說道：「是呀。」

夏芸又說道：「那天我在當塗那家衣鋪的店招上，就曾看到有一處古錢標記，何不在這條街上瞧瞧，說不定也有此標記。」

熊倜一想，到底是女孩子心思周密，於是他沿著街旁，極快地走了一遍，他目力精妙，更非普通武林中人可以想見的。

那少年乃是近日江湖中聲名甚大的後起之秀，掌法自亦不俗，但他「玄鳥劃沙」之後，跟著「手揮五弦」，「錯骨分筋」，三招俱被熊倜看似非常輕易地化解了去，再一看，熊倜手中竟還抱著一人，心中不禁激起好勝之心，雙掌一錯，猛一收勢。

熊倜見對方突地收勢，卻大出意料，那少年卻冷笑道：「這位朋友果真好身手，想不到卻會替滿人當奴才，真教我可惜。」

他雙目一瞪，眼中威稜四現，那似乎不是一個少年所能有的威稜，接著說道：「閣下此刻手中抱著一人，動身自是不便，就請閣下先將抱著的人放在一邊，我尚某人保證不損她一根毫毛，今天好朋友若不見個真章，要想活著回去是辦不到的了。」

熊倜眼力特佳，見此人目清神朗，說話光明磊落，而且口口聲聲將自己認做滿清爪牙，想必是個反清的志士，自己更不願和他動手，但在這種情況下，他又不願解釋。

他主意已定，決定先闖出此地再說，更不答話，右手緊抱著夏芸，左掌微揚，先天真氣，隨掌而出，準備硬闖出去。

那人怒叱道：「好朋友居然不買帳。」右掌一圈一發，居然硬接了熊倜一掌，隨即雙掌連發，「秋雨落楓」、「落英飄飛」，雙掌如漫天花雨，極快地向熊倜拍出數掌。

熊倜見他掌法特異，是他前所未見的精妙，竟似不是中土所傳的掌法，但他掌招雖是凌厲，但卻絕未拍向懷中的夏芸，不禁對此人更生出好感，但對攻來之掌，又不得不接，忙自凝神，施展出飄然老人苦研而成的無名掌法，和絕頂輕功，化解了這精妙的攻勢，只見人影飄忽，兩人已拆了十數招。

此刻天已現曙色，晨曦漸明，熊倜微一轉臉，對著身後的那人，那人突地一聲高呼，道，「呀，怎地是你，尚當家的快些住手，都是自己人。」

熊倜眼角微斜，見發話的正是那長江渡頭遇的怪賈葉老大，心知行藏已顯，自己在無意中窺見別人的隱秘，雖非有意但也不好意思，但事已至此，說不得只好當面解說了。

那動著手的少年聽到葉老大的叫聲，腳尖微點，身形倒縱出去，詫異地望著熊倜。

熊倜當然也自停手，但卻不知道該如何應付這場面，葉老大朗聲笑：「長江一別，閣下卻像完全換了一人，要不是在下還記得閣下的風姿，此刻真認不出來了。」他朗聲又是一笑，突又正容說道：「閣下夜深來訪，想必有事，先請下去說話。」

熊倜別無他法，便抱著夏芸縱下房去，他低頭一看夏芸，哪知他剛才這一番打鬥，夏芸竟又昏迷過去了，他心中自是著急。

此時，葉老大和那少年以及另外二人，也俱都下了房，葉老大右手微舉，肅客入屋，熊倜緩步走了進去，見屋中已空無一物，那四口箱子都不知收到何處去了，葉老二和葉老三卻端坐屋中，一見熊倜出來，俱都將手拱了拱，含笑招呼。

但熊倜總覺得他們的笑容裡有些敵意，心知人家也摸不清自己的來路，當然會懷疑自己的來意，那少年最後進門，並且隨手將門掩上。

屋中眾人，都眼怔怔地看著熊倜，和他懷中的夏芸。

葉老大走到桌旁，倒了一杯茶，送到熊倜面前，笑道：「寒夜客來茶作酒，兄台長夜奔波，想必甚是勞累，權飲一杯，再說來意吧。」

熊倜考慮了很久，才說道：「深夜打擾，實非得已，皆因敝友無意中得罪了武當四子，受了重傷，小弟又因故不能和武當四子朝相，是以必須尋一妥當之處，為敝友療傷，小弟在此人地生疏，突然想起貴兄弟義薄雲天，故此不嫌冒昧就闖來了。」

葉老大哦了一聲，便低著頭沉思起來，像是也在想著應付之策。

那姓尚的少年卻劍眉一揚，說道：「閣下既是有因來訪，何以卻鬼鬼祟祟地站在窗下探聽別人的隱秘，這點還請閣下解釋明白。」

熊倜委實答不出話來。

葉老大卻又笑道：「這位兄台許是無意的，只是兄台到底貴姓大名，貴友又怎會和名傳江湖的四儀劍客結下樑子呢？」

須知葉老大不但武功高深，而且足智多謀，處世經驗又極豐富，他知道熊倜身懷絕技，必是大有來頭之人，而且又曾幫過自己的忙，早就有意拉攏，為的也是想替自己的計畫收羅個好手，因此在長江渡頭，才有贈送古錢之舉。

是以他雖也認為熊倜之窺秘有些不妥，但只要熊倜所說是真，他就此乘機拉他入伙，反可省去不少麻煩。

熊倜一聽，葉老大所問之話，也知道他是在查問自己的來路，便坦然說道：「在下熊倜，敝友夏芸因為年輕氣盛，為了些須小事竟和武當派結下樑子，說來說去，還要請葉當家的多幫忙。」

葉老大一聽，哈哈笑道：「我早就知道閣下必非常人，果然我老眼不花，閣下竟是與『雙絕』、『四儀』齊名的熊倜，近來閣下的種種傳說，在下聽得多了，說老實話，我再也沒有想到長江渡頭的少年丐者，竟會是『三秀並四儀』的三秀，哈，哈。」說著，又是一陣得意地大笑。

葉老二，葉老三也面露喜色，葉老二突然問道：「貴友夏芸，可就是傳說中近年揚名白山黑水間的女俠，落日馬場場主的愛女，雪地飄風夏女俠嗎？若果真是她，那我弟兄這小小的地方，一夜之中，竟來了三位高人，真是我弟兄的一大快事了。」

葉老大微一拍掌，笑道：「我自顧高興，竟忘了替你們幾位引見了。」

他用手指著那兩位也是商賈模樣的中年人說道：「這兩位是我的生死之交，馬麟、馬驥兄弟，不怕熊兄見笑，我兄弟幾人都不過是江湖的無名小卒罷了。」他又用手指著那少年說道：「喏，這位卻也是江湖中大名鼎鼎的人物，武林中提起鐵膽尚未明來，也說得上人人皆知了，你們兩位少年英傑，倒真要多親近親近。」他說話總是帶著三分笑容，令人不期而生一種親切之感，這也許就是他能創立大業的地方吧。

鐵膽尚未明笑道：「葉老大又往我臉上貼金了，倒是熊倜兄真是我素所仰慕的人物，小弟適才多有得罪，還要請熊兄恕罪呢。」

熊倜一聽，恍然想起常聽人說近年兩河綠林道出了個大大的豪傑，初出江湖，便成為兩河綠林道的總瓢把子，卻也是個如此英俊的少年英雄，不由生出惺惺相惜之心，走上前去握著他的手道：「尚兄千萬不要客氣，方才都是小弟的不是，小弟正要請尚兄恕罪呢，你我一見如故，以後還請不要見外才好。」

他這一上去握著尚未明的手，興奮之下，卻忘記懷中尚抱著夏芸，是以夏芸便剛好阻在兩人中間，一眼望去，好像兩人都在抱著夏芸似的。

葉老二便笑道：「熊兄不要客套了。還是先將貴友安置好，你我弟兄再談也不遲。」

熊倜也發覺這尷尬的情形，若是以往，他必然會很窘，但他自從孤身流浪了一段時日之後，對人對事的看法，都不像以前那樣的拘謹。

他朗然笑道：「小弟驟然之間，交到許多好朋友，未免喜極忘形了。」他低頭看著夏芸，臉色愈發壞了，不禁又雙眉皺了起來，說道：「敝友的傷勢非輕，她是被武當四子中的凌雲子內力所傷，恐怕一時還很難復原呢，還請葉當家的找間靜室，以後恐怕要麻煩葉當家的一段時候了。」

葉老大忙說道：「你我今後就是自己弟兄了，還說什麼麻煩不麻煩，我這裡雖然是位於鬧市，但後院卻清靜得很，此間絕不會有人進來的，夏女俠要養傷，再好也沒有了。」

他側臉向葉老二說：「你把朝南的那間書房拾收一下，夏女俠就暫時住在那裡好了，書房的那間房間，就暫時委屈熊兄一下，正好照應夏女俠。」葉老二應聲去了。

熊倜見自己和人家不過萍水相逢而已，人家卻這樣幫忙，不由暗中感激著葉家兄弟。

片刻，葉老二就回來了，帶著熊倜走到裡面，穿過走廊，便到了那間書房。

熊倜見那書房是相鄰的兩間房子，一大一小，和那房間的中間隔著一條走廊，而且房中佈置得雅致大方，哪裡像商賈之家，兩間房裡卻準備好了兩張臥床，心裡不禁更是感激。

葉老二到了書房後說道：「你我自己兄弟，也不要再客氣了，需要什麼，等會我叫一個小童站在門口，你就對他說好了，熊兄此刻先看看夏女俠的傷勢，然後再到前面來談談。」

熊倜應了，葉老二走出去後，他便將夏芸放到床上，但傷在內腑，勢必要解開衣裳才能看出傷勢，熊倜躊躇了一會，斷然想道：「我真是的，在這種情形下，還避什麼嫌疑，反正我今後除了芸妹之外，是不會再娶的了。」

於是他再不猶疑地解開夏芸的衣襟，一種處女溫馨的香氣，使得熊倜心中一蕩，解衣的手竟停住了，呆呆地望著夏芸的臉。

哪知夏芸此刻正也甦醒了，突然發覺衣襟已被熊倜解開，輕輕嗯了一聲，蒼白的面容上泛起桃花般的紅色，不依道：「你壞死了，我不來了。」但她此心已屬熊倜，說是說，可也並不抗拒。

熊倜心中又是一蕩，忙強自收攝著，溫柔地說道：「我們現在已經找到了安靜的地方，你別動，我替你看看傷勢。」

夏芸閉上了眼睛，臉上的嬌紅更甚了，她只覺衣襟一層層的解開，她知道除了自己再沒有別人看到的地方，現在卻被熊倜看見了，於是她眼睛閉得更緊，心裡怦然跳動著一種難以形容的感覺，使得她甚至連傷處的痛苦都遺忘了。

熊倜強自按制著內心的那種和夏芸同樣的感覺，看了看那已經由紫變黑的傷勢，除了那傷處之外，他竟不敢向旁邊看一眼。

然後他功聚掌心，在夏芸的「氣海」、「乳泉」、「玄璣」、「氣俞」等穴拍了一下，趕緊掩好夏芸的衣襟，只覺掌中的溫馨，久久不散。

他低低地叫了聲：「芸妹。」

夏芸睜開眼睛，看見熊倜正自深情地望著她，嬌羞地一笑，又合上了眼。

熊倜情不自禁，俯身吻了吻她的眼簾，說道：「我已經替你通了氣穴，只要安心修養幾天，再吃些藥，就不妨事了。」

夏芸點了點頭，更不肯睜開眼來。

熊倜開心地一笑，說道：「你在這裡躺一會，我到前面去跟他們聊聊。」

夏芸突地睜開眼睛，說道：「你到哪兒去呀，去跟誰聊呀？」

熊倜笑道：「那些都是我的好朋友，我以後會告訴你。」

說完，他便走到前房，看見葉家兄弟以及馬氏兄弟，尚未明等人，正圍坐在一張八仙桌子四周，他走到前面，又是一驚，那張很大的八仙桌子上，竟密密滿滿地放了一桌子人頭。

天色早已大亮，初升的陽光從窗子裡照進來，照在那些人頭上，更顯得特別地猙獰可怖，使得熊倜竟不敢再往前走了。

葉老大看見熊倜的神色，哈哈大笑道：「今日你我弟兄歡聚，實應痛飲三杯。」他一舉右手，手中竟拿著滿滿地一巨杯酒，又說道：「來來來，這些亂臣賊子的頭顱，不正是你我的大好下酒之物，老三，快替熊兄弟也斟滿一杯。」

熊倜也發覺自己的不安，心想在這些豪傑之前，怎能做出這等形態，看葉家兄弟和尚未明的行事，這些頭顱必屬該殺之人。

於是他搶步過去，接過葉老三遞來的巨觥，仰頭一飲而乾，朗聲笑道：「古人賞名花而飲醇酒，哪及得上我們賞頭顱而飲烈酒，來來，葉兄再給我一杯，小弟酒量雖淺，今日也要喝個痛快。」

尚未明鼓掌笑道：「熊兄果然是個真正的英豪之士，我尚未明得友如此，夫復何憾，今日你我同飲此酒，他日必定生死共之。」

葉老大猛地將手中酒杯砰然朝桌上一放，說道：「你們兩位俱是武林中數一數二的少年英雄，難得是又都意志相投，依我之意，何不就此拜為兄弟，那我們今日之會就更是大大的快事了。」

熊倜首先同意，尚未明自也贊成，兩人一敘年齡，熊倜比尚未明大了一歲，兩人也沒有什麼香燭，即席就結成兄弟了。

冥冥中對每一件事，似乎都早有安排，熊倜和尚未明的結義，更像是天地間的主宰早已安排好了的，這是後話，表過不提。

於是大家更是歡聚痛飲，熊倜也忘了桌上的這些頭顱。

喝了一會，葉老大突然問熊倜道：「熊兄弟，你我雖然相知不深，你甚至連我弟兄叫什麼名字都不知道，但你我一見投緣，我葉某雖然不才，卻看得出兄弟你，是個了不起的人物。」

他將杯中的酒一飲而盡，說道：「不瞞你說，我弟兄哪裡是什麼商人，其實這點不用我說，你也早知道了，我兄弟眼看著滿奴一天比一天更甚地欺凌著我們炎黃子孫，但反清復明的英俠，卻一天少似一天，就連當日名傾朝野的江南八俠，現在都已風消雲散了，除了聽說江南大俠甘鳳池，和呂四娘等三數人尚在人間外，其餘的怕都已遭了毒手。」

他一拍桌子，豪氣干雲地說道：「我弟兄雖然不成材，卻見不得異族的猖獗，雖然表面上是生意人，不過是掩護我們身分的幌子罷了，我弟兄處思積慮，十數年，在大江南北，兩河兩岸也結交了不少志同道合的好漢，當然我也知道，憑我等三、五萬人，要想推翻滿清偌大的基業，是萬不可能，但我等總不讓那些奴才過得稱心就是了。」

他一指桌上的人頭，說道：「這些人頭，不是剝削良民的滿奴，便是全無氣節的漢奸，這些人雖然殺之不完，但我們能殺一個，就殺一個，這些金錢，是他們取之於民的，我們就要用之於民，熊兄弟，你如此一身絕藝，總不能就此湮沒吧，不做些頂天立地的事，豈不是枉沒一生。」

他站起來向熊倜深深一揖，說道：「你若有志於此，你我兄弟不妨一齊做一番轟轟烈烈的事業，我葉老大感激不盡。」

這番話將熊倜說得血脈賁張，雄志豪飛，連忙一把拉住葉老大的臂膀，說道：「大哥，從今日起，我熊倜就是大哥手下的弟兄，大哥有用得著我的地方，我熊倜萬死不辭。」

正是「酒逢知己千杯少」，他們愈談愈歡，葉老大收起人頭，換上酒菜，諸人豪氣逸飛，天南地北，無所不談。

熊倜第一次交結到真正的意志相投的朋友，多日鬱積在心中的心事，都一一發洩了出來，談及自己的身世，眾人都唏噓不已。

尚未明連乾了幾杯酒，歎道：「說起來，我的身世比大哥更慘。」

葉老大說道：「尚老弟的身世，到今日在武林中還是個謎，今天我們初逢知己，尚老弟又結了個異姓骨肉，總該將身世說給我們聽聽吧。」

尚未明咕地又乾了一杯酒，說道：「其實連我自己也不知道自己的身世，我只知道在我極幼的時候，就被人從家中帶了出來，不知怎的，卻又把我拋在一個荒林裡，後來我才聽先師說那地方叫小紅門村，是北平城郊的一個荒林。」

「先師本是西域的一個遊方僧人，那天湊巧在小紅門村的紅門寺掛單，聽到有小孩的哭聲，見我孤身一人，就將我收留了。」

「先師將他一身絕藝，都傳給了我，卻始終不許落髮為他的弟子，先師總說我身世不凡，但是究竟如何，卻又不肯告訴我，只叫我好好練功夫，將來總有水落石出的一天。」

說至此時，他雙目中黯然竟有淚光，一舉杯，又乾了一杯酒。

座中眾人俱都凝神聽他繼續說道：「可是沒等到那一天，先師就死了。臨死的時候告訴我，要我終生為反清效命。」

「於是我就用先師替我起的名字，闖蕩江湖，哪知機緣湊巧，初出道便做了兩河綠林的總瓢把子，我雖不願置身綠林，但心中卻記著先師的遺命，想將兩河的豪傑聚集成一反清的力量。」

「可是到現在為止，我連自己的親生父母都不知道。大哥，你說我的身世還不慘嗎？」

他這番話，直說得滿座俱都黯然，尤其是身世相同的熊倜，聽了更是難受。

葉老大猛地擊缶高歌道：「莫等閒，白了少年頭，空悲切。」

歌聲歇處，葉老大舉杯高聲道：「好男兒該胸懷大志，熊兄弟，尚兄弟，你們怎麼也效起兒女態來了，該罰一杯。」

熊倜，尚未明將面前的酒一飲而盡，葉老大朗聲笑道：「這才對了，今朝有酒且醉，好男兒該拿著滿奴的頭顱當酒器，以後再也不許空自感懷身世。」

第十三回 驚起見神魔，且驚卻悟奇技 錯會在朱履，就錯反得神兵

這一頓酒直由清晨，吃到傍晚，尚未明早已玉山頹倒，熊倜也是昏然欲睡了。

他然後走回書房，夏芸正嘟著嘴在等他，一看見他便嬌嗔道：「你看你，喝成這個樣子，把我丟在這兒也不管。」

熊倜此刻腦中已是不清，只管笑著。

夏芸又嗔道：「快去睡吧，你瞧你這樣子，我看著都生氣。」

熊倜連聲說著：「好，好。」走到自己房中，帶上房門，便睡去了。

他這一覺，睡得極沉，睡夢中忽地有人吧、吧打了自己幾個耳光，睜開眼來，迷茫中看到有一條人影站在床前。

總知練武之人，睡覺最是靈敏，何況熊倜身懷絕技，縱然再醉，也不致於有人到

他床前打他耳光，他都不知道，熊倜頓覺渾身的根根汗毛，都寒慄起來，驚得腹中之酒都化作了冷汗。

那人見熊倜醒來，冷冷地哼了一聲，回轉身去，說道：「混蛋，還不跟我來。」說著身形一閃，便由窗中飄了出去。

熊倜本是連衣臥倒，此刻連鞋子都顧不得穿，雙肘一支床板，腿、腰一齊用力，自床上便飛身而出，但他空自施出「潛形遁影」的絕頂輕功，卻始終無法追上那人。

他只覺得前面有一條白茫茫的人影，像是依附著空氣似的在極快的移動著，他若不是苦練成「潛形遁影」的輕功，只怕那人的影子都追不上，須知熊倜近日闖蕩江湖，知道自己的輕功，在芸芸武林中已是頂兒尖兒的高手了，如今這人，輕功竟又高出自己，熊倜之驚悸，是可以想見的。

恍眼之間，兩人都已到了城郊的田野上，此時萬籟俱寂，四野哪有人影，只見微風起處，吹動著那人純白的衣衫，望之直如鬼魅。

熊倜猛地想起一人，他再見那人渾白色的長衫，隨風而動，滿頭銀白色的頭髮，直垂到肩上，更證實了自己的想法。

熊倜先前滿腔的驚悸和憤怒，此刻頓然化為烏有，那人停下身形之後，仍然背向著他，沒有轉回身來望一眼。

熊倜呆了一會，整了整衣裳，再也不敢施展身法，恭恭敬敬的繞到那人身前，悄悄一望，見那人白鬚，白眉，臉色如霜，果然是一別多年的毒心神魔侯生，連忙跪了下去，叩了一個頭，惶恐地說：「師父這一向可好，弟子這裡拜見師父。」

毒心神魔鼻孔裡冷哼了一聲，怒道：「畜牲，誰是你的師父。」

他神色冷峻已極，聲音更是冰冷，熊倜頭也不敢抬，仍然跪在地上。

毒心神魔冷然又道：「你可別跪在地上，我老頭子可擔待不起，我可受不了名傳江湖的三秀，天下第一奇人飄然叟高足的這樣大禮。」

熊倜知道侯生已然動怒，更不敢答腔，仍老老實實的跪在地上。

毒心神魔雖然仍無表情，但目光中已不似方才的嚴峻，說道：「起來，起來，這些年來，你已經成了有名的好漢，把我的話早已忘到九霄雲外了吧，既不到關外來找我，把我老頭子送你的劍，也拋到不知哪裡去了，想必是你的武功已經高出我老頭子甚多，再也用不著我老頭子教你了。」

他頓了頓，又說道：「可是我老頭子天生的怪脾氣，倒要看著你在天下第一奇人那裡學了些什麼超凡入聖的本事，來，來，快站起來，把你那些本事掏出來，和我老頭子比劃，比劃。」

熊倜連忙道：「弟子不敢。」

毒心神魔叱道：「什麼敢不敢的，你連我老頭子的話都敢不聽嗎！」

熊倜心中實是難受已極，他也在責怪著自己，委實對不住這第一個對他有恩的人，當然他更不敢和毒心神魔比劃，但是他卻知道毒心神魔向來行事奇怪，說出來的話更不許別人更改。

他為難地抬起頭來，偷偷地望了侯生一眼，見侯生眼中流露的目光，並不是他所想像的憤怒，而幾乎是當年在為他打通「督」、「任」兩脈時的那樣慈愛，熊倜心中一動，暗忖道：「師父一向對我極好，莫不是他在藉比武考驗我什麼？」

毒心神魔見熊倜仍跪在那裡不動，怒叱道：「我的話你聽見沒有？」

熊倜恭敬地說：「弟子聽見了！只是……」

侯生道：「沒有什麼只是不只是的，快站起來和我動手。」

熊倜無法，只得緩緩站了起來，口中說道：「弟子聽從師父的吩咐。」

他還沒有完全站直身軀，侯生已一掌拍來，快到身上的時候，忽又改拍為揮，手掌一反，以手背斜斜拍下，那左掌卻後發先至，急速地揮向熊倜面門，這一招「扭轉陰陽」看似輕易，威力卻非同小可，熊倜焉有不識厲害之理。

他知道此招之後，必然還有其他招式連環而來，須知高手過招，第一招裡往往給對方留下一條退路，而第二招卻已在退路等候了。

是以熊倜不敢直接去避此招，他腳下急遽地踏著五行方位，側身避開此招後，又巧妙地幌動自己的身軀，以期擾亂對方的目光。

果然，毒心神魔一掌落空，雙掌揮處，隨即發出三招「追魂索命」、「名登鬼錄」、「十殿遊弋」，他出手如風，熊倜只覺得像是有十餘隻手掌一齊向他拍來，但熊倜眼光動處，卻發覺一宗奇事。

原來毒心神魔的掌影，雖如漫天花雨，但在掌影與掌影之間，卻有一條空隙，高手出招，念動即發，熊倜隨手一掌，向空隙中拍去，而且部位妙到毫巔，正攻到毒心神魔必救之處。

熊倜一掌拍出，才恍發現此招正是毒心神魔數年前所授自己的十數式奇怪的劍式之一，他這才瞭解了毒心神魔逼他動手之意。

毒心神魔見他這掌發出，無論時間，部位，勁力，都恰到好處，嘴角竟隱隱泛出笑意，但這笑意僅宛若漫天冰雲中一絲火花而已，若是不留心的話，是絕對難以發覺的。

毒心神魔突地口中發出一絲絲尖銳而刺耳的嘯聲，掌影如山，施展出江湖少見的「催魂陰掌」，那是一種極繁複的掌式和極陰柔的掌力，每一招都密切的連貫著，像是有許多手掌一齊用招。

但是他招與招之間，卻永遠留出一條空隙，熊倜眼明心靈，當然瞭解他的用意，於是毫不猶疑地連環使出那十餘招奇異的劍式。

漸漸，熊倜心領神會，已能將那十餘式怪招，密切的契合了。

他這才發覺這十餘招式，非但內中的變化不可思議，而且還有一種專破陰柔掌力的威力妙用，那是任何掌法所不能企及的。

毒心神魔將「催魂陰掌」反覆施展了好幾遍，熊倜也將那十餘式怪招用得得心應手了，他心中的喜悅是不可言喻的。

毒心神魔猛一收招，飄飄地將身挪開了丈餘，冷冷地望著熊倜。

熊倜又撲地跪在地上，他是在感激著毒心神魔的悉心教導。

毒心神魔的面容仍如幽山裡的冰岩，只有雪白的鬚眉在夜色中顯得有少許溫柔，他說道：「虧你還記得這幾招。」

熊倜道：「弟子怎會忘記，就是師父的每一句話，弟子都是記在心裡的。」

毒心神魔哼了一聲，說道：「我的話你忘了沒有，倒沒有什麼太大的關係，只是你將我那柄倚天劍丟了，卻真是該死。」

熊倜聽了，從背脊上冒出一絲寒意，他不知道該怎麼彌補他的疏忽。

侯生望著熊倜惶恐的面色，他知道絕不是可以偽冒的，心裡不禁軟了許多，說道：「我偶遊太行，卻無意中聽得天陰教主焦異行，從手下處得到柄名劍，劍名『倚天』，我還以為你可能遭了天陰教的毒手，逼著天陰教裡的一個小頭目一問，才知道那柄劍是江蘇分舵裡的一人在茶館中拾得的。」

「我聽了不覺大怒，你要知道那柄劍除了本身價值之外，裡面還關係著一件極大的秘密，數十年前，武林卻盛傳此事，我仔細地研究了數十年，也沒有發現，這才將它交給你。」

「這也因為我看你心思靈敏，而且日後福緣甚多，希望你能無意發現，卻不料你看來聰明，其實卻是個呆蛋，竟然將劍給丟了。」

熊倜一聽此劍，還關連著許多隱情，更是不敢則聲。

毒心神魔隨又說道：「我一氣之下，一掌就將那傢伙劈了，到處找你，也找不到，於是我跑到武當山去，我想那裡的老道也許知道你的下落，卻想不到你竟跟一個女娃娃又闖下大禍。」

「後來你自店中救出那個姓夏的女娃娃，我看著那武當老道以大欺小，而且一臉傲氣，心裡有氣，隨手給他吃了個苦頭，就跑來跟著你，你卻心裡只掛著那個女娃娃，連有人在後面跟著都不知道，哼，像你這樣，以後遇到強敵怎麼辦。」

熊倜心中暗暗叫冤，想道：「除了你毒心神魔，別人跟在我後面我還會不知道。」他想是如此想，可不敢顯露出來。

毒心神魔語氣漸緩，說道：「虧好你還有點男子氣概，又交了幾個好朋友，但是以後喝酒卻是不能過量，知道嗎？」

熊倜趕忙答應著。

毒心神魔又說道：「只是你自己丟的劍，一定要你自己去拿回來，我給你一年的限期，一年之內你若不能到太行山去把劍拿回來的話，哼！」

熊倜更是叫苦不迭，太行山為天陰教的總壇，裡面自是高手如雲，單是看那黑白兩個司禮童子的身手，就可以知道其他，要想自教主夫婦手中，將劍取回，豈非難如登天。

但是毒心神魔卻不讓他說話，冷冷一揮袍袖，說：「一年之後，我再來找你，焦異行又不是鬼怪，你怕什麼。」

熊倜剛想說他並不是怕，而是在考慮著成功的機會，但是等他抬起頭來的時候，毒心神魔已然走了，只見遠處淡白的人影一閃。

他站起身來，拍拍膝上的泥土，看看天色，卻在不知不覺間又是清晨了。

但此時城郊路上，尚無人跡，熊倜施展出「潛形遁影」的輕功，片刻便到了城下，只是卻又有一個問題來了。

因為此刻城內已有行人，光天化日之下，他總不能在人群中施展輕功呀。

他看了看腳下，鞋子既沒有穿，一雙白襪子，雖然他輕功佳妙，腳不沾地，但在跪著時，也沾了不少塵土。

他苦笑了一下，但也並未十分在意，便大步向城內走去。

他在路上轉下幾個彎，卻又迷了路，找不著葉姓兄弟那店的方向。

於是他趕緊問了問路人，他又不知店名，幸好城中的衣鋪不多，問了一下，便知道了途徑，一直向那方向走去。

路上的行人見他穿得甚是華麗，卻沒有穿鞋子，都在暗暗竊笑著，熊倜此時已不同往日，仍然大大方方地向前走著。

過了這條路，再向左轉，便是葉氏兄弟的店鋪，可是正當他走到街的盡頭，一隻黑毛茸茸的粗手，突地在他肩上一拍。

在大街上，他勢不能閃展騰挪，來避開此一拍，只得讓他拍了一下，側臉一看，見是兩個穿著短打的粗漢。

熊倜一愣，不知道這兩粗漢為什麼突然拍他一下，其中一個散著衣襟的粗漢，沙啞著喉嚨道：「我們當家的請你去一趟。」

熊倜更是奇怪，他在此地一人不識，怎會有人來請他，便問道：「什麼事？」那個沙啞喉嚨的粗漢好像很不耐煩地說道：「你到了那裡就知道了。」

熊倜想了想，他相信以他的武功，走到哪裡也不會吃虧，坦然地跟著那粗漢走。

葉家兄弟的店鋪是向左轉，那兩個粗漢卻帶著他往右轉，那兩人步腳亦甚矯健，像是也有武功底子，走了一會，到了一個很大的宅院，黑漆的大門，銅做的把手擦得雪亮，門是開著的。

門口本來聚著一堆閑漢，其中一個走來笑道：「喝！到底是老趙有本事，居然找到了，這一回可少不了十兩銀子的酒錢了。」

那沙啞喉嚨的粗漢，裂開一嘴黃牙笑道：「好說，好說，當家的若真的賞下銀子，你我兄弟今天晚上又可以到小楊花那裡樂一樂了。」

熊倜聽了這些粗漢所講的話，更是莫名其妙，但他仍然忍受著，希望知道這到底是為了什麼，他們的當家的又是何許人也。

那叫做老趙的帶著熊倜昂頭走進門去，熊倜見院子裡也聚著十數個壯漢，看見老趙也說著同樣無聊的話。

老趙找了一個青頭小廝，咕咕嘟嘟說了半天，那小廝跑了進去。一會，裡面走出一個白裡白淨，但卻妖形怪狀的年青後生，見了老趙說：「喝，老趙真有你的，頭子真在裡面誇獎你呢。等會到帳房去領五兩銀子喝酒去，這個人交給我吧。」

老趙哈哈打了個千，說道：「李二爺，你好，當家的那裡還請多照應。」

那個李二爺笑著點了點頭，問道：「你怎麼找到他的呀？」

老趙巴結地笑著說道：「我見這人沒穿鞋子，走路又慌慌張張地，就知道準是他，果然這小子做賊心虛，就跟著來了。」

熊倜越聽越奇怪，心想：「這莫非又是個誤會，唉，這些日子來我怎麼老碰見這些不明不白的麻煩，真是倒楣得很。」

那個「李二爺」卻笑了笑拉著熊倜的膀子，怪裡怪氣地道：「兄弟，跟我來吧。等會頭子真要怎麼樣你，都有我呢，只要以後兄弟你不要忘了哥哥的好處就行了。」

熊倜見此人說話妖裡妖氣的像個女人，心裡討厭得很，也不願多說話。暗想見了這個什麼「頭子」再說吧，遂跟著他走進大廳。

那「李二爺」走進大廳後，並不停留，帶著熊倜七轉八轉，走到一排極精緻的平軒，隔著門輕輕叫了聲：「來了。」

熊倜就聽得裡面一個中氣甚足的聲音說道：「帶他進來。」

熊倜一聽此人說話的聲音，就知道此人有些武功根基，跟著「李二爺」走進那平軒，只見一個身材甚是高大的漢子正負著手在軒裡來回走著。

那漢子見熊倜走了進來，眼裡突現煞氣，從頭到腳打量了熊倜幾眼，又狠狠地盯了幾眼熊倜那雙沒有穿鞋的腳。

突然，他說道：「小李，將那雙鞋子拿過來。」小李應聲拿來一雙甚是講究的鞋子，最妙的是那鞋子的顏色竟也和熊倜的衣服相配。

那漢子指著那雙鞋子，對熊倜說道：「穿上。」熊倜愈來愈不明白這是怎麼回事，但卻好奇之心大起，想看看這些到底在弄什麼名堂，遂一言不發的穿上那雙鞋子，又極為合腳。

那漢子似乎非常生氣，臉上青筋都根根顯露了出來，怒極冷笑道：「朋友真是個角色，竟敢在我面前弄鬼。」

熊倜笑了一下，輕鬆地說道：「我和當家的素昧平生，弄過什麼鬼呢？」

那漢子聞言更是氣得滿臉通紅，說道：「大丈夫敢做敢為，朋友既然有膽子爬上我老婆的床，怎麼現在又沒有膽子承認了呢。」

熊倜聽了，倒真是吃了一個大驚，心想：「這玩笑倒真開得太大了，若不解釋清楚，看樣子這漢子一定不會和我善罷甘休的。」

他暗裡在轉著心事，一時竟沒有答那漢子的話，那漢子卻以為他默認了，說道：「看你文質彬彬的樣子，而且一表人材，真想不到你會做出這等不要臉的事來，雖然咎非在你一人，但我已將那娼婦殺死，你正好到鬼門關去陪陪她。」

他濃眉一豎，又叫道：「小李，去把我的那柄劍拿來，人家既然痛痛快快地來了，我們也該痛痛快快地送他回去。」

熊倜已知此事愈搞愈糟，似非三言兩語可以解釋明白的，忙正容說道：「當家的想必是誤會了，有話慢慢地說，我……」

他正說至此處，忽地一眼睹見那「李二爺」拿來的劍，心中一跳。

原來他看見那「李二爺」所取來的劍，劍身特長，形式奇古，竟是自己所遺失的那柄「倚天劍」，大驚之下，將所要說的話竟咽回腹中了。

那漢子拿過「李二爺」取來的劍，滿臉煞氣說道：「你還有什麼後事，快點說出來，我看你文質彬彬，賣你這冤魂一條交情，只要你說出來的話，我總替你做到就是了。」

熊倜暗中正在思索著：他這兩天聽到的全是奇事，而最奇怪的事，就是自己所遺失的「倚天劍」，明明是說落在天陰教中，怎地又會在這小城裡一個看似土豪般的角色手裡發現？

他腦中所想的，盡是有關「倚天劍」的事，卻把眼前的這種劍拔弩張的情況，全然沒有放在心裡，這自是他對「倚天劍」關心太過，而自恃身手，相信會將這誤會化解的。

那漢子見他如此，怒喝一聲，隨手拔出劍，竟向熊倜當頭劈下。

熊倜這才一驚，但那漢子雖然武功不弱，但怎會劈得著熊倜。

他稍為一側自己的身軀，便輕易的避開了這看似凌厲的一劍。

那漢子一劍走空，喝道：「好，朋友居然也是個練家子。」長劍往回一帶，劍尾竟也有寒芒暴起，橫起一劍，向熊倜橫腰斬去。

按說這漢子所使的這一招「玉帶橫腰」，也算得上是不壞的了，再加上他手中所持之劍本身的威力、聲威看來，也頗驚人，那「李二爺」在旁邊，竟驚得呀地叫了出來。

熊倜一見此劍尾帶寒芒，更認定是自己所失之物，再見這漢子不明青紅皂白，在家中就敢隨便殺人，想必平日是個橫行鄉里的土豪，大怒之下，往前猛一邁步，那劍便又落空。

熊倜並指如鐵，在那漢子劍勢已到尾聲的時候，突地用食中兩指，挾著劍身，只覺得入手如冰，確是一把寶劍。

那漢子卻大吃一驚，高大的身軀，往下一坐馬，想從熊倜手中奪回此劍。

熊倜冷笑一聲，左掌斜斜削出，那漢子忙縮頭藏頭，想避開此招，熊倜怎讓他稱心，忽地改掌為指，點在他鼻邊「沉香」要穴上。

那「李二爺」見人家一出手，就將頭子制住，腳底抹油，便想溜出去討救兵，熊倜身起如風，橫越過去，用劍在他頭上平著一拍，那「李二爺」竟咚地一聲，暈倒在地上了。

熊倜隨即將這平軒的房門帶起，他忽覺得手中的劍，似乎要比他自己原先那柄輕了一些，於是他將劍拿起仔細一看。

他這一看，才知道這劍雖然和自己那柄「倚天劍」，形式，大小，甚至鋒利全都完全一樣，但卻並不是自己所失的那柄「倚天劍」。

那劍柄上，也用金線縷成兩字，卻是「貫日」兩字。

熊倜便知道，出了一個誤會，他暗笑自己所遇誤會之多。

他走到那漢子身側，輕輕用手拍開那漢子的穴道，說道：「喂，我和你往日無冤，近日無仇，你怎的用劍就要殺我？」

那漢子一動手，就被人家制住，心知自己武功比起人家差得太遠，但胸中之氣，卻是難平，咬牙道：「我小喪門技不如人，什麼話都沒得說，朋友是好的，就請留下個萬兒，我話說在前頭，今日你若不殺我，他日我卻要殺你的。」

熊倜奇道：「那麼我到底和你有什麼深仇大怨，你非要殺我不可？」

那小喪門聞言氣得發抖說道：「朋友，你這樣就不是好漢子了，我老婆雖然不好。但你堂堂男子漢，怎地也如此，我小喪門的老婆與你私通，難道我就做瞪眼烏龜嗎？」

熊倜聽了，真是又好氣，又好笑，勉強忍耐說道：「你又憑什麼知道我曾和你老婆私通呢？你根本就不認識我。」

那漢子理直氣壯地說：「昨晚上你乘我出外，和我老婆苟合，被我撞見，沒穿鞋子就從窗子跑了。今晨被我手下弟兄捉住，你還來氣我，我雖技不如你，但此仇我是非報不可的。」

熊倜更是哭笑不得，他知道這漢子雖然看來是個角色，其實卻是個任事不懂的莽漢，忍著氣說道：「你知道我是誰嗎？你怎能憑著我沒穿鞋子就認定我是和你老婆私通之人，難道世上凡是不穿鞋子的人，都是你那老婆的姘頭？」

那漢子叫小喪門，是當地的一霸，手底下也來得兩下子，為人卻不折不扣的是個莽漢，倒也無甚劣跡，聞言竟怔怔地答不上話來。

熊倜低頭見那鞋子甚是華麗，不是人人都能穿著的，脫下一看，見鞋底上寫著

「安徽老介福鞋店特製」幾個字。

於是他又問小喪門道：「這老介福鞋店可是在當塗城裡？」

小喪門點了點頭。

熊倜用鞋底一拍小喪門的肩頭，說道：「那不就好辦了嗎，你拿著這雙鞋到老介福去一問，這種鞋穿的人不會多，而且這鞋有九成新，一定是剛買的，你看是誰買的，再去找那人算帳的好了。」

小喪門兩條濃眉幾乎皺到一起，想了半天，才會過意來，喜道：「這倒是個好辦法。」抬頭望見熊倜，又慚愧地低下頭去。

熊倜知道這種莽漢直腸直肚，什麼都不會拐彎，便笑道：「老實告訴你，我姓熊，叫熊倜，你聽過這名字嗎？你看我會做這種事嗎？」

那小喪門本也是個江湖中人，而且家中住的，多是行走江湖的好漢，熊倜近年來名傳江湖，小喪門焉有沒有聽到過之理。

他一聽這人竟是熊倜，驚地站了起來，說道：「我實在沒想到是熊大俠，實在該死。」又罵道：「老趙那王八蛋，做事不長眼睛，以後我非得教訓教訓他，免得總出事。」

熊倜心中暗笑忖道：「其實老兄也不見得比老趙高明多少。」嘴中卻說道：「這也沒有什麼關係，只是你害我險些挨了一劍，卻該對我補償一番才是，你說該不該呢？」

小喪門忙答道：「該，該，熊大俠說怎麼辦好了。」

熊倜撫弄著手中的劍，沉吟不語，他想此劍雖非「倚天劍」，但必和「倚天劍」有著甚大的關係，甚至和毒心神魔所說的那件秘密，有著關聯也未可知，是以他想獲得此劍。

但他究竟不是強取之徒，他想這種利器神兵，定也是人家心愛之物，就算自己就恃強取來，也不是俠義道應做的事。

因之他沉吟再三，那想問人家要劍的話，卻說不出口。

哪知小喪門此刻卻突然聰明了起來，搶著說道：「熊大俠想是喜歡這柄劍吧？寶劍理應贈給英雄，像我這樣的，還真不配這把劍。」

熊倜大喜道：「這倒真謝謝了。」轉念又問道：「這把劍是怎麼得來的呀？若是你的傳家之物，那我倒不好意思奪人所好了。」

小喪門卻搖手道：「這哪裡是我的傳家之物，那天我手下的兄弟到銅山去買一批舊兵器，這柄劍就是在那些兵器裡被一齊買來了，我看著還鋒利可用，自己就留了來用了。」

他笑了笑又說道：「其實我也是擺在那裡做樣子，倒真沒怎麼用過。」

熊倜喜道：「既是這樣，我就收下了。」他將劍收到鞘裡，又說道：「這裡既然沒事，我就告辭啦。」

小喪門雖然再三挽留他用過午飯再走，但熊倜怎會肯呢。

於是小喪門恭敬地送熊倜走出門外，他回家後，果然著人到老介福去問那朱履的買主，查問之下，竟是他素日的好友之一，此處表過不提。

熊倜走到街上，得到這柄寶劍，心中甚是高興，連腳步都顯得輕快了些，他暗笑道：「這真叫做因禍得福了。」

此次他倒認清了方向，沿著大街不一會，就到了葉家兄弟的店裡。

請續看《蒼穹神劍》中

古龍真品絕版復刻 1

蒼穹神劍(上)

作者：古龍
發行人：陳曉林
出版所：風雲時代出版股份有限公司
地址：10576台北市民生東路五段178號7樓之3
電話：(02) 2756-0949　　傳真：(02) 2765-3799
封面影像處理：許惠芳
執行主編：劉宇青
行銷企劃：林安莉
業務總監：張瑋鳳
出版日期：2022年9月
ISBN ：978-626-7153-20-8

風雲書網：http://www.eastbooks.com.tw
官方部落格：http://eastbooks.pixnet.net/blog
Facebook：http://www.facebook.com/h7560949
E-mail：h7560949@ms15.hinet.net
劃撥帳號：12043291
戶名：風雲時代出版股份有限公司

風雲發行所：33373桃園市龜山區公西村2鄰復興街304巷96號
電話：(03) 318-1378　　傳真：(03) 318-1378
法律顧問：永然法律事務所 李永然律師
北辰著作權事務所 蕭雄淋律師

行政院新聞局局版台業字第3595號 營利事業統一編號22759935

定價：320元

國家圖書館出版品預行編目資料

蒼穹神劍 (古龍真品絕版復刻 1 - 3)／古龍著. --
臺北市：風雲時代，2022.08　冊；　公分.
ISBN : 978-626-7153-20-8（上冊 : 平裝）
ISBN : 978-626-7153-21-5（中冊 : 平裝）
ISBN : 978-626-7153-22-2（下冊 : 平裝）

857.9　　111009561